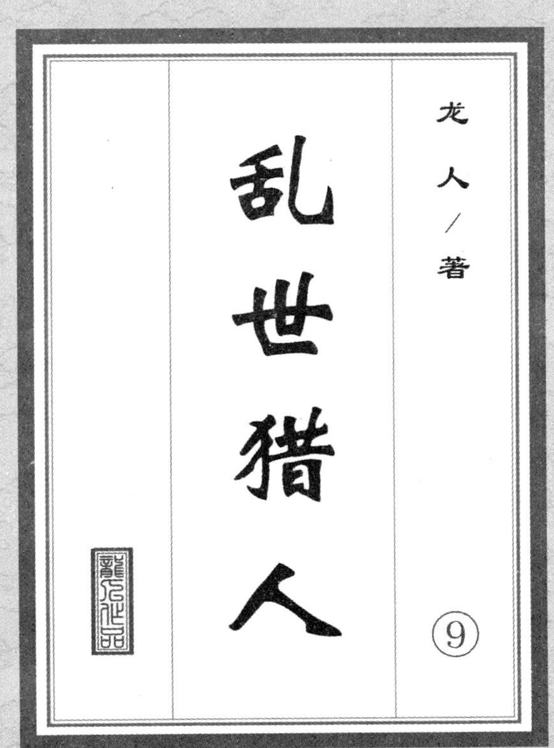


二十一世纪出版社集团
21st Century Publishing Group
全国百佳出版社

**图书在版编目（CIP）数据**

乱世猎人：全14册 / 龙人著. -- 南昌：二十一世纪出版社集团，2017.10

ISBN 978-7-5568-3104-3

Ⅰ.①乱… Ⅱ.①龙… Ⅲ.①长篇小说－中国－当代 Ⅳ.① I247.5

中国版本图书馆 CIP 数据核字 (2017) 第 243763 号

**乱世猎人：全14册** 龙　人　著

**责任编辑** 敖登格日乐

**出版发行** 二十一世纪出版社集团

（江西省南昌市子安路75号　330025）

www.21cccc.com　cc21@163.net

**出 版 人** 张秋林

**经　　销** 新华书店

**印　　刷** 北京龙跃印务有限公司

**版　　次** 2018年2月第1版　2018年2月第1次印刷

**开　　本** 710mm × 1000mm　1/16

**印　　张** 224

**字　　数** 2327千

**书　　号** ISBN 978-7-5568-3104-3

**定　　价** 700.00元（全14册）

# 目　录

# 第一百一十四章　漠外勇士

葛家庄的人，并不想要这些异族人的性命。无名四也明白，此际不易惹太多的麻烦，否则，无论是对干什么来说，那都会是一种负累，是以，只是制住这些人的穴道，却不取他们的性命。

这些高车勇士，在漠外也许可以称雄一时，但若真到了中原，遇到无名四这等高手，却也缚手缚脚，竟无用武之处，片刻间就被点倒了一片。

哈鲁日赞看在眼里，竟也被激起了强烈的战意，他本以为这些属下足以收拾对方，却没想到，今日所遇的全都是一群劲敌，竟让众属下无法展开手脚。

“好，好！中土果然人才济济，高手也济济，就让本王子来领教一下你们中土的武学吧！”哈鲁日赞用那并不通顺的汉语道。

三子和凌能丽听到对方说“高手也济济”，都忍不住想笑，但想到一个外族王子能够用中土的一些语言已经够不错的，方把笑意压了下去。

那铁塔般的汉子准备出手，却又停了下来，因为他知道哈鲁日赞的确被激怒了，若是由哈鲁日赞出手，那就完全没有必要群起而攻，那只会使局面更加难以控制。

无名四和无名五也相继住手，他们并不想太过欺人，对付一个番邦王子，更不想以多取胜，这完全是没有必要的。

葛家庄的兄弟也有满身是灰的，衣服被划破，受了轻伤的，都同时住手，聚集在无名四和无名五的身边，冷眼看着哈鲁日赞褪去披风，露出一身劲装，那剽悍的体形，像是生活在热带草原的雄狮，自有一股野性和勇武之气，但那张长长的马脸，加上耳朵上挂着两只大铜环，其形象的确让人难以恭维。

哈鲁日赞的目光在无名四和无名五的身上扫过，却又在片刻之间落到了三子身上，在这些人当中，唯有三子所表现得抢眼一些，无论是在功力和手法上，都让人完全不能忽视和轻估他。在哈鲁日赞的眼中，并未正式下场出手的三子反而是个莫测高深的敌人，所以他将目光落在三子身上。

三子轻轻地夹了一片牛肉放在口中，便已经感觉到了哈鲁日赞那具有洞穿力的目光，禁不住扭头直视。

两道目光犹若两柄交缠的利剑，似乎要在空中碰出火花。

“你敢和我比试吗?”哈鲁日赞并没有任何轻视之意地问道，眸子之中跃动着狂野的战意。

三子一声轻笑，向蔡风望了一眼，立身而起，拍了拍身上的尘土，踏步向哈鲁日赞行去。

蔡风望了望哈鲁日赞，禁不住哑然，凌能丽也觉得有趣，元定芳都累了几天，难得有休息之时，不免亦兴致勃勃。

“这里的地方太小，何况咱们已经打坏了这么多东西，再在这里大闹下去，只怕掌柜赔不起!”三子望了望满屋的一片狼藉，淡然道。

“那我们出去比试!”哈鲁日赞用生硬的汉语道。

无名四和无名五相视望了一眼，让开一条道路，跟在三子身后行出了客栈，而哈鲁日赞也在几人簇拥之下行了出去。

蔡风望了一眼凌能丽和元定芳，见她们已经喝完了那热气腾腾的人参燕窝汤，脸上升起一片淡淡的红润，的确美到了极点，不由得心中涌起无比的自豪感，淡淡地道：“我们改到窗边桌上吧，也好看看这番邦的王子有什么厉害之处。”

凌能丽欣然同意，五台老人曾经让她涉入江湖历练历练，主要的就是让她见识一下江湖之中其他各门各派的武功及学些江湖经验，她刚才所见这番邦的人物，虽然武功并不是很高，可却有着别具一格的奥妙，似乎充满着异域的情趣，而这番邦王子的武功应该比那些属下高明，岂不更会体现出其武学的精奥之处？因此倒也不想错失良机，欲一饱眼福。

元定芳亦不想有拗蔡风的意思，同时对三子也有着一份关心，自然要去看个真切。

抗月一阵昏眩，但却知道自己绝对不可以昏眩，在众敌环伺的险地，昏眩代表的意义就只有死路一条。

不死尊者的那一掌的确极为可怕，虽然他的长剑回挡，阻去了对方的几成功力，又因不死尊者的重伤，但那一掌居然仍将抗月的鼻梁击断，其力道虽然要不了他的命，但也的确受创不轻，加上胸膛之上的创口，若非他意志坚强，只怕早已经昏了过去，而等待他的只有血尽而亡的结局。

抗月强提一口真气，有些虚弱地封住胸前伤口周围的穴道，举步踉踉跄跄地向灌木丛中钻去，他知道，此际若是想阻止那些人去追击萧衍，那完全是不可能的，哪怕此刻来一个小兵小卒，也会让他难逃一死。是以，此刻最重要的事情就是如何去通知救兵，只有等到大批兵马赶到，才能够真正为萧衍解围。

不死尊者也隐隐听到了抗月离开的脚步声，但他根本无力再追，体内的真气混乱，没有一时半刻，休想调理好。轰天雷的威力的确太过惊人，抗月的罡气摧毁力也不小，若非抗月本身就已经受到重伤，只怕那一刀会使不死尊者伤得更为惨重。

此际听到抗月离开的脚步声，不死尊者也无可奈何，因为他知道自己也无力阻止抗月的离去，只盼那些分布在各路口的人能够及时发现抗月的踪迹。不过，抗月的确比他想象之中更厉害得多，他原以为对方即使不死，也会被他那一掌轰得昏迷过去，而只要他迅速恢复功力，便可轻松地对付抗月了。可是，抗月不仅没有昏迷过去，而且还举步离开，这让他只能徒叹奈何了。

不过，他此次的主要任务就是对付萧衍，只要取下了萧衍的脑袋，这一切就不会有什么问题了，无论付出怎样的代价，都要让萧衍从这个世界中永远消失！

三子意态轻闲，目光丝毫不避地与哈鲁日赞对望，但却心静如水，无波无澜，任由寒风疾拂，而身立如岳。

哈鲁日赞却完全是另一种形象，像抖鬃的雄狮，眼睛瞪得极大极圆，似乎有将三子装入目中的意图，浑身散发着浓烈如酒的战意，可形可感，犹如蒸腾于身的魔焰，使人自心底感觉到一丝凉意。

“你用什么兵器?”哈鲁日赞认真地问道。

三子想了想，面对这样的对手，实不宜太过托大，不由得笑了笑，道：“刀!”

“好，就让我见识一下你的刀法!”哈鲁日赞伸手接过一旁下属递上来的重形狼牙棒。

在接过狼牙棒的同时，他的气势顿时暴涨，更似乎凶焰逼人。

三子也感觉到了那汹涌的气机，若实质的潮水，一波波地冲击着他，心头禁不住微微讶异，这番邦的王子竟然会拥有如此功力和气势，倒的确是一个劲敌。

刀，被三子缓缓拔出。

拔刀，本是一种战机的制造，本是一种气势的凝蓄。

三子在拔刀，一寸一寸地拔出，而三子也在刀渐渐拔出的当儿，升起一股浓烈无比的战意，就像是一个澎湃的火球，不住地涨大，气势似是自眉间升起，化为飞扬的气旋。

每个人都感觉到了那两股越来越浓、越来越狂的战意在虚空中冲击、怒涌。

置身于两人之间，便若乘一叶扁舟破浪迎涛。

三子的气势仍在激增，这两年以来，他的武功的确增长得太快，当他失去记忆之时，在客栈中劈柴，无形之中，使他体内的无相神功激涨，无论是在心力抑或功力之上，都向前大大跃进了一个层次。

这几月来，三子更得蔡伤亲自指点，在刀道之上攀升了一极大的台阶，此刻，真正地出刀，竟有着一种陌生而亲切的感觉，但无论如何，刀，使他的心变得无比恬静。

这种感觉无比美妙，也无比生动，他从未尝试着去体会这之中的境界，禁不住想感激哈鲁日赞，没有哈鲁日赞那种气机的牵引，没有他那种气势的相激，三子也很难在平静之时进入这种境界。

这或许就是蔡伤所说的，在进入刀道前的第一道关——刀意。

三子禁不住再次涌起对刀道的向往，刀意便有着如此美妙的感觉，那么刀心又是什么感觉？而刀神及无刀又会是什么感觉？想到刀神和无刀，不由得想起了蔡伤那以掌所发出的绝世刀法——沧海无量！那究竟是不是无刀的境界呢？

一道轻悠的风惊动了三子那完全凝于刀上的思绪。

神驰刀上，刀感天象，天象生万念，这就是刀意。

一阵轻风，是哈鲁日赞的狼牙棒，他终于还是先动手了，他绝不想让三子的战意和气势疯涨下去，那对他绝对没有好处，更何况他从来都是主动攻击的，是以他出招了。虽然他并未找到三子的破绽，但却知道对方绝不会有破绽让他寻到，破绽只有在攻击之时自己去制造，去寻找。

三子的刀划出，轻飘飘的，也宛如一阵轻风，他只是凭着感觉，一种陌生而又熟悉的感觉，在别人的感觉中，哈鲁日赞的狼牙棒几若狂雷怒电，可三子的感觉之中便若一阵轻风，不惊不躁，更不会被对方的气势所慑。

刀光闪灭之处，已是狼牙棒的尽头，犹如暗空的一声怒雷。

没有花巧，没有丝毫的退避，两件兵刃在虚空之中相击。

三子退，狂野无比的力道，似怒涛汹涌般自刀身袭入他的身体。

哈鲁日赞本是天生神力，加上狼牙棒那一百多斤的重量，的确可以将之功力与神力融合得恰到好处，这一击又是蓄势已久，所以力道极大，以三子的功力也无法与之相抗衡。

三子的吃亏在于刀身轻巧，而臂力上也要稍逊对方半筹，若是有天生神力，也便不会吃亏了。

哈鲁日赞虽然看起来像头蛮牛，但其动作之灵活与见机之快，的确不能不让人对他重新估计。

三子一退之际，狼牙棒犹如张牙舞爪的狂龙当胸捣来，气劲有若惊涛骇浪，使得寒风如被一个小小的黑洞所引，全都顺着狼牙棒直冲向对方的胸口。

“扑！”这次相击，却是一声轻微的闷响，但无论如何，三子仍是挡住了这一棒。

三子再退，犹如狂风中的败叶，轻悠而灵动，更有着无比的活力与优雅。

元定芳忍不住惊呼出声。

凌能丽却目射奇光，一手轻按住元定芳的手，似乎对眼前的一切大感兴趣，也不知是对哈鲁日赞的威勇，抑或是三子的轻灵感兴趣。

蔡风亦很有兴致地剥着花生，似乎三子的成败与他根本就没有关系，凌能丽也不时地为他添添酒，好像惬意无比。

高车国的众人大声高呼，为哈鲁日赞打气鼓劲，而哈鲁日赞所表现出来的也的确是勇武不凡。那气势，那劲道，似乎总是有着澎湃不尽的热潮。

而三子的形势似乎完全相反，飘飘悠悠，若不着力的鸿毛，更似乎完全没有还手之力，是以，他们竟似乎喊得声嘶力竭。

唯有哈鲁日赞才真正明白，其实他根本未曾占到半分便宜，三子虽然飘飘悠悠，更似险象环生，但根本就未曾有半丝破绽。他每一刀似乎都是那么匆忙仓促，事实之上，每一刀都给恰到好处地挡住了他的攻击，几乎是自始至终，狼牙棒都未曾破到刀势范围之内。

虽然狼牙棒为长攻的兵刃，占尽长兵刃和重兵刃之便，可三子死守方寸之地，便若完全不着力的空气，再狂再猛的攻击都是无济于事。甚至三子的每一刀看似有力，其实就像是吸水的海绵，使得哈鲁日赞所有攻击力完全落不到实处，这种感觉很难受，更可虑的却是，重兵刃耗力之快比之三子又是不可同日而语，且哈鲁日赞这般疾攻猛进，并不是永远无限度的，迟早总有一刻会耗尽功力，而三子的打法几乎完全不会损耗太多的功力，这样一来，待哈鲁日赞真气竭尽之时，就是三子反扑之机，更会一举让他败阵。

三子知道，在力道之上，自己与哈鲁日赞相比的确要差一筹，况且，三子的刀与那巨型狼牙棒的重量相去甚远，更造成了其力度的悬殊。刚开始的一刀，三子只是想试探一下对方的功力，当知道自己的确与之相差一段距离之后，便立刻选定战略。

在刀法和身法之上，三子与哈鲁日赞相比，都要胜上一筹，是以应付起来极为轻松。

哈鲁日赞绝不是笨人，他很清楚眼下的形势，如果照这样发展下去，那么败的一定会是他，于是他立刻想到了另一种策略。

抽身，疾退，哈鲁日赞一改曾经的主动，他想用计，引三子来攻。

只是，他仍是太低估三子了，三子自小与蔡风一起习武，虽然小蔡风一岁，但其资质也是非常人能比，少时学习无相神功，却得黄海指点，极精于剑术，虽然没有蔡风的资质高，也没有蔡风那般得天独厚，同时受两大高手的造化。可蔡伤和黄海虽然随便指点一些武功，已经使他与长生诸人的武学在两年多前便已跻身于高手之境，尤其擅长使剑，使剑的人，也是最懂得见缝插针之人，只要有一点点机会，他们就绝对不会错过！

就算三子不是个剑手，他也绝对不会错过这个机会，他完全将心神融入了刀中，一切全凭着刀意去使刀，他心中平静若无波之水，虽然在哈鲁日赞惊涛骇浪般的攻势之中，也并未曾使他的心头产生半丝波动，他所寻找的，就是机会，一个进攻的机会。

只要有一个机会，那就一定是制胜的契机，绝对不可能放弃。

哈鲁日赞低估了三子，就是低估了他的快，他的心智，这绝对是一个致败的原因。

哈鲁日赞退，就不能控制地使气势一减，虽然招式之间并无破绽，但任何破绽都是对方制造出来的。

哈鲁日赞退的当儿，三子犹如幽灵一般进，与刚才那狂风中的败叶之势又自不同，快得连哈鲁日赞都有些吃惊，他没想到三子的动作会如此之快。

刚才自始至终，三子的攻势和守势都是那么悠然自得，像是在举烛看画，可在突然之间，变成了狂风暴雨般的攻势，又是那般不可思议。

哈鲁日赞在漠外很少会遇到真正的高手，虽然柔然族中高手众多，更有声震漠外的阿那瓌，但那多是马背之上行军对阵，沙场之上交锋，少不了会有千军万马，与这般高手对垒又有着完全不同的规则，若是在战场上，三子倒的确不是哈鲁日赞的对手。

战场之上要勇猛无匹，绝对不能退缩，若是退缩，倒霉的只会是你属下的将士，是以，哈鲁日赞这根狼牙棒在漠外的战场上，是鲜逢敌手，甚至是无人可与之匹敌的，但入了中土，以这种江湖的方式相斗，狼牙棒虽狠，却也是有力难使。

哈鲁日赞的狼牙棒上传来了一股强大的劲气，顺着哈鲁日赞的退势，将他再次逼退。

三子的刀，若绽开的花瓣，一片片，一块块，在天空中开得灿烂绚丽。

当哈鲁日赞强自止住脚步时，刀风已经化成一缕冰寒的气机自他眉心传入了他的体内。

哈鲁日赞禁不住打了个寒战，三子的动作太快，他禁不住有些后悔刚才不该诱三子来主攻，更不该改攻势为守势，这使他几乎失去了一展兵刃之长的机会。他本认为以退为守，以长兵刃之利，守住方寸之地，那太容易了，但是偏偏遇到三子这种见缝插针，又快捷无伦的对手。

“当!”哈鲁日赞不得不横棒相挡。

狂震之力，使他手掌震得有些发麻，三子虽然臂力不及哈鲁日赞，但这下却是长距离攻短距离，落刀之处，正是哈鲁日赞手掌不远之处。

刀锋一偏，斜斜削出，三子绝对不会给对方丝毫喘息的机会。

哈鲁日赞不得不松开一只手，再偏身而退，但三子若鬼影子一般，如影随行，二人却已经成了近距离相搏。

哈鲁日赞虽然是马背上的悍将，武功也绝对可列入高手之流，但却从来未遇到三子这般刁钻的对手，这般难缠，可此刻颓局成定，先机尽失，三子更占得近身之利，使他长而重的兵刃成了累手累脚的累赘，也不知道是应该感到悲哀还是应该怎样。

元定芳此刻才真的吁了口气，凌能丽却是看得更津津有味了，三子的每一刀、每一步都是那般深合武学至理，给了她很多启发。她平日所学多为武学精要，真正的名师授徒，并不是死授招式，而要靠自己的智慧去领悟，便若天痴尊者这般绝代宗师，所授三徒，有着三种不同的武学风格，而在江湖中历练这一环犹为重要，唯有学其精义，再去江湖之中吸取百家之长，才会真正形成自己独特的武学风格，真正成为一代宗师。

五台老人的武学可以说与蔡伤所学极为迥异，但同出烦难一门，可见武学之道的确是在于各人的造化，还要涉及其资质的高下。

凌能丽本身就是兰心蕙质，所学武功与三子又可以说是同出一宗，是以，自三子的一招一式中所领悟得极多。虽然凌能丽的功力也许比之三子更为深厚，抑或差不多，但三子修炼无相神功已有十余年，身具三十多年的功力并不为奇。无相神功乃佛门至高无上的绝学，修习起来自然比一般内功心法要快得多，其正大精纯之处越久越见功效，而三子所学的武功绝对比凌能丽精纯，两年与十多年的差别是绝对不用怀疑的，不过，凌能丽与三子的武功相差并不是太远，这使凌能丽对三子的一招一式更是心领神会，此刻若是由蔡风或蔡伤出手，那又不一样了，因为她与两人之间相差太远。而达到蔡伤那种境界，已经变成了另外一种形式的交手，未能达到那种境界的人很难理解和掌握其中的奥妙，就像凌通偷看万俟丑奴与尔朱追命交手一般，他根本就无法找到万俟丑奴的那种感觉。虽然他知道那么信手一划，那么神乎之作有着无与伦比的威力，可让他去做，他又根本无法找到其中的感觉，这是极为现实而又丝毫不能作伪的。

高车国众人全都捏了一把冷汗，他们不明白为什么哈鲁日赞突然改变攻击方法，一下子变成了劣势，而三子那疯狂的刀势更让他们心惊。

三子便若一阵狂风，风雨交加，不留半丝透气的空间，使得哈鲁日赞节节败退，形势甚至变得极为狼狈，虽然几次险险避过三子的刀锋，但情况却不妙得紧。

蔡风的眉头微微一皱，似乎觉察到了什么，他一向都极为相信自己的感觉，那是一种近乎野兽般的惊觉，自然很少会有人相信这种第六感觉的存在，但这第六感觉又的的确确存在着，即使蔡风也无法解释这其中的原因。不过，就是这种感觉曾经数次救了他的性命，这是绝对错不了的。

蔡风的目光自端起酒杯的手指缝隙间斜斜望了出去，那是一个不起眼的角落，但就是这个不起眼的角落却让蔡风的心隐隐泛起了一丝异样。

异样不仅仅只是在蔡风的心中产生，在那个不起眼的角落，那是一条通向山间的小路口，却真真实实地发生了一些异样。

这异样的发生就是在三子的刀击飞哈鲁日赞那根狼牙棒之时发生了。

三子并没有伤哈鲁日赞的打算，他也并不想与这番邦王子结仇，那似乎没有什么意义，何况哈鲁日赞还算是个人物，以单打独斗的方式向他挑战，他便不可以真正要对方的性命，而且他很清楚正事要紧，不想节外生枝，这也是蔡风的意思。

三子收刀，但他不想要人命，却有人想要他的命。

不是哈鲁日赞，而是那个不起眼的角落。

一道灰影，像一缕淡烟，轻得几乎让人以为是幻影，是无物的风。

目标，是正准备收刀的三子！

抗月只感到脚步虚浮，眼前金星乱冒，知道自己的确是伤得太重，心中暗叹道："自己眼下这个样子，即使没有人在路上拦截，也无法赶到滁州城，只怕在城外就要昏死过去了。若想进城，只得在此稍稍养好伤，再作打算。"

幸亏这里灌木极高，草丛之中，只要静静坐下，也不怕寒风吹，追兵一时也不易发现。但他知道，若追兵要来的话，迟早还是会发现的，因为他所走过的路痕迹太过明显，而对方显然有极善于追踪的行家，天上有猎鹰，地上有猎犬，他又如何能够躲开敌人的追捕呢？但这一切已经不再重要，此刻，任何事情都不必考虑，首要的问题就是尽可能地恢复战斗力，思索那些徒增烦恼的事，只是一种浪费脑力和时间的事，抗月绝不会做这种傻事。

也不知过了多久，马蹄之声惊醒了他，而且有嘈杂的人声，抗月本能地握紧了手中的断剑，虽然只是断剑，但总比无剑好，他警惕地打量了四周一眼，骇然发现点点血迹延伸向远方，凌乱的灌木枝叶清晰地分出一条路，而这分明就是他刚才走过的路，那时候，他已脚下虚浮，眼中金星直冒，哪里会注意到这一点？而此刻一看，的的确确触目惊心，心中暗道："完了。"禁不住露出一丝涩然的苦笑，这叫天意如此，天要绝他，躲也躲不掉。

虽然他此际恢复了一些体力，胸口的血也早已止住，但仍是失血极多，伤势太重，若说走路仍可凑合，但说到对敌，就是一个普通的人也能胜过他，何况是那群杀手？

抗月再次紧了紧手中的断剑，马蹄之声渐近，那人语之声也已可以听到。

"这厮跑不了多过，看他受了那么重的伤，定是躲在附近……"

"看这些踏断的枝杈，这枝杈所现的角度，说明他是步履不稳，还不时有血迹留下，只怕此刻不用我们抓就已经奄奄一息了……"

"果然是来抓我的！"抗月心中涌出了无限的无奈，自语道，知道此刻真是在劫难逃了。

正想间，突然灌木丛中一声轻响，倒吓了抗月一跳，本能地挥动断剑刺去，却因无力再次软坐于地，断剑更未曾伤得对方，但抗月的眸子之中闪过一丝希望。

他竟然看见一只獐子，那分开灌木的竟是一只獐子，而且在獐子的屁股之上还插着一支羽箭，鲜血自箭身滴下，看它那张慌的样子，显然是正在受着猎人的追赶。

抗月那一剑，竟将獐子吓得愣了一下，旋即再次转身便逃，向灌木丛中蹿去。

抗月心想："真是天助我也!"身子向与獐子相反的方向，自灌木的缝隙间爬了进去，极为小心，生怕弄折了一根枝杈。

"快，在那边，在那边!"有人高声呼喊，跟着马蹄声更疾，猎狗的狂叫，迅速自抗月的身前驰过，却并没有注意到偎缩在灌木中的抗月。

当人过尽的时候，抗月才真的松了口气，心中暗暗谢天谢地，若非那只獐子，只怕此刻他已经任人宰割了，但他却十分清楚，对方要抓那只受伤的獐子并不是一件难事，很快他们就会发现追错了目标，定会回头再找，若自己不尽快离开这里的话，仍只有死路一条，也幸亏这里多灌木多茅草，给了他很好的掩护屏障。

"汪汪……"一阵狗的狂吠再次传了过来，只让抗月心胆俱裂，他没想到对方这么快就回来了，这下子可真的完了。

马蹄之声，若自他的心头踏过，几乎让他感到绝望。

抗月犹未曾反应过来之时，几只凶恶的猎狗迅速围了过来，"汪汪"地狂吠不停。

抗月唯有握紧断剑，一阵穷途末路之感几乎让他有种狂啸的冲动，没想到他乃堂堂武帝贴身护卫，身处三品，更曾威慑江湖，却会在此刻连一群狗都对付不了。

猎狗低低地咆啸着，却并未进攻，还算是幸运，但即使猎狗此刻不进攻，下刻他又能够好到哪里去呢？仍是难逃一死，甚至会死得更惨!

马蹄之声渐近，抗月已经清晰地可以看到马背上之人。

不只一队，而是两队，自两个方向朝他赶来。先赶到的正是那支去追击獐子的一队人马，众人个个表情冷漠，杀气腾腾；而正赶来的人，竟是以两个少年为首，只是披风的领口系得极高，看不清其真正面貌，在两个少年身后也有数十人之多。

抗月一阵苦笑，想不到对方对付他这样一个只剩下半条命的人，仍如此劳师动众，真不知是该为自己感到悲哀，抑或骄傲。

"哈哈，原来猎物在这儿，害得我们空追一场。"一位尖嘴猴腮的汉子一手提着那只獐子得意地笑道，望着抗月的眼神中充满了讥嘲和不屑。

"呜……汪汪……"有一只猎狗似乎有些发现地，转向那尖嘴猴腮的汉子叫了起来，作势欲扑。

"哟……你这野狗居然连老子也想攻击，去你的！死畜生！"那汉子不以为意地一挥马鞭，以迅雷不及掩耳的速度重重抽在猎狗身上。

"呜呜……"猎狗惊退，惨叫着，另几只猎狗见那汉子出鞭，竟然同仇敌忾，飞扑而上，似乎有想为被打的猎狗出气的意思。

那汉子哪想到这群猎狗竟然如此凶悍，更不怕人，虽然他对这群狗根本就不放在心上，但他坐下的战马却无法受得了这种惊吓，竟然人立而起，差点没将他掀下马背，因为事起仓促，又正是他在得意的时候，其身后的众人就是想阻止也已经迟了。

抗月不由得一阵好笑，在他死前能够见到对方窘相，也不失是一件让人开心的事情。

那汉子勃然大怒，佩刀疾挥，闪电般斩向自身边掠过的一只猎狗。

那只猎狗虽然极为灵动，可又怎能与这般高手相比？怒刀之下，虽然勉强避开，可仍无法抗拒刀锋的袭杀，拖起一道血光，惨叫着翻向一边的灌木林。

那汉子杀得性起，马鞭一卷，拖住一只猎狗，带起向一株树干之上撞去。

"嗖！"一道暗影以快得不可思议的速度掠过。

那尖嘴猴腮的汉子手中一轻，猎狗在空中歪斜着落在地上，那汉子手中的马鞭竟然断成两截，而他所选中的那株树的树干之上，此时已钉着一支劲箭。

射断他马鞭的就是这支劲箭，所有的人都为之愕然，箭是谁所发？

如此准确、如此快疾、如此利落的一箭，的确拥有足够让人心惊的力量。

猎狗群似乎遇到了救星般向箭矢射来的方向奔去。

那正是两个抗月未曾看清头脸的少年与几十名汉子，只见他们的马背之上挂满了猎物，显然是打猎的。

所有人的目光都凝于那两个少年身上，特别是那正将大弓缓缓挂在肩上的少年。

当这群人行到了近处，抗月才发现其中一个少年竟是女娃。

“你们是什么人?”那尖嘴猴腮的汉子充满敌意地问道，因为那少年射断了他的马鞭，使他的面子大损，是以语气并不怎么客气。

“通哥哥，你看，他手上不正是我射的那只獐子吗?”那女娃突然指着尖嘴猴腮汉子手中的獐子，一拉那肩头挂弓的少年娇呼道。

抗月只觉得这声音极为悦耳，更带着京城口音，不由得多打量了对方几眼。

那少年正是赶到琅玡山来狩猎的凌通诸人，说话者正是萧灵。

凌通的目光有些惊异地望了抗月一眼，抗月此刻的确伤得不成模样，胸口有一道极深的伤口，鼻梁给击断了，嘴唇翻裂，浑身都是血痕，更奇的是他手中握着一柄断剑，虽然如此一副惨样，但静立于两队人马之前，自有一股不屈的傲气。是以，凌通才多打量了对方几眼，随后转向那尖嘴猴腮的汉子，及那二十几人的身上冷冷扫视了一遍。

“你为什么要伤我的猎狗?”凌通不答反问道，声音中有些恼意，他知道蔡风很喜欢狗，更会驯狗，而他对蔡风的崇拜几乎是盲目的，蔡风却失去踪影抑或已经不在人间，他也便对猎狗有着一种莫名的亲切感，见这人伤了他的狗，怎会不恼？只是他并不知道蔡风如今仍活得很好。

“原来这群狗是你们的，我还以为是一群野狗呢?”那人语气有些不屑地道。

“呸！你才是野狗呢!”萧灵跟凌通在一起，倒也学会了几句粗野之话，更因女孩子的天性，更具怜悯之心，对狗的受伤十分恼怒，而这人那轻浮的态度，使她忍不住骂了一句。

那汉子脸色一变，叱道：“你这个小女娃再乱骂人，我……”

“阿三！别理他们，正事要紧!”一旁面色阴沉的老者打断那尖嘴猴腮的汉子之话道，同时把目光移向抗月。

“骂人又怎样？你不赔我的狗，今日之事，就不能善罢甘休，哼！一看就知道你不是个好人！”萧灵可全不吃这一套，虽然对凌通若依人的小鸟，但对别人，小郡主的脾气便来了。

凌通并不阻止，对方杀了他一只猎狗，而且态度如此不好，他才懒得阻止萧灵发脾气，同时他是出来散心找乐子的，光猎野兽出气，也没多大的意思，正如萧灵所说，一看这群人就知不是好人，没有必要跟他们客气，何况自己的人多，根本就不会吃亏。但他在意的却是眼前这惨啦巴叽的人物，虽然在落难当中，却仍有不灭的气概，想来定是个人物，且伤得这般严重，凌通自小便受凌伯的熏陶，知道医者父母心，对这么一个落难之人倒起了几分怜惜。

那被称为阿三的汉子，一听萧灵这般说法，本来火暴的脾气立刻便收不住了，轻蔑地道：“那你想怎样？若不是见你是个小娃，老子早就不客气了！”

“咝……”所有的弓弦一紧，萧灵身后众靖康王府的亲兵，箭已上弦，半句话也未曾多说，每人的箭都对准对方的马或人，只要手一松，对方立刻就会死伤过半。

那群追兵似乎没有想到对方说打就打，动作如此利落，更似乎毫不在意杀几个人，甚至连眼睛都未曾眨半下。

他们自不知道萧灵的身份，若知道当然不会感到奇怪，以靖康王的权力要杀死一群人那还不是轻而易举？即使滥杀无辜也绝对不会有人敢说半句话，当初萧正德引北魏之军进攻南朝，武帝都未曾相责，如今杀死几十个人还不是踩死几十只蚂蚁一般？这些王府中的亲兵平日本是飞扬跋扈之辈，更因武功强横，没人敢惹，而养成一言不合就动刀子杀人的脾气，此刻他们的任务是负责保护萧灵与凌通，有王命在身，杀了人也有人承担，他们岂会在意招惹是非？

抗月眼见这一群人的动作之利落，知道都是好手，更难得的却是众人的动作如此默契，不约而同之举更显出他们皆是训练有素的精兵，但他们究竟是谁的属下呢？不过无论怎样，只要对方不是同路人，自己就仍有机会，正自思索间，他突然感到有一道目光逼视着他！

是凌通！

抗月清晰地感应到凌通对他似乎很感兴趣，更清楚地捕捉到凌通那神光充足的眼神，充分地表现出这少年绝不是普通人。

“你伤得很重？”凌通的语意之中微带关切之情。

抗月笑了笑，配上因伤而扭曲的脸，很难看，可任谁都可以看出来他是在笑凌通明知故问，抑或是感到自己的确是应该笑上一笑。

凌通把目光移向那些追兵，有些惊异地问道：“是他们伤的？”

抗月再次打量了凌通一眼，有些不屑，用已经嘶哑的声音道：“他们还没有这个能耐！”

凌通这才似乎释然，微微松了口气，望了望在抗月脸上留下的那道有些乌黑的掌印，微感骇异地道：“好可怕的劲道！”

抗月不置可否，但凌通如此年纪就能够具备这种眼力，倒不能小觑。

萧灵有些皱眉地望了望抗月那满身血污的样子，又将目光投向脸色铁青的阿三，不屑地道：“你很厉害吗？惹恼了本郡主，叫你满门无存，哼！不知天高地厚的浑蛋，还不给我自掌嘴巴，说不定可以饶你不死！”

萧灵此话一出，抗月和众追兵全都为之色变，抗月怎么也没有想到在这种绝境会遇到郡主，却弄不清对方究竟是哪个王府的郡主，但无论如何也是自己人，一时百感交集，真不知是该好好地痛哭一场，抑或是狂笑一阵，而追兵却恰恰相反。

他们一听所遇到的竟是朝中的郡主，那么她无论是哪位王爷的女儿，都会与抗月是同伴，而对方又占着人数优势，若真要让对方知道了抗月的身份，只怕所有的计划都会泡汤，甚至连他们的性命也要送掉，是以，他们想都未想就已经出手了。

# 第一百一十五章　高车国师

三子大骇，他怎么也没想到，会有如此一个可怕的敌人潜藏于一旁，伺机而动，但刀已回收，事起突然，想避也避之不及，在别人的眼中，那是淡若一缕轻烟的幻影，在三子的眼中和感觉中却是那般清晰、那般真实，因为他仍在刀意之中未曾退回，他的灵觉依然是他的刀，但他却知道，自己绝对无法避开对方的一击，而且他的直觉告诉他，对方无论在功力上抑或是身法上，都在他之上。

围观的人，几乎没有人可以知道这道幻影的庐山真面目，知道这人存在的，能够清楚捕捉到这神秘人身形的人，只有一个，那就是举杯的蔡风！

蔡风不仅看清了神秘人物的身形和面貌，更发现那不起眼的角落处行出了一个打扮得无比野性，但又充满了异域风情的美人，高挑的身材几乎与蔡风不相上下，浑身更似乎散发出一种火劲，让任何男人看了都仿佛要燃烧一般。

蔡风也不例外，但他却没有闲情去细观，因为他有更重要的事情要做，那就是出手！

蔡风绝不轻估任何敌人，他也绝不会轻估三子，但他知道三子与这神秘人物相比仍要差一两筹，更且此刻又是在毫无防备之下的偷袭。

蔡风并不是反对人偷袭，这是一种生存之道，本无可厚非的，可是他却讨厌乘人之危之人，何况对付的是他最好的兄弟。

亮光闪过，三子收刀护胸，但在他的左手却出现了一柄剑，一柄疾若电掣的剑！

三子本不想用剑，也不想将这最后一手给抖出来，但形势所逼，他不得不出剑，因为若不出剑，那只会有一种结果——死亡！

三子练武就是由剑而始，在剑上的造诣，远远超过刀，只是后来失去了记忆，刀道才在随着无相神功的攀升而愈来愈强，不可否认，剑道也有着极大的提升，只是在后来得到蔡伤倾心的指点后，他才真的步入了刀的世界，可在剑的造诣上绝不会比刀道相差很多，更且黄海所用的是左手剑，与刀相配合，更有着意想不到的效果。

“啪！”一声脆响，三子横刀挡住对方要命的一掌，一股狂野无伦的力道几欲使他五脏移位。

三子若砖块般被抛了出去，但那神秘人要命的第二掌却无法拍下，除非他想与三子来个两败俱伤。

就算他第二掌可以要了三子的性命，但三子的剑也会在最后一刹那刺入他的胸膛，这是绝对不用置疑的，是以那神秘人不得不放弃那一掌的打算。

虽然他放弃了那一掌的打算，却没有放过三子的意思，是以他依然踏着如梦似幻的步法，如影随形地逼向三子。

有时候，事情并不是总能如人所愿，更不是想如何便能如何的。

那神秘人想要三子的命，但也有人想要他的命。

那是一只酒杯，和一杯化成颗颗冰粒的酒水。

酒杯口上有疾风掠过，那声音极有乐感，但却是一种刺耳至极的声音，就像是以尖刀在心上划过一般，让人浑身汗毛直竖。

如此怪异的尖啸自然引人注意，但众人见到的却只是那交织成天罗地网的冰珠，要命得像是支支劲箭，但却闪烁着一片白茫茫的幻影，迷茫了众人的眼睛，也阻住了神秘人的攻势。

神秘人物似乎吃了一惊，他好像也未曾想到在客栈之中竟隐藏着如此高手，但无论怎样，他必须解决眼前的攻击，这绝不容忽视的攻击！

“啪……”酒杯被削成两半而落，冰珠却袭在那神秘人的披风之上，一阵“噗噗……”的暗响，若击在被手按住的鼓上，但无论如何，神秘人还是暂停了对三子的攻击。

神秘人自披风中抖出脑袋，迎来的却是一阵呼啸的刀风，浓烈无比的杀机让严冬的寒风都凝结成了刀锋，肃杀之气让所有的围观者都忍不住打了个寒战。

哈鲁日赞这才明白，刚才三子与他交手的确是未曾动用杀招。

这一刀，就是三子发出的，那神秘人的偷袭，的确深深激怒了三子，使他此刻变得比狮虎更勇更猛更野，也激起了强烈无比的杀机。

神秘人一惊，没想到三子会如此快速、如此利落，更似乎对刚才的那一击毫不在意，只凭这份承受能力，这份刀劲，就足以让人心寒，但让神秘人心寒的却并不是三子的刀，也不是三子的剑。

虽然三子的刀凶厉无比，而相配合的左手剑又诡秘难测，相辅相成，的确难缠得紧，但却有一件比这刀剑合并更让人心寒的东西。

那是一只手，一只白皙、修长的手，连指甲都晶莹剔透。

这只手，是蔡风的，也是刚才扔出酒杯，泼出水酒的手。

看见蔡风从何处出现的，只有两个人，一个是凌能丽，一个是元定芳，因为蔡风刚才仍在她们的身边，而再次出现的时候，却已经处于虚空之中，即刀芒与掌影的交汇之处。

三子退，不攻而退，这一刀，也许会让那神秘人有些狼狈，可那又怎样？他仍无法胜过对方，想要对方的命，他无法办到，但这并不是他身退的原因，致使他后退的只是一只手，仍是蔡风的手！

只要蔡风出手了，他就没有任何必要再出刀出剑了，那是没有意义的事情，他绝对相信蔡风的力量，没有任何力量可以阻止蔡风出手。

三子的退，让那神秘人也有些惊愕，他不明白为什么三子会突然退身，且说退就退。如果三子这一刀一剑不撤的话，配合着那只似乎充满魔力的手，他只怕唯有败亡一途，而在这节骨眼上，三子居然退了，真叫人不解。

但无论理解与否，自己仍得全力相抗这只手，没有任何人敢小觑和轻视这只手，神秘人更不敢！

“轰！”一声似乎能惊天动地的巨爆。

蔡风犹若一片悠闲的云朵，悠然落地，一只手背负在身后，一只手惬意而轻松地低垂着，有种说不出的优雅。

些微的风掀起长衫的下摆，成浪纹飘摇的长衫，像是生动无比的精灵，那傲然而微冷的眼神，配上充满野性的脸形，加上那不可一世微微挑起的嘴角，构成了一种独特无可比拟而又让人震撼的奇异魅力，鬓角的黑发顺耳而垂，使那种似乎犹存的天真、顽皮及玩世不恭的内涵，活灵活现地表现出来。

所有的人都为之呆住了，蔡风似乎是突然从天而降。

那神秘人物猛地倒退几大步，才刹住脚，露出难以置信的神色望着蔡风。

众人终于可以一睹神秘人物的庐山真面目，不高的身材却穿着极为宽敞的长袍，锦袍之上更画有一只盘驻的大虎，细小的眼睛露出一线目光，紧紧地盯着蔡风。

“国师！”哈鲁日赞有些惊喜地叫了一声，但那神秘人并没有回答，因为蔡风的气势已经紧紧罩住了他，哪怕他有一点点松懈，就会遭到对方最为无情的攻击，绝对不会有丝毫的情面可讲。

围观者绝对无法感受到神秘人的难处，因为他们所看到的完全是一片平和，连蔡风那傲然而自信的笑容，也显得十分自然，令人心生赏心悦目之感。

“你是高车国的国师？”蔡风淡淡地问道，他的意态极为轻闲，脚下不丁不八，似乎根本就未曾将眼前的人放在心上，抑或根本不像是两大高手在对垒，倒像拉拉家常。

高车国的国师是在漠外除柔然王阿那瓌之外的第一高手，虽然传说国师的师父武功更高得无可思议，但那只是一个传说而已，一个被人当作神话的传说，可是眼前这位弱冠少年，竟可轻易将国师击退，这的确足够让所有高车国人惊骇莫名。

“他就是本国闻名漠外的巴颜古国师！”哈鲁日赞出言道，他似乎为巴颜古的存在而感到自豪。

“哼，堂堂国师也不过如此而已，乘人不备，连中土下流人物都不如，难道这就是国师的风范吗？”蔡风有些不屑地望了巴颜古一眼，讥嘲道。

巴颜古的脸色一阵青一阵白，却并不回话，蔡风虽然漫不经心地说话，可是却暗中生出了无尽的气机，紧紧锁住对方，巴颜古有些无法理解，以蔡风这般年纪，如何能具备这样深厚无比的功力？更有着如此莫测高深的武学？

当然，世上让人无法明白的事情太多太多，自不能让每个人都弄清楚。

三子还刀入鞘，神情极为淡漠地立在一旁，他的目光却落在一角如火般的美女身上。当然并非垂涎对方的美色，而是发现这个美得有些邪异的女子，其美目竟毫不瞬转地盯着蔡风，露出迷醉和倾倒之色。

他禁不住好笑，但并不奇怪，蔡风的确很招女人喜欢，自小三子就有这个感觉，只是他想不出这如火般艳丽的女人究竟是什么人。

“我不管你究竟是什么身份，总之，你不该如此去偷袭他人，如果这是你番邦的规律的话，那我告诉你，这里是中原，在中原，你就需要受到教训！”蔡风恼恨巴颜古出手如此狠辣，竟然一开始就想要三子的命。他自小就与长生、三子一起游戏长大，三人犹如兄弟一样，长生的死，已经让他心中留下了无限的遗憾，是以，谁要是想杀三子，就像是要杀蔡风自己一般，他自然大怒难平！

巴颜古不语，只是自袖中缓缓滑出两柄戒刀，而在此时，他整个人的气势也跟着疯长，当腰杆挺直之时，竟让人觉得立于那里的不再是一个人，而是一座巍峨的高山。

哈鲁日赞忍不住感到惊讶与诧异，在漠外，能让巴颜古出刀的，只有两个人，一个是柔然王阿那壤，另一个就是他阿爸，可是这眼前的年轻人才出手一招，就使得巴颜古亮出戒刀，这岂能不让人感到惊诧？

蔡风似乎并不感到惊异，而是露出了一丝微有些高深莫测的笑容，抑或是因为能找到一个值得他出手的对手而笑。

蔡风微微踏出一步，这一场战斗是绝对不可避免的，不为别的，只为对方是一个对手，更不能让对方以为自己怕了他。

蔡风只踏出这么一步，似乎改变了很多，包括蔡风自己。

蔡风似乎不再真实，真实的是一柄刀，一柄自地面突起的刀，这是所有人对蔡风的感觉。

刀，就是蔡风，抑或蔡风自己的确是一柄刀，一柄古朴、温和而又充满着无限生机的出土古刀。

谁也想象不到就只这么小小的一步竟会起到这么大的变化，更可怕的，却是蔡风的刀意，那种深不可测的刀道境界。

蔡风的刀与蔡伤的刀的确有些不同，蔡伤的刀充盈着千军万马的肃杀，更有一种源自心头的霸烈之气，而蔡风的刀，却完全是另一种表现形式，生机的扩展若柔和的春风拂面，让人感到舒心静神，但却有着无可抗拒之感，那若燃烧般扩展的无限生机，使任何对手都有着同样软弱的心理。

呼吸的声音都那么清晰和粗重，寒风似乎在突然间停止了，抑或是所有人的心神全被眼前这种神奇而诡秘的意境所吸引，根本就感觉不到寒风的存在。

三子在暗自嘀咕：这难道就是刀之神的境界？人即为刀之神，才能够身化为刀，凝成刀之形，抑或这根本就已经达到了刀道的巅峰，无刀的境界？

巴颜古的额角出现了两颗汗珠，初到中土，就惹上了这般可怕的高手，他不知道是否该为自己能碰到这样的对手而高兴，抑或是悲哀。

两柄戒刀横胸而架，他必须这样，蔡风那可怕的气势似乎是无孔不入的风，使他的斗志一点一点地崩溃，所以他必须横刀凝神。

寒风再次吹起，而且愈来愈烈，似乎是漠外的沙暴突然自这里刮起，凛冽、肃杀而且渐渐凝入了毁灭性的气息。

围观的人都在退，谁都知道，下一刻将会是怎样的一场风暴，他们绝不想自己也成为这场风暴中的牺牲品，因为场中静立着的两人实在是太可怕了。

蔡风依然是蔡风，不是刀，因为他拥有自己的生命，自己的思想。刀，只是生命的一种表现形式，并非主宰，所以，蔡风依然是蔡风。

巴颜古出招了，是在沙暴变得最狂最野的时候，而他的两柄戒刀便拖着这形若沙暴的气轮，以毁灭性的姿态向蔡风撞去。

阿三的动作极快，快得连劲箭都似乎有些不及。

这样一批追杀萧衍的人，若是没有真材实料，只会碍手碍脚，能够成为这队人马中的一员，都有着自己的过人之处。

战马悲嘶，自是无法与劲箭相抗衡，全都软倒在地，而众多的追击者都不约而同地滑至马腹而躲开了箭矢之危，但这一轮箭雨仍使五人受伤，战马尽数倒毙。

阿三的身形也像箭一样快，目标却是萧灵，擒贼先擒王，只要擒下了郡主，那么主动权就完全操纵在他的手中，那时候再对付抗月，就易如反掌。

阿三极会把握时机，他很清楚，对方要再上箭攻击绝对来不及，原因是这个距离并不是太远。

他心中所打如意算盘的确很好，与他有相同想法的并不只他一人，而是五人，那个提醒阿三的老者也在其中，身形最快的就是他们两人。

“小心！”抗月忍不住惊呼出声，这两人的身手，的确很可怕，而他们身后的三人，也无一不是高手。

白光一闪，却是两柄飞刀，出自凌通之手，此刻的凌通乃是全副武装，全身无处不是能让人致命的利器。

飞刀快如闪电，而且发自一个几乎被人忽视的少年手中。

那老者无奈，只得挥刀去挡，而阿三却不同，因为他手中有獐子，身形根本不退，飞刀很快就插入了獐子的身上，在这种时候，獐子竟成了他的一面盾牌。

“当！”那老者的身形大滞，凌通飞刀上的力道之大，让他有些吃惊和骇异。

老者身后的三人立刻超过了他，与阿三成夹角之势向萧灵与凌通攻到。

萧灵并不惊，这种场面她并不是没有遇到过，与凌通一个多月的游历江湖，她的确学会了很多东西，也尝试到了许多连梦都不曾梦到的刺激，是以她也变得无比镇定。同时还有另一个原因，因为她知道，绝对有人会为她出手。

出手者是她身后的四人，在王府之中，这四人算是极为出类拔萃的，他们的动作绝对不慢，其功力更是不弱。

所有的家将都已出手，这一群追兵居然敢率先发起攻击，他们岂会留情？是以，他们纷纷扑上。

“轰轰……”几声爆响，四名家将与阿三等四人纷纷对了一掌，但那老者却自众人缝隙中挤了过来，五指箕张，以快捷无伦的手法向萧灵抓去，而另一只手挥剑削向凌通，他要防止凌通出手援救。只不过，他太低估凌通了，抑或打一开始，他们就将凌通当成了一个娃娃，这也是致命的弱点。

凌通冷笑出剑，剑若一道惊鸿，快捷无伦地切向那老者。

萧灵根本就不慌，甚至有些怜悯地望着老者，以及他那双干瘦的手。

老者竟然被萧灵的目光看得心头有些发毛，而就在这时，他感觉到手中的剑震动了一下，然后一阵凉意传到臂上。

陡然之间，老者感觉到自己似乎少了点什么，然后就感觉到了痛，传自那握剑的手。

他的手臂齐肩而断，被凌通一剑削下。

凌通的剑实在太过锋利，而他的功力也增长了许多，无论是在剑道抑或是其他各方面的修为，都有了一个前所未有的提高，这老者太过小看凌通，就是招致败亡的根源。

萧灵似乎早就知道结果，她始终相信凌通有这个能力保护她，就像凌通相信蔡风一样，而事实也的确如此。

凌通不介意杀人，特别是敌人，轻描淡写之中，他的剑就削下了老者的头颅，鲜血犹如泉注一般狂喷而出，洒得满地都是。

鲜血不仅仅淋湿了敌人的身躯，也淋红了敌人的眼睛。

生与死，并不是真正的起始和结局，乱世之中，见惯了生死，早已不以为意。

活着的人终究会死，要死的人想活也活不了，生与死早已麻木了所有人的心，只是血腥有些不同。

血腥与生死是两种完全不能混为一谈的意境，这些江湖之人，对生与死也许早已麻木，但对血腥却极为敏感，比之普通人甚至敏感百倍。是以，在血腥的冲击之下，场中的杀意狂升，浓浓的杀机似乎都快酝酿成将要暴开的风暴。

狂风沙暴之中，蔡风依旧悠然自在，安详之中，单手微拂。

手动，身动，就像是化成一场虚幻的梦，在所有的人眼中，在狂风沙暴之中，出现了一柄璀璨而感悟的刀。

巨刀，似接通天与地，自九幽之外的云端斜插于地，有着开天辟地之威。

围观的人，竟有人激动得发抖，他们从未想到天下间竟会有如此可怕的刀，有如此可怕的武功和人，一切都是那么不真实，那么令人难以想象和理解。

巨刀以无可比拟之势剖开狂风沙暴，向中心劈去。

没有人想象得到，若是被这一刀劈中，那将会是怎样的一个结果。

有人惊呼，是因为被刀劲剖开的狂风沙暴像洪水猛兽般朝四周狂卷。

“轰!”一声巨烈得让所有人神魂为之轻颤的声音，在虚空之中荡漾成深山暮霭下的古铜钟的震荡。

沙暴化成漫天的刀影，割体的刀劲激得沙石飞扬，巴颜古终于组织了第二轮攻击。

蔡风依然是蔡风，只是他所出的不再是刀，而是剑!

让人有些不解的是，明明他的刀招几乎是无可匹敌的，为何弃刀而不用反而以剑拒敌呢?

当然，不会有多少人明白蔡风的意思，蔡风的行事本就是极端地出乎人意料之外，根本就无从捉摸，但无论他做什么，都会拥有他的理由，包括这一次。

巴颜古甚至都有些无法理解，蔡风的刀势之凶猛的确是他生平所遇最可怕的对手，那么普普通通的一招却似乎可以生出并吞天下的气概。无论是刀的力道抑或是角度，都是无可抗拒的，他没有把握可以接下蔡风二十刀。可是蔡风在此刻竟舍长不用，难道他的剑道也会有刀道那般精深，那般可怕?

无论是刀抑或是剑，蔡风都绝对不会含糊，刀和剑的区别只是在于一个双刃，一个单刃；一个灵动而便捷，一个霸烈而凶猛。而这两种兵刃却同出一源，也只有一个共同的目的。

在普通人的手中，刀是刀，剑是剑，但到了蔡风的手中，刀不是刀，剑亦不再单纯是剑，抑或两者本同身。

刀影漫天，而剑星只有那么一点，淡淡的一点，犹如青灯孤影，在漫天刀影之中以一种诡异而奇妙无比的角度攻袭，却奇迹般地使刀影变得凌乱而散漫。

“叮叮……”之声不绝于耳，蔡风的身影完全被漫天的刀影所罩，偶尔露出一角，也只是惊鸿一现，恍若梦中的精灵。

巴颜古竭尽刀势，却无法将蔡风逼出刀势之外，更无法伤到蔡风半片衣角，他感到蔡风的剑虽然只是那青灯孤影般的一点点，可却似是无处不存，无处不在，而每一点都挡住了他手中之刀的去路，可又明显地感觉到蔡风并未真的使出绝招和杀手，总是故意回避什么或是隐藏自己的实力。

这是为什么？巴颜古忍不住感到好奇，难道蔡风刚才撤刀换剑，就是为了隐藏实力吗？

巴颜古正惊愕之间，蔡风突然剑势一收，在刹那之间双手上多了两柄短刀。

巴颜古再次感到惊愕无比，不是因为蔡风收剑使刀，而是蔡风两柄短刀所使出的招式竟然与他一模一样，正是巴颜古刚才所使出的招式。虽然蔡风所使的没有巴颜古那般精妙，却也似有十多年的修为，已得其中神韵，而更显得威猛霸道，甚至多了一些小巧之作，将巴颜古的刀法变得更具另一种魅力。

巴颜古惊骇莫名，比之蔡风刚才使出那惊天动地的一刀更让他惊骇，刚才蔡风一味地采取守势，原来就是想偷看他的刀法，这也太不可思议了。只那么短短的交手之中，竟然能将其刀法学得如此程度，这是怎样不可思议的资质啊。巴颜古想到自己习练这套刀法之时，花了整整五年时间方有小成，二十年才得大成，三十年之后方跻入宗师级别。六岁练刀，而今已有四十六岁，在刀道中浸淫四十年，却无法与一个比他小了近二十岁的年轻人在刀道上的意境相比，不由显得有些汗颜。而对方学会自己的刀法，却用不到一盏茶的时间，而且其中更融合了一些连他也想不到的技巧，将他未学全的几式连贯地续接起来，单凭这份聪慧就是他永远都无法比拟的。

蔡风的两柄短刀以巴颜古的刀法与之相斗，竟然不相上下，而且蔡风更不时有新招创出，使他初学的这套刀法更趋完美，连巴颜古都自叹不如。

“不打了!”巴颜古突然撤刀后退叫道，神情之中显出一丝不忿和伤感。

蔡风并不追赶，只是含笑静立，嘴角依然挑起一丝顽皮色调和玩世不恭。

“啪啪……”一阵掌声惊醒了所有沉醉在刚才那一阵惊心动魄的争斗中的人们。

蔡风和巴颜古的目光同时向掌声传来的地方望去。

蔡风的眼中依然含着那丝倔傲而悠然自得的笑意，只是用右手轻轻掸了掸长衫上的灰尘。

“蔡公子果然名不虚传，今日一见，的确使在下大开眼界!”说话者正是那击掌之人。

蔡风也不得不承认这人很有魅力，帅气之中透着一股雍容华贵的大家风范，鼻梁高挺，若玉柱直悬，怒眉斜入鬓角，更自然地透出一派威武之气，年龄似乎只不过比蔡风大上几岁而已。

“你是谁?”蔡风语气之中并没有丝毫被赞的喜气，只是淡漠地问道。

“哈，在下乃尔朱兆，二王子和巴颜古国师乃是我的客人。”那年轻人轻描淡写地道，神情极为轻松。

蔡风微微一惊，没想到会在这里遇到尔朱家族传说中的年轻第一高手，单看对方那自骨子里透出的气势就知道传闻并没有错，尔朱兆的确是一个绝不能轻估的对手。

“哦，原来是尔朱家族的大公子，久仰久仰!”蔡风并没有多大的诚意，他对尔朱家族没有任何好感，若不是今日有事在身，说不定他会对尔朱兆痛下杀手，除掉这个可能在今后成为大敌的对手。要知道尔朱家族就是抄他蔡府的凶手，虽然原凶是大魔头石中天，可尔朱家族也绝不能逃脱干系。更何况尔朱天佑曾与金蛊神魔一起参与对他施行的毒人计划，因此，尔朱家族更可能是魔门的一支。无论怎样，他与尔朱家族都是敌而非友，但此刻他却知道绝不宜与尔朱兆相争，在人力上，他仍欠单薄，自己虽不惧他们，但三子、无名四和无名五，更有凌能丽与元定芳，他们绝不能受半丝危险，是以他只好强忍着不发作，但让他好言以对，他认为没有必要演这场戏。

“蔡公子客气了！”尔朱兆却极有风度地谦虚一句，才转向巴颜古与哈鲁日赞笑问道：“王子和国师可知道这位是谁吗？”

哈鲁日赞和巴颜古同时摇了摇头，表示并不认识蔡风。

尔朱兆笑了笑，介绍道：“这位就是名震天下的蔡风蔡公子！”

“啊……”周围所有的高车国人全都忍不住惊呼出来，连巴颜古和哈鲁日赞也不例外，叫得最响亮最惹火的还是那立在不显眼角落中的艳丽女郎，那种神情，似乎是她听到了一只公鸡生下一个鸭蛋般，让众人感到好笑不已。

蔡风禁不住有些惊异，看这些高车国人的表情，似乎早就对他很熟知一般，可他却想不起自己的名字怎会远播高车，而这两年来他变成绝情，更是声寂江湖，就算这些人来到中原是去年，也不可能听得到很多关于他的事情呀。

“原来是蔡风公子，真是失礼之至，刚才冒犯之处，还请勿怪！”巴颜古神态一改，刚才的颓丧之情竟顿时化为乌有，反而显出一种自豪的神态。

蔡风微微一愕，显然被巴颜古前倨后恭之态给弄糊涂了，不过巴颜古的汉语却异常流利。

“哇，原来你就是蔡风，难怪会这么厉害，连巴颜古国师都不是你的对手，我早就听说过你的大名！”那如火般艳丽的女郎一身红装，就像一团燃烧的火焰，迅速掠到巴颜古的身边，以一种崇慕而又向往的口气道，眸子之中却尽是一种挑逗的野性。

蔡风虽然一向洒脱，可是仍然有些吃不消这种眼神，但他却清楚地捕捉到尔朱兆眼中一闪而灭的妒火，心头禁不住感到好笑和得意。的确，天下没有男人会不喜欢美女对自己感兴趣。蔡风不由含笑问道："是吗？姑娘是在哪里听过在下的名字呢？"

"我叫哈鲁仙凤，以后称我为哈凤好了，这是我在中原用的名字！"艳丽女郎不答反而先自我介绍道，这种直率、大胆的作风，的确大异于中土的女子，更像是她的那种外表，也带着异域的风情，与中土女子有些区别，那眼睛呈湖蓝色，高挺的鼻梁，微显黄色的头发竟带些卷曲，搭配起来，的确给人百分之百的惊艳。

蔡风的大胆与对方的大胆相比似乎仍差了那么一点，不由得暗自苦笑。

哈凤用一种极为好听的声音道："在我们漠外的诸国之中，有谁不知道蔡风之名呀，都说你聪明绝顶，连破六韩拔陵都是你出计让他兵败的，更让阿那壤也中了你的连环计，损失了数万精兵强将，使我们漠外各国得以暂时的安宁。我认识突厥族的土门花扑鲁，她跟我说过你那'地衣无缝'的计划，因为你的计划和安排，才会有杜洛周攻袭柔然，使柔然现况大乱，损失惨重。是以，我高车国上下都知道蔡公子的大名，我早就想来中土找你，只是父皇一直不让，没想到今次来到中原，在这里却碰上了你，真是太好了。"

蔡风恍然，他想不到这消息竟是从土门花扑鲁的口中传出去的，如果真是这样，那就不奇怪了，高车和突厥都属柔然的邻国，而突厥却一直无法摆脱柔然的控制，高车更视柔然为大敌。突厥想摆脱柔然的控制，就必须借助外族的力量，与高车暗中通息并不值得奇怪。突厥王土门巴扑鲁也是一个极有眼光之人，先采取蔡风之计，再与葛荣通商，更愿做葛荣与北方各国通商的转折点，那是因为这会为突厥带来数不尽的财富。以土门巴扑鲁之心，怎会不与高车通关系呢？哪怕是极短暂的合作关系也好。

不过，蔡风此刻倒为哈凤口中的那个"地衣无缝"感到好笑，虽然哈凤的汉语说得挺好，但在词的用法之上仍然会出些差错，但无论如何，亦是难得。

"蔡公子，你跟我一起去高车，好吗?"哈凤没等蔡风开口，就接着以乞求的口吻问道。

蔡风和三子诸人不由得全都愕然，蔡风不由得奇问道："我去高车干吗?"

"我叫父皇封你做我的驸马，我会好好爱你的。"哈凤似乎不知羞耻为何物，说这话之时，连脸都不红一下，只是眸子中露出无比的热切与真诚。

蔡风和所有的围观者一样，都在刹那之间变成了呆头鹅，谁也没想到这位不知脸红的异族公主居然在大庭广众之中说出这般毫不避嫌的话，而且讲得如此认真和真诚。

蔡风不仅有受宠若惊之感，更难得的却是脸庞居然红了一红，他都记不清自己从什么时候开始便未曾脸红过，可今日却是难得地脸红了。心中涌起无比荒谬的感觉，若非看见对方满目热切的期盼，他肯定当对方在说笑，抑或哈凤是神经失常的疯子。

哈鲁日赞和巴颜古先是一惊，也被哈凤的话给怔住了，但后来一想，如果蔡风真的成了高车的驸马，以他的武功、才智，要想称雄漠外，岂不是轻而易举？如此一来，漠外诸国连阿那壤也不用怕了，这岂不是一件天大的好事？想到这里，两人禁不住对哈凤的打算感到高兴，也很想支持她，只是无法插上口。

尔朱兆却是另一种感受，心中滋生的杀机控制不住地激涌了出来，只是他低下了头，绝不会让别人看见他那嫉恨如狂的目光。

的确，任何男人都会嫉妒蔡风，谁不想得到眼前这位如火般艳丽的异族女郎的青睐？谁不想一亲芳泽？谁不想拥有哈鲁王做后盾？而对方却在这样的情况下向蔡风如此露骨地示爱，怎会不让人嫉妒？连高车的亲兵都感到十分嫉妒，但谁都知道蔡风的武功太过可怕，谁想对付他，必须先得考虑一下自己的力量。

蔡风的确是无法承受这种露骨的示爱方式，不由得极为不自然地干笑一声，微带一丝歉意地道："非常对不起，只怕是蔡风福薄，辜负了哈姑娘的一番好意，也许蔡风并非姑娘想象的那么好，而且我早已有了婚约，只得向姑娘说声抱歉了。"

哈凤忍不住一脸失望，而尔朱兆却松了一口气，哈鲁日赞和巴颜古亦感到有些失望，而在这时候，凌能丽和元定芳翩然行至蔡风身边，两人犹如不沾人间烟火的仙子，与哈凤那如火般艳丽的美丽形成鲜明的对比，但无论是谁，都让人的眼睛为之一亮。

"阿风，我们也该起程了！"元定芳的语气比平日更为亲昵，像是在故意说给哈凤和所有人听的。

众人这才恍然，蔡风所说的有婚约，也许就是眼下的这位美人。

蔡风亦毫不避嫌地拉住元定芳的手，但目光却投向了那暗灰色的天空，淡淡地应和道："是该起程了。"

哈凤的眸子之中闪过一丝妒火，也变得有些无奈，凌能丽和元定芳的美丽是不可否认的，她也无法否认，虽然她对自己的魅力极为自信，但能够比得过凌能丽和元定芳吗？她没有这份自信。

"哦，想来这两位是蔡公子的红颜知己了？"尔朱兆也为凌能丽和元定芳的美丽微感震撼。

蔡风并没有否认，只是略朝哈凤抱以歉意的一瞥，转身向客栈中行去，留下众人呆立于外，刚才的一切犹如置身梦中。

阿三的武功极为强横，但是仍无法与自靖康王府中精选出来的家将相提并论，何况王府中的家将比之他们多了三四倍，他们岂是敌手？本来想擒住萧灵为人质的计划被凌通打乱，变得全无用处。因此，眼下形势对他们来说极为不利。

抗月也惊于凌通的武功，只那么随手两剑，就将那不可一世的凶汉给解决了，凭这份洒脱和利落，就不能不让人心惊。对方如此年轻，功力却似乎深厚无比，他究竟是哪个王府中人呢？

正想间，一缕劲风自侧面袭至，贼人明知道自己必死，但也不想留下抗月这个活口泄露了萧衍的行踪，那样只会使他们的计划满盘皆输。

抗月浑身发软，如何会有力气抗拒这凶猛的攻击呢？只得眼睁睁地望着对方的刀拦腰斩了过来，白晃晃的，在眼中越来越大，他甚至已经嗅到了死亡的气息，但却无可奈何，也极为不甘心。

断剑无力推出，他知道这只是徒劳，一柄无力的断剑怎么也不可能阻住对方劲气汹涌的刀势，他是这么想的。当然事实很难预料，奇迹的创造者总会是人。

不错，奇迹的创造者的确是人，抗月的断剑竟奇迹般地架住了对方的刀，不仅如此，还击落了对方的刀，这是多么不可思议的事，但却是事实。

并不是因为抗月的断剑力道很猛，而是因为那一刀根本没有半分力道，这并不是不可能，也非敌人留情，而是因为对方已经死了，死人当然不会有什么攻击力量，这绝对是真实的。

对手死了，抗月看见那扑倒的尸体，胸口插着一只矢尾，短矢的尾部仍留淌着黑血，是一柄极毒的短矢，凶手是谁?

抗月扭过头来之时，发现了萧灵脸上那灿烂的笑容，美丽犹如欲开的花蕾，芬芳而清纯，更多了几分天真烂漫。

救他之人正是笑得无比灿烂的小郡主萧灵，那精巧的小弩机竟让抗月感到无比亲切。

“你没事吧?”凌通微有些亲切地问道，他早已还剑入鞘，坐于马背之上处乱不惊，倒确有几分大将的风范。

“我没事。”抗月对凌通有一份说不出的好感。

厮杀声很快变得寂静，靖康王府的众家将以数倍人力对付这群追兵，自然不在话下，何况这群家将皆身经百战，更善于多人混战，岂是这群人所能够相比的?

在众目相望之下，蔡风十数骑向西驰去，高车国众人和尔朱家族的几人只能目送他们远去，谁也不想惹上这样可怕的高手。哈鲁日赞本来还垂涎凌能丽和元定芳的美色，但知道她们是蔡风的心上人之后，就不得不无奈地收回心思，连破六韩拔陵这等枭雄也斗不过蔡风，他可不想招惹如此大敌，更何况蔡风刚才那可怕的刀法和剑法，早已经震慑了所有人。只是蔡风为何会弃刀用剑，而剑又只守不攻，更到后来用半生不熟偷学来的刀法对敌，这是巴颜古等人无法理解的。

其实，三子和凌能丽又何尝理解，只不过三子知道蔡风一向行事出人意料，是以并未出言相问。询问的人是凌能丽。

蔡风想了好久，才认真地答了一句："尔朱兆是个可怕的高手！"他的话未免有些答非所问。

"难道这与尔朱兆也有关系？"元定芳也有些不解，但立刻似乎想到了问题的所在，问道。

"不错，尔朱兆是一个极富心智之人，他的可怕在于不动声色。他一出现我就知道，他一直在后面偷偷观察我与巴颜古的武功，只看他的步法，就知道他与尔朱家族有关，而我绝不能让尔朱家族的人知道我蔡氏一门刀道的秘密，甚至不想让他们看到我剑术之中的奥妙，因为他们是我的敌人，让他们知道得越少就对我越有利。我与巴颜古毫无仇隙，根本没有必要对他痛下杀手，所以到后来，我就只用巴颜古的刀法对付他自己了。"蔡风说到这里不由得笑了起来。

众人禁不住也跟着笑了起来，更让他们感到欣慰的却是蔡风的警觉，就像是野兽一般的警觉。

凌能丽却仍有些酸意地道："那什么风的倒真是美呀！"

此语一出，众人不由得再次"哈哈"大笑起来，没有人听不出其中浓浓的醋味。

凌能丽却不在意地嘟起小嘴，邪邪地看着想笑又不敢笑的蔡风。

蔡风不由被看得心里发毛，耸耸肩，无可奈何地苦笑道："能丽别这样看着我好不好，这可不关我的事，我也不知道打哪儿钻出来这么一个，一个……"

"一个什么？"凌能丽竟像个管家婆般"凶"道。

"一个野丫头总行了吧。"蔡风不由得打趣道。

"好哇，你是在骂我是吗？看我不饶你……"凌能丽没说完，蔡风就已策马疾驰而去，并笑道："你来追呀……"

"驾……"众人立刻快马加鞭。

# 第一百一十六章　猎子救皇

萧衍的神色有些难看，对方的猎鹰始终是无法摆脱的尾巴，虽然这里林多树密，但偶尔也会被猎鹰发现，哪怕只是稍稍一显身形，对方潜伏的追兵立刻就会赶到，何况在他们的身后仍有三位高手紧追不舍。也不知抗月究竟怎样了，但无论如何，抗月所付出的代价是值得的，至少他杀死了樵夫，阻止了别外两名高手的追击，否则，后果会更难以想象。不过此刻的情形也好不到哪儿去，因为叶倩香带着萧衍疾逃，不可避免地在路上留下给对方追踪的痕迹，使得对方很快就追了过来。甚至，追兵越来越多，自不同的方向阻截，这的确是一件极为麻烦的事情。

让萧衍头大的事情终还是出现了，那就是被对方断了退路！

一代皇者，竟成了别人猎圈之中一只待捕的猎物。

叶倩香不得不放下萧衍，因为她想走也走不动了，别人不让她动。

弩箭自草丛灌木之间探出，只要他们轻举妄动，就会成为众矢之靶。

叶倩香自然不惧，但萧衍却无法抗拒，若带着萧衍，她承受着两人的重量，要杀敌护人，只怕是力不从心，况且对方之中也有许多可怕的高手，那样只会惹来更无情的攻击。

灌木被排开，踏入三人，正是在他们身后急追的三人，此刻三人的脸上微显出一丝得意，因为萧衍终于还是落网了，并没有逃出他们的计划之外，虽然这一路追得十分辛苦，可事情最终还是顺利落幕。

“你们辛苦了！”其中一人语调似微带讥嘲地笑道。

“你们究竟是什么人？”叶倩香怒叱地问道。

“这个你们不必知道，其实知道了，对你们也不会有什么好处，更没什么作用，因此，你们还是不用知道为妙。”那人极为谨慎地道。

“是石中天让你们来的？”萧衍仍想证实一些什么，出言问道。

“这并不重要，重要的是只要你们肯合作便行。”那人仍是不愠不火、不紧不慢地道。

“你们想要怎样？”萧衍冷冷地问道。

“你手上的那颗红宝石戒指及玉玺，只要你将之交出来，我们可以让你锦衣玉食，终老一生。”那人淡淡地道。

“哼，乱臣贼子，妄想！”萧衍勃然大怒道。

“别作无谓的挣扎了，这对你百害而无一利，我们完全可以不用玉玺，也照样能够稳固江山，其实在宫中找块玉玺也并不是一件难事，你难道不这么认为吗？”那人语调极傲，对萧衍的愤怒视而不见。

“大师兄，不必跟他们多说，既然他们不识抬举，我们就只好用武力解决了！”一位疤脸汉子冷冷地道。

“娘娘，你是自己放下剑，还是要逼我们出手呢？我们这些人粗手粗脚的，一个不好会有损娘娘的声名，我看娘娘还是放下剑，自制穴道好了。”那人似乎很照顾叶倩香地道。

叶倩香望了萧衍一眼，又望了望四周的劲箭，银牙几乎咬碎。

“倩香，你杀出去，别管朕，朕的江山唯有你去保存了！”萧衍苦涩而又深情地道。

“不，皇上如果不在，那臣妾活着也没意思，就让我们一起共生死吧！”叶倩香坚决地道。

“好深情的人，萧衍，你也该知足了，皇帝做了二十年，享尽了人间一切所能享受的，又有如此深情的美人爱你，你还有何憾呢？”那人有些羡慕地道。

“好，只要你们不伤害他，我可以弃剑！”叶倩香坚决地道。

“我们并不想伤害他，只要他肯合作，我保证他的后半生过得丰衣足食，美酒佳人随他享受。”那人语气也极为肯定地道。

萧衍心中暗叹，他很明白对方话中的意思，这下半生只能是被人软禁的囚犯，虽然可能会享受到普通百姓一辈子也享受不到的美酒佳肴，可这对于他来说，又是何等的残酷，他真的有些后悔不该有这一次的决定，不仅拖累了自己，还连累了叶倩香，甚至是南朝的百姓。

“是朕连累了你!”萧衍拉着叶倩香的手，有些痛苦地道。

“我们夫妻二十余年，又何必说这种话?”叶倩香轻轻一叹，长剑缓缓下垂。

四周的人微微松了口气，知道事情终于有了一个定局。

那三人的目光微显出一丝得意。

“呀……”一阵惨叫划破了林中的静寂，一轮劲箭犹如狂风暴雨般自四周射出。

目标不是萧衍，而是射向那些弓箭手!

“哗哗……”树枝像是被狂风绞断，四处乱舞，向场中心盖到，没头没脑的来势竟使所有人的视线全都暗淡。

“呀……”惨叫声夹杂着轻微的马蹄之声，闯入了包围圈，在树枝狂舞乱飞之时，竟然无法看清来者是谁。

那三人大惊，突变已经发生，他们正欲提劲向萧衍扑去之时，忽觉似乎有什么东西向他们扑到，来势凶狠无比，混乱之中，他们根本就看不清是什么。

“砰砰砰……”一连串的闷响，地上更升起了一团浓浓的黑雾，显然是来人准备好的烟雾弹。

场中立刻被浓如墨的烟雾所笼罩。

“轰轰轰!”那三人的三下重击全都落实在那三个扑来的黑影之上。

“汪汪……”却是猎狗的惨叫，“汪汪……”猎狗的叫声极乱，惨叫之声，混乱的兵刃撞击之声，使得场中一片混乱，像是世界末日中的疯狂。

萧衍和叶倩香全都愕然，他们也不知道这究竟是怎么回事，但无论如何，叶倩香最先想到的就是拉紧萧衍的手，顺手拾起地上的剑，正准备趁乱遁走之时，那轻微的马蹄之声在身边响起。

“快上马!”一个似乎微带稚气的声音在他们耳边响起。

叶倩香哪还会犹豫?那轻微的马蹄之声自然逃不过她的耳朵，挽着萧衍跃身翻上马背，却是一匹空马。

“锵！”一声金铁交击的声音响过，随便听到一声惨叫传出。

那三人怎么也不会想到扑过来的竟是猎狗，这么一阻，竟让萧衍和叶倩香上了马，不由大疾呼道：“别让萧衍走了！”

“哗……嗖……”飞马、劲箭竟一齐向声音传来之处攻到。

黑暗之中，那三人清晰地感觉到数十道锐利劲风攻到，禁不住全都大骇，急忙翻身倒退，虽然勉强躲开攻击，却吓出了一身冷汗，不敢再发出声音。

“呼！”一道轻悠的风声自头顶盖到，三人再次出掌，却轻飘飘不着力，那竟是几根树枝，只气得他们差点昏了过去。

“啪！”一道旗花在天空中爆开，这是他们不得已的方法，只好召集散伏在各处的人来共同对付神秘敌人，他们此刻连对方是谁，有多少人马都不知道，怎会不气？难道他们的计划就这样前功尽弃？任谁都不甘心，是以，他们真的急了。

树林之中四处飘散着浓浓的黑雾，连东南西北都难以分辨，更不清楚来者到底会是什么人。但对方的武装定很齐备，只看那几轮劲箭就可知对方有备而来，但他们潜到了自己身后竟没有被察觉，却有些让人无法明白，而且还有马匹，这的确让人有些不可思议。

混乱之中，加上四处烟雾久久未散，也不知谁是敌人，一气乱杀，不管被杀的是敌人还是自己人，但有些人却知道追赶着马匹杀，虽然马蹄之声极轻，但仍是听得到。

冲出这片布满烟雾的林子，那些追兵才发现，自己的力量是多么的单薄，尾随追来的只不过十多人而已，而他们更发现，在林外已经排立了一排弓箭手，不过，他们发现得太迟了，因为，劲箭已经射入了他们的咽喉和胸膛。

“皇上和娘娘受惊了，小的救驾来迟！”

“皇上万岁万岁万万岁！”林中呼声一片，所有的人全都跪伏于地。

萧衍和叶倩香先是一惊，却发现跪在自己马前的，只是一个大娃娃，微带稚气的脸上被溅了几点血花，一身劲装也血花斑斑，显然是刚才冲出那片林子之时，为他们开路时所溅上的，但他们想不到的，却是对方如此年轻，他们原以为相救自己的神秘人物定是个很威猛的汉子。

“你叫什么名字?”萧衍心头大开，对眼前的大娃娃竟涌起了一股莫名的亲切之感，更夹杂着一股真诚的感激。

“回皇上，小的叫凌通，这里都是靖康王府的亲兵，本是陪平安郡主来狩猎，但得知皇上受奸人所困，就马不停蹄地赶来救驾，迟来之罪，还请皇上勿怪!”

“哈哈，原来你是陪灵儿来的。好，快起来，你何罪之有呀!”萧衍到此时真是心情大畅。

叶倩香也暗自抹了一把冷汗，若非凌通及时赶到，后果可真难以设想。

“你们怎么穿这么少的衣服?”萧衍这时竟发现众亲兵每人穿的衣服都很单薄。

“小的一时找不到东西包住马蹄，只好用大家的棉袄代替了。”凌通斜望了一下马蹄，淡淡地回应道。

经凌通一说，萧衍这才发现，那些马蹄之上裹着的果然是一件件棉袄，也难怪，众人能驱马潜近而没有丝毫声息，从而取到了出奇制胜的效果。

“通哥哥，贼人从四面八方涌来了，他们人多!”萧灵的声音显得有些急促，自远处策马疾驰而至。

众人心头一惊，萧灵的快骑转眼已经赶到了这里，立刻翻身下马向萧衍和叶倩香跪下请安。

萧衍乍见亲人，更是有些激动，想到这连日来被追截、逃避，比之那些难民更艰苦，一时感慨万千，迅速扶起萧灵，问道：“你们一共有多少人马?”

凌通毫不犹豫地道：“今次不知皇上和娘娘御驾至此，我们只带有五十多名亲兵，但都是以一敌十之人!”

“通哥哥，敌人可是有近千人呀，我们如何是好?”萧灵倒真有些急了，她一向依赖凌通惯了，此刻虽然有萧衍和叶倩香在身边，但情急之下，仍习惯性地向凌通汇报，依然极为亲昵地称他为通哥哥。

萧衍和凌通的脸色都微变，若以五六十人对付近千人，无遗是以卵击石，但萧衍怎么也没想到对方竟然有近千人分聚到这里。不过，这也可以看出石中天为了对付他，的确是倾注了很多的人力和心力。过了滁州，很快就会赶到建康，是以，石中天不得不在这最后一关孤注一掷，如果在最后一关仍无法将萧衍擒下的话，只怕以后他就没有机会了。再加上一路上的追兵全都分在滁州附近，才会使兵势一下子变得这么凶。

“我们拼了，只要能保皇上和娘娘及郡主突出重围就行了!”

“对，我们护着皇上突围……”众靖康王府的亲兵全都显出一片赤胆忠心，神情极为慷慨。

彭连虎几乎没有一夜合好了眼，想到石中天的可怕，让任何人都无法安枕。

他的手上青筋在涌动，那是因为他的确是充满了无限的杀机。

“这已是第三十二位探子死于绝毒之下!”一旁的黄锐语意之中也充满了杀意，他也是萧衍身边八大护卫之一。

而另外四人则静静地立在浑身泛青的一具尸体旁，眉头紧锁，他们正是与彭连虎一起的六大护卫之四，分别为追风、逐电、抗天、怒日。

“看，他的手中似乎抓着一件什么东西!”追风的目光落在那尸体紧握成拳头的左手上。

彭连虎精神一振，出指疾点尸体手腕上的数大关节，劲力一冲之下，那只握成拳头的手竟然张开。

“是一张字条!”怒日以最快的速度拾了起来。

“城北城隍！什么意思?”怒日念道。

字是用血写的，这是第三十二个探子以生命换来的，但却只有这四个字。

彭连虎不由得微愣，想了想道：“会不会是城北有个城隍庙?”

“对了，不错，我记得曾在城北发现了一个城隍庙，想来这四字所指定是那里!”黄锐突然道。

“他定是说石中天就在那城隍庙中，我们立刻调大军前去，不相信他们会漏掉!”怒日眼中充满杀机道。

“不行，这里是新马桥，虽然仍是我们南朝的地方，但实际却成了北朝之地，我们绝不能调动大批人马，那样只会引起固镇的攻袭，我们绝不能这么做，只能我们几人前去看看，更何况人手太多，会打草惊蛇，绝不划算!”彭连虎出言道。

这六人都以彭连虎马首是瞻，彭连虎这般说，其他人自然不会反对。

“好，那我们这就去!”黄锐立刻道。

“必须小心行事，对方可能不止石中天一人，石中天的用毒水平没有这么好，可能有个极可怕的施毒高手在其中!”彭连虎忍不住提醒道。

天色已经越来越昏暗，林间本就光线不强，凌通望了望天色，想了想，打断群情激动的众王府家将，认真地道:“此刻我们想要杀出重围，希望是很微渺的，这些人似乎也都不是弱手，能否安全地保护皇上和娘娘杀出重围还是个问号，如今之计，我们只能拖得一时算一时，天就要黑了，只要等到天黑，我们就不怕他们人多，而等到天明之时，城中定会派出救兵，那时候就是他们的末日!”

“可是我们能再挨过一炷香的时间吗?”亲兵头领萧逸有些怀疑地问道。

凌通飞身跃上树顶，四下环顾了一眼，想了想道:“相信没有问题，但却需要大家配合!”说着冉冉自树上飘落，身法之轻灵，就像是鸟雀。

萧衍禁不住再次对凌通仔细打量了一番，此刻竟对这大娃娃有一种莫名的信任之感，不由得道:“好，只要你有办法，大家暂时全都听你的!”

凌通没想到萧衍会这么说，不觉有种受宠若惊之感，但却毫不推托地道:“那我就不客气了!”

“大家迅速将那些尸体之上的羽箭全部拔回来，我们最不能缺的就是这些东西!”凌通说着自怀中掏出一张精巧的折叠弩机，双手递给萧衍，诚恳地道:“这是小的亲手制作的小弩，想请皇上试用一下!”

萧衍不由得大感好笑，想自己平日自恃武功已达登峰造极之境，连兵刃都未用，今日却要以小弩来保命，这的确让人感叹，不过凌通似知道他的心思，以如此委婉的说法，虽然似乎没有什么必要，但却表现出这小子的确头脑机灵。

凌通自马腹之下拿出一袋极为短小的箭矢，比之普通小矢还要短小，每支不过五寸而已，蓝汪汪的箭头，一看就知上面淬有剧毒。

萧衍自然心照不宣，有这剧毒的箭矢和折叠轻便小弩机，的确会让人心里踏实多了，忍不住赞道："好一张精致的小弩机，看不出你年龄如此小，却如此聪明绝顶，若今日我等安然脱困，朕定重赏于你！"

"谢谢皇上！"凌通大喜，立刻转身对萧灵道："灵儿，我们带的那些绳子还在吗？"

"在，要绳子有用吗？"萧灵望了望马背上几只沉重的大包袱，问道。

原来，凌通这次上山打猎并没有准备在天黑之前进城的意思，一开始就打算露营野外，所以准备的东西极为齐全。凌通和萧灵本就小孩子心性，不仅准备了一些必要的东西，就连许多不必要的东西也都准备了很多，例如绳子、钩子之类的，甚至连兽夹也带了不少，倒是真的准备痛痛快快打一段时间的猎。凌通更一路上采得许多草药，他将医书医典背得极熟，以采药为乐倒也快哉。

凌通迅速从包袱中拿出绳子和细线，更在细线之上挂着一个个细小的包袱，然后在地上和树顶上一气乱缠。地上的细线并无小包，小包都挂在空中，在树枝和黄昏天色的掩护之下，竟极难发现。

"我们向山上退！"凌通再次吩咐道。众人有些不明所以，但眼下唯一的去处，就是山顶，不过也幸亏这里山石极多，林子又密，更是谷涧交错，地形确实复杂。如果是晚上，对方在未知虚实的情况之下，的确不敢轻举妄动。

行不过两百米，凌通又吩咐道："大家立刻砍树！"

众人虽然有些不明所以，但既然凌通如此吩咐，也便照做不误。就在那些树将倒之时，凌通迅速将绳子拴紧一根粗枝，系在另一株树上，使要倒的树全都被拉稳，然后就将他熬制的药，黑糊糊地涂在被砍之处，在昏暗的光线之下，的确难以看出破绽。

"你们带皇上先去山顶，搭营休息，这里就由我负责好了！"凌通吩咐道。

萧衍似乎有些明白凌通要干什么，而这时远处的贼人已经向山上冲来，也就不再多问，策马向山顶驰去。

城北果然有座城隍庙，只是年久失修，已经破败，兵荒马乱之年，又有谁会去理会这座破败的城隍庙呢？除了野鼠经常出没外，倒很少有人前来。

彭连虎持刀而立，静静地望着那结满蛛网的庙门，心头涌起了一丝无奈的感慨。庙破家亦破，人亡国何堪？究竟是谁的错？他无言，也无暇去考虑。

目光扫在庙门口的青苔之上，却并未发现履痕，只是凄厉的北风呼啸干扰着冰凉的空气。

“城北城隍”究竟是什么意思呢？是说石中天就在城隍庙中，抑或是别的意思？但无论如何，他都必须进去一看。

一人一刀，别无其他，彭连虎并不怕石中天，因为他知道石中天绝对不可能有太强的攻击能力，全因对方伤得的确太重。他能活着逃这么远，已经是一个了不起的奇迹了，天下间能够在蔡伤与蔡风联手之击下而不死的人，大概也只有他一个了，而且他仍能够在最后使出那惊天动地的一招，真是让人感到太不可思议。是以，若这人不死，将会成为天下任何正道人士的心病。

石中天本是他师叔，这一点，彭连虎在郑伯禽的口中听说过，也知道这个师叔的武功极高，但却没有想到他竟是天邪宗的宗主，更是四十多年前邪宗的传人，并习得冥宗的武学。这的确让人感到太不可思议了，没有人会不认为他是天才，若不是天才，怎么可能将这么多的绝世武学练成？不过，单凭石中天那些连环毒计，就可知其人的心智是常人所难及的，任何人面对这样的对手，都会感到心寒。是以，彭连虎绝不能容石中天活着，何况石中天还是他圣刀门的叛徒，作为圣门刀的大弟子，他肩负着清理门户的责任，义不容辞！

青苔似乎有些滑溜，只是那些蛛网在彭连虎逼进的时候，突地全都断开，向庙门的两边飘散，就像是被一柄无形的气刀所切。

彭连虎踏入庙中，一股霉腐之味扑鼻而来，他微微皱了皱眉，却并没有退却，只是目光略略扫了一下庙中的景物，似乎一切尽览，却并没有发现什么目标，他的心神绷得很紧，甚至每一步都极为小心，他绝对不会轻视任何对手！

唯一留住彭连虎目光的就只有香案下的一具似已冰凉的尸体，当然，那并不是真的尸体，彭连虎清晰地感觉到那轻微的呼吸之声，是一人紧裹着一张草席，竟然似是睡了过去。

不是石中天，绝不是！彭连虎的直觉告诉他，自那破烂的衣裳来看，不是个乞丐就是难民。

城北城隍，难道就是指的这样一个人？彭连虎忍不住暗自问自己，但他的手已经搭在刀把之上，若有任何突变，他都会在第一时间作出最快的反应。

对于刀，他向来是无比的自信，虽然他知道自己在刀道之上永远都无法追及蔡伤，但他仍然对自己的刀有着不灭的信心，这是一个刀手具备的最起码条件。

“咳……”彭连虎轻咳一声，但并没有惊醒对方，对方萎缩在香案底下，似乎睡得很香。

“砰！”彭连虎一脚踢碎一块砖。

“谁呀，房子要塌了？”那人一骨碌地爬起来，夹着破席子就准备向外冲，还以为真的是庙塌了。

彭连虎并不感到好笑，只是微微有些歉意和叹息，这人的衣服的确破烂得不成样子，破棉袄里面的棉花都露在外面，令人一见就会产生同情之心，瘦得像根芦苇棒，眼睛中犹自布满了血丝。

那人突然发现有个锦衣人立在他的面前，禁不住刹住脚步，满面惊疑地望着彭连虎，将之自上到下打量了好多遍，才吁了口气，有些傻傻地道：“原来不是房子塌了，那还可以睡上一阵子。”

“朋友，我想请问你一件事情！”彭连虎极力使自己的语调变得缓和而轻松，他实在有些不忍心再去折磨这样一个可怜人。

那人再一次惊讶地打量了彭连虎一眼，出其不意地问道："你有没有馍馍?"

"馍馍?"彭连虎一愣。

"没有馍馍就少来烦我！老子不做梦就会饿得发慌，还是先去做梦为妙!"那人说着又要向香案之下钻去。

彭连虎这才恍然，心中涌起一股怜悯，他从来都未曾体验过这种生活，一个只能靠梦来充饥的人的确有种说不出的可怜，他很少这么用心地去感受别人的痛苦，不由得道："我没有馍馍，却有银子，可以买到很多的馍馍。"

"银子?"那人迅速扭过头来，眼中放出贪婪的光芒，他似乎也知道银子的重要，但有些不敢相信地望着彭连虎。

彭连虎掏出一锭约有五两重的银锭，晃了晃，道："如果你好好地回答我的话，这个就是你的了。"

"你……你这银子是不是真的?"那人极度怀疑地问道，他绝不敢相信，世上有只问几句话，就可拿到这么多银子的事情，即使做梦也不会梦到。

彭连虎笑了笑，将银子放到对方的手中道："现在你握着银子，待答完了我的话，它就是你的了。"

那人犹不敢相信地把玩着银子，既放在嘴中咬，又放在耳朵边听，像是真想验出个真假一般，样子十分滑稽。

彭连虎望着对方想发笑，但却笑不出声来，五两银子，对于他来说，根本不算什么，但对于这些难民来说，也许可以救活一家人的性命，是以他很高兴。

"不，你肯定是骗我的，天下哪有这么好的事？要是我答不出来，你就会要回去。算了，我还是不要你的银子。"那人有些怯怯地道，意外之财竟让他怕了，伸手就将银子递给彭连虎。

彭连虎一愣，他想不到对方会这么想，不由得道："不管你答对了还是答错了，这银子都是你的。"

"不，还是先还给你，免得待会儿我不还你，你拿刀砍人，答完问题后你要给我就给我，大不了我不要，可千万别砍人!”那人似乎对彭连虎带着畏惧之心。

彭连虎只好苦笑一声，这种自天上掉下的馅饼，的确让人难以相信，无奈地伸手去接银子。

“嗞!”一道凌厉无匹的劲风自侧面射到。

彭连虎一惊，手一缩，身子向劲风传来之处飞扑而去，快得有些不可思议，同时连刀带鞘扫出。

“啪!”一声碎响，却是一块石子被击得粉碎。

而那破烂干瘦的汉子在刹那之间仿佛变成了另外一个人，身形无比快捷地向屋顶冲去，与他刚才的样子几乎无法联系在一起。

彭连虎又是一惊，自己刚才难道看走眼了?

“啪!”一声脆响，那人正待破开屋顶之时，一柄剑鞘击在他的顶门，竟让他重重坠落地上。

彭连虎惊骇莫名之时，便见那虚空中的剑鞘，向石子飞来的方向倒射了回去。

惊鸿一闪之下，剑鞘竟准确无比地套在一柄剑上，也就是在这时，彭连虎的眼角闪过了一道人影。

一个戴着鬼脸面具的人轻步进入了城隍庙中，一件黄色的披风，在寒风中微微皱折成一种异样的神韵，就像那人的身形和步伐一样优雅而富有动感。

凌通极为自信地观望着那些追兵进入自己的第一道防线。

对方前面的人绊动了地上的细线，突然惨号起来，接着许多人都抛下兵刃，捂着头脸惨号不已，像是发了疯般抓着自己的头脸。惨号之声越来越多，情况似乎无比惨烈，后面那些追兵也不知道是怎么回事，全都吓得止步不敢前行。

“啊！大家小心，林子中有毒，快退回去，快!”有人突然似乎发现了什么般呼叫了起来。

追兵全都大惊而退，留下一百多倒霉的人仍在林间惨叫号吼，凄惨无比，使得满山阴风惨惨，似有万鬼齐嚎一般。

就连萧衍等人也看得触目心惊，禁不住将目光全都投向凌通。

凌通神色自若地道："小的在那细线之上挂有几十包毒粉，只要他们绊上了地上的细线，就会牵动空中的细线，而让毒粉震洒而出，形成毒雾，只要他们敢向前闯就会是这个样子，这种手段的确残忍了一些，但对付敌人，小的只好这样了！"

萧衍并没有责怪凌通，他本是以军功起家，见惯了战场上的杀戮，更清楚对敌人的仁慈，就是对自己的残忍，想要好好地活下去，就必须让敌人死！此刻，他反而对凌通更有好感，心想对方如此小的年纪，但其机慧无穷，将来绝对是个可造之材，不由得嘉许地点了点头，道："做得好！"

凌通得萧衍这么一赞，立刻精神大振，道："让小的在营地四周再布些小玩意，以防他们晚上偷袭，惊扰了皇上！"

"好，你去吧！"萧衍此刻倒真的对凌通很有信心了，虽然他是以行军布阵起家，这些亲兵也全都是久经沙场的老将，但与凌通这自小以狩猎为生，生长在树林深山中的小猎人来说，其野外生存经验就远远不及了。

回到这种老林深山中，凌通简直是如鱼得水，得心应手。更何况，他做梦也没想到会得到皇上的嘉许，甚至连皇上都愿意听他的话，心头的那个乐呀，简直没法形容。不过，幸亏这段日子以来，他见过不少世面，对自己更是充满了自信，而萧衍又是一副落难的样子，没有那种想象中逼人的气势，才会使他的机智发挥得淋漓尽致，若不是在这种场合之中见到萧衍，而改换在朝中，只怕凌通早已慌得不知该干什么好了。而在野外，使他对帝王的那种畏怯之感全都消失，这其中当然还有靖康王的功劳，靖康王给人一种平易近人的感觉，使凌通对王侯贵族的印象大佳，更不会再有什么畏怯的心理。不过，此刻在萧衍面前他的确想借机卖弄一下，于是将蔡风所讲的阳邑猎人布置机关的手法全都派上用场，倒也尽心尽力至极。

彭连虎握刀的手紧了紧，他深深感到这神秘人物是个绝对不能轻视的人。

那神秘的鬼脸人目光只是在彭连虎脸上轻轻扫了一下，就落在衣衫破烂之人的身上，淡漠地问道：“石中天究竟在哪里?”

彭连虎和那乞丐一呆。彭连虎有些惊异地望着来人，心头涌起了一种奇妙的感觉，让他不解的是，神秘人物是怎么进来的呢？明明怒日、黄锐诸人都守在外面，而此人能在萧衍五大护卫的环伺之下进入城隍庙，单凭这一点就足以让彭连虎心惊，但他仍忍不住问道：“刚才你为何要掷出石子?”

神秘人物再次把目光落在彭连虎身上，淡淡地道：“因为我不想你死!”

彭连虎一呆，竟有些不明所以。

“好眼力，你究竟是什么人?”那乞丐模样的人竟忍不住出言问道。

“梦醒之人谓之梦醒!”神秘人物淡淡地道，始终保持着那种不愠不火的风度。

“梦醒!”彭连虎和乞丐同时愣了一下，因为他们都从来未曾听说过这个名字，而以眼前这人如此可怕的武功怎会籍籍无名呢？但无论如何，彭连虎已经相信梦醒出手只是为了救他，因为乞丐的话就表明了梦醒并没有说谎，可是他仍不明白对方为什么要他的性命。

梦醒似乎明白彭连虎的想法，淡淡地笑道：“问题出在你给他的那块银子之上，如果你接了那块银子，此刻已经不可能再站着说话了，不管你的刀有多快多狠，都无济于事!”

彭连虎心下骇然，想不到因为自己的同情心差点连命都送掉了，而这乞丐般的人演戏可也真像。彭连虎以刀鞘翻开地上跌落的银子，仔细一看，竟发现上面有一点点银色的小虫在蠕动，禁不住一阵恶心，同时也骇然道：“银蚕蛊!”

要知道，银子本就有鉴别毒物的功效，如果上面沾了毒，绝对会有异样，但若是一些活的色调与银子一般的蛊虫，便让人难以发现了，等到你握住银子，已经迟了。

“不错，你的见识也不少嘛，居然知道这是银蚕蛊!”乞丐并不否认。

彭连虎神色大变，此人的心思之歹毒，只让他杀机狂涌，不由冷冷地问道：“你究竟是什么人？和田新球有什么关系?”

“你很想知道吗?”那乞丐微笑着道，似乎对彭连虎和梦醒并不在意，抑或他知道根本就不可能逃得出彭连虎和梦醒的掌握，变得一切都不在乎了。

彭连虎冷静地寒声道："你先回答他的问题，石中天究竟在哪里？"

说完后，彭连虎突然觉得自己微微有些昏眩，身子忍不住晃了一下。

梦醒已若光影一般，疾掠而上，杀意猛涨，剑芒四射。

"哈哈，已经迟了！"那乞丐一声狂笑。

"哗！"乞丐的身子撞裂了香案，神台竟在刹那之间裂开一道门，里面黑得像是没有底的深渊。

"呀！"一声长长的惨叫，跟着又是一阵跌撞的声音。

鲜血淋红了香案，那乞丐若坠入了龙潭的大石跌撞而下。

是彭连虎的刀，彭连虎与那乞丐身形最近，在对方撞破香案之时，他就已经明白是怎么回事了，竟以刀当暗器射出。

这样一来，他的刀自然比梦醒的剑更快，但刀也跟着那乞丐的躯体坠入漆黑的洞中。

彭连虎提气疾退，梦醒也退，两人的身形的确快绝，但在半空之中，便若两块大石头一般重重坠落，他们竟不知不觉中了毒。

梦醒想也不想，当即盘膝横剑，运功逼毒，彭连虎也只得如此，因为已经没有更好的办法，他的劲道一点也提不上来，就像是被抽干了鲜血一般，根本没有力气行出庙门，虽然知道庙中危险重重，却也无可奈何。

追兵似乎不敢再自第一道防线经过，只得再次绕道，很快就达到第二道防线。凌通将手一挥，守在那里的众亲兵箭雨齐发，虽然只不过数十人，但杀伤力极大，几乎箭箭不虚发，因为事出突然，追兵几乎无法聚集力量反抗，而亲兵更是事先选好位置，于隐蔽之处施放暗箭，自然是毫无损失。

凌通抬弓，"嗖"地一响，羽箭准确无比地射断拉住断树干的绳子。

"哗哗……"那些靠绳子拉住的大树全都倾倒而下，追兵太过密聚，立刻阵脚大乱，一股股黑烟自林间漫开。原来，凌通在树的断口之处塞了烟雾毒弹，树身只要一倾，立刻压爆烟雾弹，黑烟随之而散开。

“呀……啊……”几声惨叫传出，似乎是有人中了兽夹的埋伏。

敌人骇然冲出烟雾的范围，却成了众亲兵的箭下之魂。在黑暗之中，大树的倾倒，砸夹、树枝扫下，惨叫声、惊呼声，还有马嘶之声，混乱至极。

更多的人则是骇然而退，因为大树的倾倒，而且枝杈极多，使人根本弄不清哪里才安全。即使发现某处也许比较安全，但突然莫名其妙地一枝扫下，扫得满面是伤，是以这些追兵全都骇然而退，更何况，谁也不知道这浓浓的黑烟是否有毒，如果像刚才一样，那岂不是……

想到这里，所有的追兵都为之心寒，骇然而退。

萧衍眼见追兵乱成一窝粥，这些天来心中所受的闷气，霎时消泄了一半，只恨此刻手中无兵，否则定要杀个痛快。哪怕只有两百兵力，也绝对可以将对方杀个落花流水。只可惜，眼下自己手头的兵力太少，五六十人即使想杀也力不从心，对方至少比己方多出十五六倍的兵力，只要稍稍振作一点，就足够将他们围住搏杀。

“皇上，让臣妾为你运功疗伤。”叶倩香挽住萧衍的手，关心地道。

“爱妃，不用这么急，让朕再看看这群人怎么个乱法。”萧衍看得兴致大起，竟然仍想继续看下去。

“哇，通哥哥的埋伏真厉害，只杀得这些逆贼叫爹喊娘，真有趣!”萧灵拍手叫好道。

叶倩香眉头微微一皱，萧衍却“哈哈”大笑起来，问道：“好个叫爹喊娘，灵儿从哪里学来的这个词?”

萧灵小脸一红，嗫嚅地道：“从通哥哥那里学来的，皇叔公不喜欢吗?”

“哈哈，皇叔公怎会不喜欢呢? 虽然词儿粗俗了些，但的确用得好，对了，凌通是哪家的，难道是凌霄的儿子吗?”萧衍问道。

萧灵心中一喜，娇声道：“他不是凌将军的儿子，也不是生在我们南朝。”

“啊!”萧衍一惊，有些微讶地问道，“那他是哪里人，你又是怎么认识他的?”

萧灵遂将与凌通相遇的经过说了一遍，更绘声绘色地将一路上的惊险与凌通如何破敌，如何逃命都讲得活灵活现的。

萧衍和叶倩香听了不由得也为之惊叹不已，两个小孩如此行走江湖，的确是惊险异常，两人因此更对凌通产生极浓厚的兴趣。叶倩香亦不由得对凌通另眼相看，只看此刻他指挥若定的样子，极尽小将风度，若是加以塑造定能成为大将之才。

“今次凌通这小家伙立了大功，灵儿准备要皇叔公怎么赏赐他呢?”萧衍饶有兴趣地问萧灵道。

萧灵想了想，开口道：“皇叔公一定要赏赐通哥哥吗?”

“君无戏言，今日他救驾杀敌有功，自然要赏赐他喽。”萧衍认真地道。

“那皇叔公问我，是不是我说要赏赐通哥哥什么，皇叔公就赏什么给他呢?”萧灵精灵地眨着眼，似乎别怀心机地问道。

萧衍不由得大感好笑，笑道：“小丫头居然跟皇叔公耍起心计来了。”

“灵儿不敢!”萧灵神情一肃道。

“哈哈，好吧。你说，你想要皇叔公赏什么给他?”萧衍笑问道。

“我想皇叔公赏他一个可以由他提出请求，并能使他满足的机会。当然，不是太过分的。”萧灵再次声明道。

“啊，哈哈，小丫头越来越精灵了。好，只要皇叔公能做到的，就给他一次机会!”萧衍笑道。

“谢皇叔公金口!”萧灵忙跪下道。

“起来，起来，你这是干什么？地上这么脏。”萧衍忙扶起萧灵道。

“灵儿代通哥哥先谢恩了，皇叔公可不能悔口哦?”萧灵天真地道。

“女大心向外，真拿你没办法。”萧衍笑骂道。

# 第一百一十七章　因果报应

梦醒和彭连虎不得不再次睁开眼睛，因为他们听到了一阵得意的笑声。

笑声之中的确是充满了得意之情，对方似乎是在为梦醒和彭连虎的中伏而高兴。

“田新球！”彭连虎忍不住惊怒地叫了一声。

“你还认识我？记性真好！”说话之人正是金蛊神魔田新球，他的身后便是赵青锋与费明。

“是你下的毒？”彭连虎怒声问道。

“不错，除我之外，天下还有谁能够下这无色无味、浓而不腻的毒呢？天下又有谁能用毒毒倒你们这两大不世高手呢？哈哈哈……”金蛊神魔得意之情溢于言表。

“那三十二名探子也全都是你下的毒手？”彭连虎依然询问道，但语调已经渐渐平息。

“那根本就不必我出手。不过，事情终会是这个结果，任何想对付邪王的人，都只有死路一条！”金蛊神魔语调平缓地道。

“邪王？是石中天？”彭连虎惊问道。

“不错，事到如今，我也不怕告诉你，邪王乃我南朝魔门之主，而我们魔门中兴的大业，定会在邪王的手中实现，那时候，也不管你圣刀门、铁剑门，还是什么白莲社的后辈，统统都要臣服于我魔门之下！”金蛊神魔双目放光地道。

“哼，就凭那个缺手断脚之人！”梦醒不屑地道。

“真正的高手是用脑子夺天下，而不须用刀动剑，以武力争权夺势，那只是一些愚蠢的人所用之法！”金蛊神魔不屑地道。

“哼，此刻的石中天只不过是个废人而已，还有什么作为？用不了几天，天下正道之人都会欲杀之而后快，你们天魔门全都是一些偷鸡摸狗之辈，岂能有成事之日？”梦醒语意刻薄地骂道。

“哼，听说就是你创立了破魔门，是吗？还坏了本宗主的大事。哼，什么破魔门，大言不惭，就让本宗主将你炼成第二个毒人绝情好了！”金蛊神魔田新球记起梦醒曾坏了他“失魂草”之事，此刻又听对方如此刻薄的话语，不由得杀机狂涌。

“哼，你以为石中天会与你诚心合作吗？他统一了魔门，对你有什么好处？到时你还不是像一只狗般驯服于他？”彭连虎语气微带挑拨地道。

“呸，这是我魔门中事，你们外人休管！”费明叱道。

“哼，我怕有人并不是这么想的，石中天的心中只有一个自己，更不在乎谁对他好，有件事情，我真不忍心告诉你们，哈哈，有人……”彭连虎说过到这里突然断掉。

“有屁便放，有话便说，休想挑拨我们与邪王的关系！”赵青锋有些不耐烦地骂道。

金蛊神魔的神色有些变幻不定，他并不是一个心胸广博之人，疑心之重绝不用置疑，虽然他知道彭连虎施展离间之计，但无风不起浪……

“你如此咬舌嚼字，我就先割你的脑……”费明怒叱道。

“费明，让他说！”田新球冷冷地道，望向彭连虎的目光中充满了杀机。

林间昏暗一片，凌通领头向第二道埋伏杀去，那里只剩下一小股兵力，且没有受伤的少。大部分追兵全都退了出去，因为没有人愿意瞎着眼胡打乱撞，更不知道黑暗之中有何凶险，对方的毒辣手段，已让他们心胆俱寒。

凌通一阵冲杀，仗着优势的兵力，更在对方斗志尽失之时，手中的宝剑犹如斩瓜切菜一般，竟无人能挡其一击。敌军数十人，几乎与外面的人完全隔绝，浓雾之中，没有人敢踏进一步，只能听着这边惨叫连天而干着急，追兵们到此刻犹不知凌通一方究竟有多少人马，虚实难测之下，更不敢妄自穿入黑雾之中。

凌通深知对敌之道，绝对不能够有半丝仁慈，否则那就是对自己的不公。何况对方有近千人马，多杀一个，对方就会少一分实力，是以手段毫不留情。

王府的亲兵本来心存惊惧，但此刻一看，凌通只凭两道机关，就让对方损兵折将四百余人，战果之佳大大出乎了他们意料之外，也让他们斗志狂升，对凌通信心百倍。

“拾箭！”凌通的剑刺入最后一人的胸膛，吩咐那些亲兵道，想了想，又接着道，“连他们废弃的兵刃也拾回去！”说完自己却钻入了黑雾之中。

众亲兵对凌通的吩咐可真谓言听计从，只要凌通吩咐，立刻便做，他们知道，这里任何一件废弃的兵器，在凌通手上，也许就成了极为厉害的机关。

凌通很快就从黑雾中走了出来，抱着一堆兽夹，有的甚至还沾有血迹。

众人见凌通出来了，早已将一切准备就绪。

萧衍也在叶倩香的搀扶之下快步行了过来，众人见萧衍过来，慌忙行礼。

“众卿免礼！”萧衍说着径直行到凌通的身前，热情地赞道：“做得好！如此一来贼人定会胆寒，不敢再越雷池半步！回京后，朕将重重赏你！”

“谢皇上！”凌通慌忙谢恩。

“你可还有什么防备？”萧衍问道。

“大的防备没有，但小的防备却必须做，对方的大部分喽啰应该不足为惧，眼下就怕他们有高手来犯，我的这些装备虽然对那些喽啰有效，但对于高手却难以派上用场。刚才的烟雾之中，含有泻药的成分，只怕待会儿，那些喽啰会大泄不止，定没什么战斗力。如果我们趁机冲出去，未免会损伤很大，但要冲出去并不难，只是担心对方在路上仍设有追兵，那可就大大的不妙了。是以，我们只要稳守这座山头，挨到天亮绝对不会有问题，只要我们加强防备，对方的高手也无机可乘，只要大军一到，今日之围立解。因此，我们最好还是以守为攻！”凌通分析道。

萧衍和众人听说那黑雾之中含有泻药的成分，不由得感到好笑，但这的确是很有效也很厉害的一招，使对方疑神疑鬼，大失战斗力，同时凌通所说的也极有道理，为了减少风险，只好以守代攻了。不过，凌通能说出这番道理，的确难能可贵，由此可见此子的不凡之处。

凌通的确与别的猎户不同，因为他从小就受凌伯的熏陶，更有凌能丽这个好姐姐的教导。凌伯本是退隐大儒，学识渊博，虽然凌通所学不多，但也多少沾了些文人的气息，在君子面前自然显得知书达理。他与蔡风出身不同的是，蔡风更为得天独厚一些，蔡伤和黄海无一不是文武全才，也只有文武兼修之人，才能够真正将武学推至巅峰，成为宗师。蔡风更有天下第一巧手马叔相教，自然一出世就成了焦点人物。而凌通得梦醒、蔡风、剑痴诸人的调教，聚众家之长，也的确成了一个厉害的角色，是以，说话做事也变得有了深度。

萧衍大为欢喜，从这一刻起，他决定将凌通培养成在南朝绝对可以举足重轻的厉害人物，北朝有蔡风，难道就不可在南朝出个凌通？

想到蔡风，萧衍就禁不住有些怒恨，若非蔡风那一肘猛击，他又怎会伤得如此重？但他却知道，那一击，蔡风并未用尽全力，否则他的手掌绝对没有护胸的机会。若非他的手掌消去那一肘的几成力道，只怕会五脏俱裂，绝无活命之机。当然，若蔡风不这么重击一下，又怎能引出石中天这深藏不露的老魔，所有的一切，只怪一个人，那就是石中天！

天下间又有谁能够对付石中天呢？连蔡伤与蔡风父子都无法让他授首，那还有谁可以与石中天抗衡呢？但幸亏蔡风斩下了石中天的一臂，使他变成了残废，否则，只怕后果更为不堪设想。

萧衍深深地吸了口气，心中明白，眼下回到京城，就是要密查石中天在朝中的党羽。像石中天这种野心勃勃的人，怎会不在朝中安下党羽呢？眼前这些伏兵调动如此迅速，更在各个路口都布有眼线，只凭这份力量就绝不是平常人所能够做到的，定然有数人协作，否则即使石中天再怎么神机妙算，也无法如此运筹帷幄，除非他是神！那么这几位神秘人物又是谁呢？

彭连虎哈哈一笑道："亏你还如此信任石中天，其实石中天早就已将你当成了他的敌人！"

金蛊神魔没有说话，只是不屑地冷哼一声。

"哼，任何拥有毒人绝情这般可怕杀手的人，对野心者都是一个最大的威胁，石中天也是人，而且是一个野心勃勃的人，尤其感到威胁的严重，就像当初的尔朱荣一样，正因为他深深感到毒人绝情对他的威胁，才会让毒人绝情去杀莫折大提，做这连他都不敢尝试的事，就是想借别人之手除掉绝情。石中天也同样如此，否则，他怎不告诉你蔡伤解除毒人的计划？那是因为他想利用蔡伤消除你的一只臂膀，这样你才会更加死心塌地为他卖命，而不会对他构成任何威胁！"彭连虎继续道。

"就只这些吗？"金蛊神魔神色微缓，不屑地问道。

彭连虎一呆，他说出这些反倒使田新球疑心尽消，这是为何？难道是自己猜错了，打一开始石中天就告诉了田新球这个计划？他有些摸不透底细，但有一点可以肯定，金蛊神魔对石中天的疑心尽消，自己的挑拨之计前功尽弃，但他仍不死心，接着道："就算他告诉了你这些，但却只是一些皮毛，重要所在仍然未能尽详，难道你不为蔡风恢复本性而感到可惜吗？"

不等田新球开口，彭连虎又道："石中天只是一个极端自私之人，他不告诉你全部，是因为他知道另一个秘密，那就是如何让毒人改主的秘密！"

此语一出，不光是田新球，就是连费明和赵青锋都呆了一呆，齐声问道："这是什么秘密？"

彭连虎心中一喜，终于再度挑起了他们的兴趣，心想即使自己不告诉他们，总有一天田新球也会知道的，不如由自己告诉他以挑起他们的内哄，这更有价值一些。思罢不由得淡然道："这是自陶老神仙那里所得来的消息，毒人在受制于金针期间，谁要最先拔了金针，毒人所见的第一个人，就是他的主人，终生不改，除非有人具备佛道两家的神功。这个秘密蔡伤知道，但蔡伤又与他自以为信得过的人说了，石中天理所当然也知道，所以他才真正希望毒人受制，然后，他就会成为第一个拔出金针者，毒人由你的变成了他的，自然不会对他再构成任何威胁。但为了稳住你，他就不得不告诉你一些皮毛的消息。但是最后他仍失算了，他失算的是没想到蔡风本身就具备佛道两家的神功，这才让他功亏一篑，赔了夫人又折兵，若丧家之犬一般逃遁。因此，你失去毒人这个筹码的祸首只应该是石中天。可笑可叹的是，你这位自以为聪明绝顶的金蛊神魔也会被人当猴耍！”

“哈哈哈，果然有趣，狗咬狗，却让人捡了便宜，恭喜你了田新球？”梦醒幸灾乐祸地道。

“让我先封住你的臭嘴！”费明大恼，伸掌向梦醒那带着面具的脸上掴去。

“等等，让我先来看看他这张鬼脸之下究竟是一张怎样的丑脸！”金蛊神魔突然唤住费明，同时举步向梦醒走去。

“看了你会后悔的！”梦醒冷冷地道。

“哼，我田新球从来都未曾做过后悔的事，也不知道后悔是什么滋味！”金蛊神魔不屑地道，同时伸手向梦醒的面具上抓去。

彭连虎和赵青锋诸人也想看看这神秘的梦醒究竟是怎样一个人物，单凭刚才那可怕的一剑，就知其武功之高，已达绝顶境界，而天下间能有如此可怕剑术的人怎会是一个无名之辈呢？因此不由得全将目光聚集在那张面具上。

金蛊神魔的手指已触到面具，但心中突然升起一种异样的感觉。

他无法形容那种惊骇和诧异莫名的感觉，在他的心中，竟清晰地感觉到一柄剑的存在——来自内心深处的剑！

也不是，剑，自梦醒的腿畔跳起！

金蛊神魔想退，但事情并不是他想象的那样，还得有人同意才可以，那人就是梦醒。

梦醒的手，像是一个无法抵抗的噩梦，以快得不可思议的速度钳住金蛊神魔想要撤回的手，而就在此刻，那自他腿畔跳起的剑，已经深深刺入了田新球的命门穴。

炙热而纯正的劲气以无可抗拒之势传入金蛊神魔的七经八脉。

“呀!”金蛊神魔忍不住一声狂号，声震屋宇，绝望的阴影几乎完全吞噬了他的心神，从未想过死亡的他，这一刻才真正明白，死亡是怎样一件可怕的事情。只是他却无法明白梦醒怎会不受自己所布无形之毒的影响，这是一种与功力完全无关的毒物，只会使人力消、气化、骨软。虽然毒不死人，但也比绝毒多了一种无法用功力逼出的功效，唯有十二个时辰之后，方能自解，但梦醒似乎根本就不惧这种毒性，这是多么不可思议的一件事!

但无论如何，梦醒未曾中毒，这是不可否认的事实。

费明和赵青锋大骇，事出突然，几乎让他们心胆俱裂，在他们犹未曾反应过来之时，金蛊神魔的身体就已向他们飞撞而至。

赵青锋想也不想，以最快的速度向那神台下的暗门中飞射，但人在半空，突觉腰间一痛，真气一泄，“吧嗒”一声，重重跌落在地。

“御剑术!”彭连虎忍不住惊呼出声。

费明正想动，空中突然一片迷茫，满天的剑影带着割衣欲裂的气劲向他罩了下来，费明只得闭上眼睛，甚至连手指都不想动一下，因为他知道任何的反抗都是多余的，自己绝对不可能在如此霸道一剑之下逃得性命。

彭连虎忍不住深深吸了口气，骇异地问道:“你究竟是什么人?”

“梦醒，一梦千年，乍醒终明世物，梦醒之人为梦醒!”梦醒极为平静地道。

“梦醒!梦醒……”彭连虎再一次咀嚼着这个名字，神情显得有些迷茫。

费明没有死，因为他听到了声音，彭连虎和梦醒的声音，能够听到声音的人自然不会死，他睁开眼来，看到的依然是一张冷冰冰的鬼脸，没有丝毫的生机，但他感到脖子一片冰凉。

那是一柄剑，梦醒的剑!

“你杀了我吧，天邪宗弟子视天为邪，永不叛宗!”费明心中隐隐感觉到什么似的，沉声道。

“我不杀你，只要你带我去见石中天!”梦醒的声音极为冰凉，但却透着一缕抹之不去的杀机。

“我不会背叛邪王的，你杀了我也没有用!”费明坚决地道。

“哼，这样对你绝对没有好处!”梦醒的杀机上涌，冷漠地道。

金蛊神魔萎缩于地，但却未死，梦醒似乎并没有一剑要了他的命。

“不可能……不可能……你怎……会……会不中毒!”金蛊神魔虚弱地问道。

“世上没有任何事情是不可能的，不可能只是你想不到而已。的确，你的毒也许真的很厉害，但自始至终我都未中空气中的毒!”梦醒淡然道，目光有些怜悯之色。

“这，怎么可能?”金蛊神魔满面惊诧不解。

“就因为我这张面具，这不仅是一张面具，更可以阻止任何毒素的入侵，它乃是出自老神仙陶大师亲手之作，此刻你该明白了吧?”梦醒冷冷地道。

“啊!”众人全都一惊，金蛊神魔更是面色灰白，喃喃道：“你杀了我吧，为什么不杀我?”

“哼，你作恶多端，杀了你岂不是便宜了你?不过，我会让你死的，但不是现在!”梦醒的语调充满了杀意。

“你好狠!”金蛊神魔咬牙切齿地道。暗中运劲，再一次神色大变道，“你废了我的武功?”

梦醒似乎笑了笑，道：“对了，我已经刺破了你的气穴，从今以后，你就不可能靠武力伤人了，甚至连个八岁的小孩都可以胜过你!”

“你好毒!”金蛊神魔急怒攻心，自己辛辛苦苦修炼数十载的武功竟在刹那之间毁于一旦，痛苦之下，狂喷出一口紫血，颓然而倒。

梦醒一惊，伸指在他鼻前一探，竟已气绝!显然是咬毒自杀，一代凶魔却这样死去，梦醒禁不住心头有些怅然若失。

金蛊神魔其实这些年来并没有太大的恶迹，只是在背后出谋划策，对正道进行破坏，自己真正出手之时并不多，除大柳塔之役外，其他的一些事情皆由毒人绝情去实施。但也的确是一个最有威胁性的人物，一身毒功以及练制毒人之术，其可怕之处令人咋舌，但只可惜遇上了梦醒这般高手，使他的毒功无用武之地。

梦醒刚才抓住金蛊神魔的手，也是贯注了无上的罡气，那一抓几乎百毒不侵，万邪莫入，否则普通人，谁还敢真正与这满身是毒的人接触？只是梦醒没想到金蛊神魔竟然会咬毒自杀，当然，这比失去武功慢慢受人折磨要好得多，也少受许多屈辱。

梦醒之所以为之有些惆怅，就是因为这个对手其实并无什么大恶，真正的罪魁祸首，只有石中天。北方的整个天下，就是因为石中天奸谋而弄至如此民不聊生之境，但魔门与正道确是势不两立，金蛊神魔更是魔门中的重要人物，自然对正道人士构成了极大的威胁，是绝对不能不除的对象。

费明眼见田新球咬毒自尽，想到散功之苦，禁不住心胆俱寒，见梦醒在沉思，暗想："此时不走，更待何时？"

"如果你想死得更快一些，就移动一下。"梦醒的声音冰凉透顶，浓烈的杀机自冰冷的面具之后透出，更有着一种异样的魔力。

费明的心一下子冷到了底，梦醒似乎完全知道他的所想，这是多么可怕的一件事，但无论如何，费明已经不敢动了，刚才梦醒御剑制住赵青锋，他亲眼目睹，知道只要对方一留意，他绝对没有任何机会可以逃走，那只会激起梦醒无情的攻击。

梦醒以剑挑开田新球那已被鲜血染红的胸衣，自里面"哗啦啦"滚出一大堆药瓶，更有一条三角红蛇自衣服中蠕蠕涌出。

梦醒心中暗骂田新球歹毒，顺手一剑，红蛇立刻断为两截。

梦醒用剑挑了挑药瓶，向费明冷冷地问道："你预服的是哪种解药？"

费明额角渗出了汗水，虽然寒风凄冷，但他依然感到热不可当，他明白，梦醒会让他试药，因为这个对手太精明了，几乎不给别人任何机会，幸好他记得田新球给他预服的药丸是什么形状和颜色，伸手指了指一个黑色小瓷瓶道："解药好像是在那里面。"

梦醒知道他绝对不敢说谎，伸手打开那瓷瓶，几颗火红的丹药映入眼睑，但他并不能嗅出什么味道，因为他的面具的确经过特殊处理，倒上一颗递给彭连虎，淡问道："如果是毒药怎么办？"

"哈哈……"彭连虎豪笑道，"生死由命，什么怎么办，是毒药也会有人陪我死，黄泉路上不寂寞也不错嘛！"

"好，那你就服下吧！"梦醒道。

彭连虎毫不犹豫地服下药丸，虽然他知道这是在赌命，却不能不赌。

半晌，梦醒的目光才移开彭连虎的脸，因为彭连虎并没有太过强烈的反应，呼吸越来越悠长，显然表示药已对症。

彭连虎缓缓睁开眼来，长长吁了口气，立身而起，向梦醒抱拳道："多谢相救之恩！"

"你我只有一个共同的目的，所以这类话根本就不用说。"梦醒很诚恳地道，接着将冰冷如刀的目光投向费明，冷冷地道："带路！"

"你杀了我吧，别逼我！"费明眼中露出一丝惧意地道。

"我可以让你与金蛊神魔一样，散功而死，你信不信？"梦醒似乎极为冷酷地道。

费明禁不住打了个寒战，想到散功的痛苦和可怕，脸色禁不住变得没有一丝血色。

"没有想好吗？我可是有些不耐烦了。"梦醒毫无感情地道。

费明像是完全崩溃了一般，无可奈何地道："好吧，你们跟我来！"

彭连虎向庙外望了望，心中有些奇怪，怎么黄锐他们似乎一点动静都没有，难道也出了什么意外不成？但他没有什么好考虑的，此刻，最紧要的就要去见石中天，完成武帝之令，他认为自己与这位自称梦醒的绝世剑客共同对付石中天应该不会有什么问题，是以也不想等他们来，只是在地上留下几个印记！

凌通怎么也无法入睡，他知道，今晚定是个不同寻常的夜晚，也是非常艰辛的一个晚上，对方绝对不会不知道这一个晚上的重要，也绝对会在这一个晚上发出最后最强烈的攻袭，这是无可避免的，苦战之局很快将会展开，因为敌人之中也有极多高手，他们怎么也不会放过这个唯一能诛杀萧衍的大好机会，但所幸的是，靖康王府中这次前来的人也全都是精英，绝对有一战之力。

没睡的不仅仅是凌通，所有的王府亲兵都打起十二分精神，他们皆是身经百战之人，对今晚的形势绝对不会看不清，更知道自己的任务极端重大。

萧灵也披起裘皮大衣，陪在凌通身边，温驯得像只小鸟，看不出半丝郡主趾高气扬的样子，惹得凌通又怜又爱，虽然两小无猜，可凌通心中依然隐隐产生了那丝朦胧的感情。他们身后的四名亲兵也感到有些哑然，但他们却知道，如果今晚能够安然活着的话，今后凌通的身份就会大大不同，将来自己等人靠凌通提拔，那是极有可能的事。他们很清楚地感觉到，萧衍对凌通的看重，而凌通所表现出来的机智和谋略，也的确让人难以相信这是一个十几岁的大孩子所能做到的，但这一切又是事实，可见凌通的潜力之深远，前途更是不可限量，也无形中成了一个重要人物。

山顶上，地方还算不错，有平台，有石有木，地方还算宽阔，凌通竟吩咐众人在山顶架起了大小二十几个营帐，每个营帐更是一模一样，只是方位不同，看似杂乱，却又能相互呼应，营帐的周围更是东插一只火把，西燃一堆篝火，照得一片光明，而火光零零落落，像天上散布的满天星斗。这是凌通布置的，猎村的众猎手曾经就是这样打猎物的，火光在别人不知虚实的情况下，会起到极大的心理震慑之效，让对方虚实难测实乃兵家之大道，而王府亲兵则伏于暗处，只要对方一出现，立刻在灯影的映射之中，形成敌明我暗之局，在这种情况下拒敌，绝对占有很大优势。

凌通并无行军布阵的经验，但却是极为聪明的猎人，世事本就相通相融，行军和狩猎相差虽然很大，但也有许多共同之处，凌通布置二十几个营帐，也就是以狩猎的方法去对待“猎物”，他记得乡亲们曾经穿上以草织成的衣服去骇猎物，众多的草人对猎物也能起到一个震慑作用。

萧衍也不禁对凌通的布置极为满意，凌通的机智和举一反三的聪明令他十分欣赏。

全副武装的凌通，顾盼生威，此刻有萧衍与西宫娘娘为他撑腰，他更是信心百倍。陡然间，凌通感觉到了一丝异样，只那么一点点。

火光下，他所摆设的灌木枝叶竟然移了位置，那是一根插在树梢之上的枝条。凌通明白对方若是高手来犯的话，定很少在地面上行走，是以，就在树梢之上也插上一些灌木枝叶，只要稍有一丝震动，就会掉下来。

所有布置都是凌通的杰作，是以，他会亲自出来巡视，这一切的确事关重大，对于山林间的生活，他的确是太熟悉了，就像是野兽一般灵敏。作为一个猎人，不仅仅靠身手与箭法，更要懂得如何去寻找野兽的踪迹，如何去让野兽暴露行藏。

凌通故意使脚在地上绊了一下，微微倾身却拖动了萧衍的手。

那四名护卫似乎也极为配合，扶住凌通问道："你没事吧?"

"没事，小心一些巡视!"凌通甩开四名护卫的手，也就在此时，弩机的弦轻响一声，一只短矢以快得无可比拟的速度，自四名亲兵的夹缝中飙射而出。

四名亲兵还没弄清楚是怎么回事之时，凌通已自他们中间滑退而出。

他们回头，却发现凌通已经融于一片苍茫的剑影之中，而在一块山石之后，两道身影掠空而起，更传来一声闷哼，那是在地上未能纵起之人所发。

箭矢，是凌通射出的，没有人会想到，会有如此阴险的箭矢，如此之快，如此之猛，更没有想到凌通竟会这样小奸巨猾。

原来，凌通故意脚下一滑，而趁机环顾四周的动静，查看敌情，根据他的判断，定是有敌入侵，但他并不想敌人知道他已经有了戒备和察觉，就故意摔了一跤，同时手上更扣紧了小弩，果然不出其所料，竟让他发现了三名不速之客的踪迹，亦毫不犹豫地射出弩箭。

事情一开始就大大出乎对方三人的意料之外，凌通的精明、反应之敏捷更是出乎他们的想象。那三人本来并不怎么重视这个大娃娃，皆因凌通从未与他们正面交手，他们更不知道这些机关之类的全是出自这个大娃娃之手，否则他们绝对不敢忽视这个大娃娃的存在。

任何小看敌人的人，都要付出代价，而生存在乱世中的人，所付的代价也许就是生命。

凌通的弩箭很阴险，凌通的剑更有着骇人的凌厉，完全超出了他这个年龄的局限。

惨叫之声响起的刹那，凌通像一个浑身长满剑的刺猬，撞至那两名准备掠走的神秘人中间。

剑气逼人，那两人不得不出手，甚至没有任何考虑的余地。

“叮叮！”两声脆响，凌通的身子居然借劲跃起，若九天苍龙，拔起三丈来高。

那两人一惊，凌通实在是太过狡猾，刚才那一击，竟然只是个幌子，而这才是真正的杀招，他们本想全力一击，将凌通击毙，但凌通只是借劲而升，拖住他们的行动，再自高空下扑。

凌通知道，这两人能躲开众眼线溜进来，可见其武功绝对不凡，如果自己与之硬拼，结果肯定会吃亏，因此一开始他就以缠斗之法拒敌，而刘高峰所授的身法在此刻也能得以派上用场，发挥其飘忽灵异的长处。

剑若满天星雨洒下，在四周火光的映射之下，幻出一种异样诡秘的氛围，缕缕森寒的剑气似凝聚了山野凄寒的北风，刺骨的杀意无孔不入地笼罩了一丈方圆内所有的空间。

那两名不速之客心头暗惊，凌通的功力之深厚的确超出了他们的想象，这种苍鹰扑兔的下击之势，更助长了其狂野气势，使他们不得不全神贯注相对。

凌通的嘴角闪过了一丝异样的笑意，但却并没有谁能捕捉到那似乎并不真实的感觉。

“呀呀！”两声惨哼，凌通的剑式势如破竹长驱而入。

那两名神秘的不速之客的兵刃竟一齐在凌通的“屠魔”之下断成数截，而他们额前各自多了一道淡淡的血痕。

待凌通双足落地、拄剑而立后，也正是两名敌人倒地之时，只怕他们至死也不会服气。

他们败了，败亡只有死路一条，他们死了，但却并非死在凌通的剑下，而是亡于两支不知从何处射出的劲箭之下。

这才是凌通真正的杀招，暗箭伤人，对于他来说，并不是什么耻辱。狩猎之道，就是无所不用其极，真正目的只有一个，那便是将猎物放倒而毫无反抗之力，能够少费手脚当然更好。

打一开始，凌通就已算好，只要这些人一现身，就至少有十支劲箭对准了他们，便为了保险一些，他才会全力以赴地完全吸引这两人的注意力，在这两人将注意力全都放在他的身上时，自暗处射出的箭才会乘虚而入，杀其不备。凌通以飞龙身法，身形拔地而起，就是为了方便自暗处射出的箭毫无顾忌，起到最大的作用。

“好，好……”萧灵拍掌欢呼，凌通这才收回目光，缓缓将剑插回鞘中。

几名家将踢了一脚那被箭矢射中的人，那人却早已断气了。原来，凌通的短矢之上淬了剧毒，几乎是见血封喉。

凌通将身上所有的箭矢都涂上了毒液，今天的日子绝对不同寻常，更不能有半点仁慈和手软，一出手就只能要对方的命。

“好凌厉的一剑！”两名查看尸体的亲兵咋舌道。

凌通这一剑，竟将对方的兵刃断成无数寸许碎片，这不仅仅是凌通的剑乃宝剑，同时也显出了他那绝对不同凡响的剑法。

凌通这一剑，也的确捡了个便宜，那两人若单独与凌通对敌，定不会相差太远，而两人联手，凌通则一定无法讨好，尽管占着宝剑之利。可是在这两人与凌通接招之前，突然中箭，使他们真气疾泄，凌通的宝剑乘虚而入，正好发挥了宝剑之利，才会这么轻易地置两人于死地。

“仔细地查一查，这些人竟能突破我所布置的防线，看来十分不简单，小心再有人潜入，不能有半点闪失！”凌通肃然吩咐道。

那几名亲兵虽然为凌通解决了三名武功绝对不俗的人物而感到庆幸，但也深感事情的严重性。

梦醒突然止步，一股雄浑的气势自地道之中传出，他已经深切地感应到了，那缕霸者气机的存在。

彭连虎也很清晰地感应到，那绝对不是一个普通人所拥有的气势。

两人也同时明白，对方一定发现了他们，绝对不假！

梦醒的脚步放缓，很缓很轻，但依然保存着那不灭的优雅。

转过一道弯，彭连虎不由得呆住了，他居然发现了追风、逐电、抗天、怒日及黄锐。

与他同来的五人，竟全都出现在这光线昏暗的地下室中，这几乎是不可能的。

事实却的确如此，五人不仅在地下室中，更像昏睡过去了一般，呼吸依然轻缓，只是触目惊心的几柄刀，此时正架在这五人脖子之上。

彭连虎的心发冷，怎么会这样？以他们五人的武功，如此轻易被人抓来，这是多么不可思议的事情，只是有一点让他稍稍放心，那就是他们五人并没有死，至少此刻没有死。

梦醒并未发现这些，在他的眼中、心里，只有一个人，峙立如山，背挺若枪，但整个人却散发出一种浓浓的霸烈剑气。

脚下不丁不八，意态悠闲却给人无比沉稳的感觉。

“尔朱荣!”自梦醒的口中蹦出这三个生硬得像是吐冰块般的声音。

“尔朱荣?”彭连虎的心禁不住猛地跳了一跳，就因为这三个字。也就在此刻，他看到了一张文温尔雅的面孔，清奇而不离奇，眉、鼻、眼，像是拥有着逼人的压力，目光却如水一般清泓而温柔。

就是这么一个人，他竟是天下间唯一能与蔡伤齐名的绝世高手尔朱荣!

谁也不会想到，见到他竟会是在一个阴暗的地下室中。

“黄海的眼力果然好，我这么多年未出江湖，没想到你仍能一眼就认出了我!”尔朱荣的声音极为优雅和平缓，就像是跟亲朋好友聊天。

“黄海！你是黄海?!”彭连虎更惊，自梦醒的身边跃开，望着梦醒不敢相信自己的耳朵问道。

# 第一百一十八章　不择手段

“叮叮……”一串细碎的铃声响起，划破了空山的寂静。

凌通若被蝎子蜇了一般，猛然睁开眼睛，伸手一抓身边的弓，飞掠而出。

难道是敌人又一次大举来犯？这是毫无疑问的，凌通所布置的铃铛就是为了防范这群普通追兵，对那些高手并无用处，此刻铃铛一响，自然就是敌人大举来犯。

萧灵差点就与凌通撞个满怀，一脸惊慌之色，没等凌通说话便抢着道：“他们大举进攻，怎么办?”

“别急，我们不会有事的。”凌通拍了一下萧灵的肩膀安慰道，但心中着实吃惊，他很明白，对方已经不惜一切代价要置萧衍于死地，他们已经等不及明天，也不会等到明天。

若说以数十人对付对方数百人，那全是纸上谈兵，根本就不可能取胜，因此唯一的方法，只能智取。不过，自己的人幸亏占着山高之利，居高临下的优势对于敌人来说，绝对是极厉害的杀招。

那细线铃铛所布极远，也就是为了让众亲兵早作准备。不过幸亏这座山头只可能由三面受攻，而非四面皆敌，三面之中更有两面绝对不利于攻击，是以，威胁最大的只有一面。

众亲兵早就守在这三面的山口之上，望着狂拥而上的贼兵，人人都脸色铁青，他们本是皇族一系，多是萧家之人，为萧衍卖命，是他们最大的光荣，因此，他们根本不在意自己的生死。

山口之处堆放了大小许多石头和断木，这种重型的攻击工具也能在山间发挥极大的功效，山上的树木被凌通命人给砍了，甚至连灌木也一样，这就便于山上之人对山下进行攻击。

众贼兵触动了铃铛，立刻知道不好，但却必须攻击，这是命令！不过，他们早已泄了锐气，被凌通两道机关给吓怕了，更是刚刚拉完肚子，几乎都拉得虚脱过去，哪里还会有斗志？

凌通望着冲上来的敌人，不由得发出一阵冷笑，将手一挥，数十支劲箭齐发，杀伤力之大，立刻使那些毫无斗志的人倒下一大堆。劲箭不断地射出，满天如蝗虫一般，交错纵横。

众王府家将更将火把向山下扔，尽量将山下的景况照亮，使敌人的身形完全暴露在视线之中，这样便可使他们无迹可遁，而山上却暗淡无光，占着地利的绝对优势，凌通等人虽然在人数上失利，但对方一时绝难攻上，而且那些掷下的火把，遇上干枯的野草和灌木，很快就会燃烧，再加晚上风势不小，这样一烧，更使得贼兵心慌意乱，斗志全消。

“谁要是能摘下萧衍的狗头，赏银一万两！”不知是谁在山坡下高呼道。

重赏之下必有勇夫，众贼兵果然个个奋勇而上，自火堆上跳跃而过，斗志大增。

“摘下对方任何人的一颗脑袋，赏银二十两！”此声传来，却让凌通发现了那人的位置。

凌通杀意暴升，开弓放箭，火光之中几乎无法看清箭的影子。

并没有射中对方，那人竟奇迹般以两根指头夹住洞金裂石的一箭，手法之准之快，让凌通禁不住倒抽了一口凉气。

那人不屑地将箭甩在地上，冷冷的目光自十余丈之外瞟向凌通，竟若刀子一般锋利。

凌通清晰地捕捉到对方眼神中的杀意，那种杀意竟似乎不受空间的限制，远远地传送至凌通心头。

凌通暗自心惊，对方军中竟还有这般高手，的确是不能不防，心想：“刚才那三人要是如这人一般，只怕自己早已见不到这种场面了。”

那些贼兵似乎再也不畏生死，踩着同伴的尸体无畏地上冲，为了一万两银子而拼命。也的确，一万两银子，一个普通家庭用两辈子也用不完，他们怎会不为之拼命？

这一轮劲箭攻击让对方死伤的人数绝对不下三百四人，但对方的人仍像是蚁群一般拥上。

凌通这次所备之箭虽多，但似乎也有些不够用，而众贼兵显然不止最初所估计的近千人，而定是后来又有贼兵自各地会聚而至，助燃了敌人的气焰和力量。

凌通竟有些后悔在对方受到第二关所扰之时，未曾冲出重围，但那时候冲出去，也许会与这群后补的追兵碰个正着，那时恐怕只会更为不利。

“放石头、滚木!”凌通大喝一声。

众王府亲兵立刻有一部分人放下弓箭，运臂如飞，将磨盘大的石头抛下众贼兵的人群中，那巨大的粗木，以横扫千军万马之势直撞而下，声势之骇人，的确令人匪夷所思。

“呀……”惨叫声更烈，这种滚木、大石的杀伤力之大比之弓箭更有过之，更能有效地阻住对方的冲势，无论是在心理压力抑或是气势上，都产生了无法想象的作用，更配以劲箭，几乎使这些人毫无寸进，死伤无数。

凌通本来还在担心，但此刻却放心不少，照这样下去，对方的伤亡会越来越大，就算有数千人，也绝对无济于事。

凌通此刻死守山头，居高临下，使敌人仰攻，未战已先处于不利之势，虽以几十倍的兵力，却不能占得半点优势，更因士气早灭，优劣立判。

凌通正得意之时，竟发现他后方的营帐居然起了火，不由得大惊!

“想不到堂堂尔朱家主也会在这种地方出现。”梦醒并没有回答彭连虎的问话，只是淡淡地语带揶揄地道。

“哈哈，更想不到的应该是名动江湖的一代左手剑宗师居然不敢以真面目示人。”尔朱荣的语气也不是很好。

“他们怎会落在你的手中?”彭连虎极为不解地问道，更充满着一股肃杀之意。

“我可以不解释！但我却要告诉你，他们的命全都掌握在你的手中。”尔朱荣意态轻闲地道。

“你想怎样?”彭连虎吸了口气，静了静心，淡淡问道。

“石中天的事，你不能管!”尔朱荣只迸出这么一句话，但却已经足够直截了当了。

“这是不可能的!”彭连虎的话无比坚决，萧衍的命令比之任何东西都重要，抑或彭连虎更清楚放过石中天将会是怎样一个后果，没有人能够承担得起这个责任，如果石中天不死，只怕将来死在他手中的人绝对不止这五人而已。

“难道你就不在意这五个与你出生入死的兄弟吗?”尔朱荣有些讶然地问道。

“我很在意，我可以用自己的生命去换取他们的生存，但是我却不能用他们的生命去更换天下正道的覆亡！更不想因为他们而让天下再一次生灵涂炭，大义之下，想他们死亦无憾!”彭连虎眼眶含泪，却语意无比坚定。

“好个大义之下，死亦无憾！彭连虎果然是条汉子!”梦醒忍不住赞道，同时更是战意高昂，目光却透过尔朱荣身边的空间，落在那躺在地下室深处墙边的石中天身上。

那正是石中天，只是此刻似乎已经完全失去了知觉，一动不动，也不知道是因为受伤太重，抑或是被尔朱荣所制。

“但你以为就凭你们两人就可以杀得了石中天吗?”尔朱荣歪了歪头，微微有些不屑地问道。

“那并不重要，我们只会尽力，若是尽力了仍无法杀死石中天，那也是天意!”梦醒语意也透出了杀意和战意，和尔朱荣一战终是不可避免的，这也是他期待了很多年的一战，只是他没有想到，与这平生的宿敌相遇时却是在一个暗淡无光的地下室中，靠几支火把摇曳的光亮来决一高下。

蔡伤和尔朱荣，一个用刀，一个用剑，那还可以并存，但他与尔朱荣的矛盾却绝对是无法缓解的，在剑道之上，绝对不可能存在两个第一。虽然他是代表着左手剑的极端，可在世人的无知之下，他始终排在尔朱荣之后，这不能说不是一种悲哀。

“你真的是黄海?”彭连虎微微有些担心地问道，他心中明白，对方是尔朱荣，所代表的乃是与蔡伤刀道极端的另一个极端——剑道之巅！面对这样的对手，任谁都不会有把握，他很清楚地看到过蔡伤的刀法，那是一种天人交相辉映的境界，一种让人无法想象的境界。彭连虎再怎么自信，也不敢自信能接下那一刀。早在十九年前，他就没有躲开蔡伤“怒沧海”的杀式，十九年之后，他依然无法找到破解之法，尽管他的刀道进展一日千里。

尔朱荣能与蔡伤齐名，甚至在二十年前名声更隐隐有盖过蔡伤之势，那么二十年之后的他又会是怎样一种可怕？没有人知道，但彭连虎却知道，自己绝对不是他的对手，因此，他才会有此一问。

“不错，我就是黄海!”梦醒这次很认真地回答了彭连虎的话，但声音平静得可怕，让人感觉到他在刹那之间就像是一片静谧无边的原始森林，使人无法捉摸、无法感受到他到底是怎样一种心态。

彭连虎也在刹那间变得十分平静，就像他的刀，默默无声，却散发着浓烈的战意。

“你准备向我挑战?”尔朱荣依然仪态悠闲地望向带着面具的黄海，淡淡地问道。

“这已经是不可避免的了，没有人可以改变这种状况!”黄海不惊不忧地道。

“族王，让我们来与他对对剑!”立在尔朱荣身后的两名老者斜瞥了黄海一眼，恳切地向尔朱荣道注：尔朱荣乃塞上北秀容川契胡族酋长，是以，他本族之人，皆称之为族王。。

尔朱荣淡淡一笑，道：“也好，就让你们捡上这个大好机会，向这位左手剑的大宗师讨教几招，这对你们剑道的修为定会有一个很大的提高!”

“谢谢族王!”那两名老者面露喜色，同时缓步渡至黄海一丈多远处。

“我叫尔朱情!”“我叫尔朱仇!”两个老者自我介绍道。

“他们在尔朱家族之中称为情仇二佬，乃是我的两大随从。”尔朱荣补充道。

黄海的眸子中露出了一丝不屑，不知是对尔朱荣的做法不屑，抑或是对情仇二佬的不屑。

“能向更高的对手挑战，是我们的荣耀，希望你不要留情！”尔朱情和尔朱仇同时道。

“哈哈……”彭连虎突然放声大笑起来，声音在地下室中回荡开来，显得那般阴森和怪异，更让人觉得诧异不解。

尔朱荣和情仇二佬脸色都为之一红，很明显地感觉到彭连虎笑声之中的讥嘲之意。

“是呀，怎么能够留情呢？如果留情了，那一旁观看的人，心中就没有把握了，没有把握怎么办？没有把握就做缩头乌龟，躲在一旁凉快去，不想想自己是什么东西，也配叫人家不留情！”彭连虎连骂带嘲，只使得尔朱荣和情仇二佬脸色铁青，语意之尖刻，的确让人无法忍受。

尔朱荣和情仇二佬何曾受过如此之气，但大敌当前，却绝对不能够动怒，更明白彭连虎乃是想故意激怒他们，以破坏他们心中的平静。

黄海没有说话，但却知道彭连虎的确是为他好。

“黄海，这两个人算我的，我现在手痒得很，就让他们来给我活动活动筋骨吧。”彭连虎毫不客气地向黄海面前一站，豪气干云地道。

黄海明白彭连虎的心意，他对彭连虎也有信心，能在南朝成为第一刀客，自然不会是浪得虚名之辈。在十九年前，他们甚至还有一面之缘，当时正是彭连虎助黄海尽歼尔朱家族的追兵，救回了他的一条性命，因此黄海对彭连虎有着一份发自内心的好感，也就答应了他的要求。

尔朱荣眼见自己的打算被彭连虎一下子给说穿了，心头禁不住大为震怒，但却知道自己生气于事无补，只想让情仇二佬将彭连虎大卸八块，以解心头之恨，但同时他也明白，彭连虎是一个绝对不好对付的角色，能够在南朝有这么高的声望，几十年不衰，其刀道自有过人之处，这是不用置疑的。

不过，尔朱荣对彭连虎的一切只是听说而已，但对情仇二佬的实力却是极为熟悉的，是以，他仍是信心十足。

黄海向侧后退了三步，与尔朱荣遥遥相对，他知道，下一刻将会面对他有生以来第二场最为艰苦的挑战。

第一场是在二十余年前，与蔡伤之战，那次他败了，败得心服口服。而眼前之人却是与蔡伤齐名，位列自己之上的另一个绝世高手，因此，他必须将自己的一切调整到最佳状态，在心灵深处，腾出一片属于自己，又宁静无比的天空，那是一种禅的境界。

蔡风心中没来由地一阵不舒服，像是被人狠狠捅了一刀，他也不知道为什么会这样，在下午的时候突然产生，没有任何预兆，他也弄不清究竟是怎么回事，但无论以后如何，至少他现在的心情不太好。

凌能丽和元定芳都没有休息，陪在蔡风的身边，静静望着天空。

夜色深沉，星光月光皆一片昏暗，凄寒的风，冰凉的露水。

“三子怎么还没有回来？”元定芳似乎有些焦灼地道。

蔡风微微皱起了眉头，道：“不会有事的，天网和如风在一起，即使千军万马中也自会逃脱，别忘了，天下间所有的野狗都会是我们的帮手！”

元定芳回想起那日漫山遍野都是野狗的场面，禁不住释然，那日如此多的野狗，的确是千军万马也无法完全阻止它们的逸散。

“天网它们究竟是出了什么事呢？”凌能丽猜测道。

“我想，应该是有了瑞平和叶媚的行踪了吧。”蔡风估计道。

凌能丽和元定芳全都有些担心，望了望蔡风那微显苍白的脸色，问道：“阿风，你不会是因为这些，才会有所预兆吧？”

蔡风苦笑道：“但愿不是，因为若这是个预兆的话，那定是个凶兆！”

“你现在没事了吗？”元定芳挽着蔡风的手臂，紧偎着，低声有些害怕地问道，那明媚如水的眸子多情地注视着蔡风的眼睛。

“没事，刚才我运功细查并没有发现什么大碍，只是……也没什么。”蔡风说到这里又改了语气道。

“只是什么？你说呀，难道连我们都不可以说吗？”元定芳一急，催促道。

“是呀，阿风！”凌能丽也显出无限关切地道。

“我的真气畅通无阻，可是似乎脉象有些不稳定，想来是因为恢复神志不久，解了金蛊神魔的禁制，才会有这些反常现象吧，过一阵子自然会好的。”蔡风也不想作任何隐瞒地道。

凌能丽知道蔡风所说的一定不假，以蔡风的天资，虽只短短的几个月，但对医理的认识之深，已经不浅了。武学之中本就包含着极多的医理，一个在武学上有所成就的人，想学医理，必定一点即通，真正的医道高手，无一不是在武学之上极有成就之人。自扁鹊至华陀，再至葛洪，无一不是绝世高手。医道和武道并不是一种矛盾的对立，而是相辅相成的。

远古的一位大智之人伏羲，聪明绝世，研探乾坤奥妙，从而定出两仪、四象、五行、八卦之说，再洞悉天机，领悟天地两仪生生不息，竟与人体经脉穴位极为吻合，从而创出一套养生长寿、力量足可惊天泣地的绝世武学，天有四肢五行九解三百六十五日，人有四肢五脏九窍三百六十五关节，天地两仪相息互通，阴阳五行相生相成。遵照天时地节修炼，养形可炼精，积精凝聚气，修气汇合神。伏羲根据这种途径，最终悟通天道，身登仙界，被后人尊为大神。

经脉穴位、关节、养生无不是医道之中极为深奥之理，唯熟悉医道中的四肢五脏九窍三百六十五关节之人，才能更快更好地修炼其本身功力，是以，武道和医道本就有着极多相通之处。蔡风本是高手，对这些的了解也不少，学医自然快极，虽然只是短短数月，但其医道已是极精。

凌能丽缓缓将玉指搭在蔡风腕脉上，静感良久，微微皱起眉头，却没有说话。

“怎么了？能丽姐。”元定芳有些担心地问道，她知道凌能丽从小习医，医道比蔡风精多了。

“奇怪！”凌能丽自语道。

“有什么异象吗?”蔡风平静地问道。

“脉象极为不稳，时快时缓，就像是中了毒般，可是又不是中毒，究竟是怎么回事，我也说不清楚！”凌能丽微微有些担忧地道。

“哈哈，这就是了，定是因为解除田新球的禁制不久，积压着的毒素并未排尽，但很快就会恢复的，大概这就是所谓的后遗症吧。”蔡风笑道。

凌能丽和元定芳一听，也觉得有理，毕竟解除禁制才不过几天时间，自然难免会有一些后遗症，但若是毒素排之不尽，又会怎样呢？两人禁不住又担心起来。

蔡风不由得微微一笑，知道二女在为自己担心，淡然道："不要紧的，我的体质是经过毒汁泡炼出来的，已是百毒不侵之体，区区毒素根本无济于事，绝对不会有碍的，你们……"说到此处，蔡风突然住口凝神倾听，不再言语，似乎已经发现了一些什么。

"什么事？"凌能丽和元定芳禁不住问道。

"是三子回来了！"蔡风淡然道，他对三子的马蹄声极为熟悉，每个人骑马都似乎有着自己独特的风格。

凌能丽和元定芳松了口气，三子回来了就好，但是否带回了好消息呢？暂时没人知道。

很快，就有几点星火自远处飘来，转眼就很清楚地看到了三子的面容及无名四等几名葛家庄兄弟。

"阿风，快做好准备，我们已经发现了贼人的行踪！"三子人未到，声音已经先一步送出。

蔡风一颤，凌能丽和元定芳也禁不住面露喜色。

"在哪里？是什么人？"三人齐声问道。

"在西十里的河面上，那两艘船应该是晋城叔孙家族的！"三子毫不含糊地回答道。

"什么？"三人同时一惊。

凌通心头的震惊是无法掩饰的，他的确没有想到竟会有敌人自后方潜入，那本是不可能潜入之处，可对方却真真实实地潜了过来，而且还在烧营。

不用凌通吩咐，已有二十余名亲兵向后方扑去，他们绝对不会让贼人逞凶，若是营帐一烧，很多计划就会无法施展，而更重要的却是萧衍失去了屏障的掩护，露出虚实，这种事情绝对不能发生！但幸亏这二十几个营帐并不是连在一起，若是连在一起，那就会全都跟着付之一炬。

营帐边留守的兄弟并不多，只有十人，但对方也似乎有这么多人，且人人都是极为厉害的硬手，王府中的亲兵虽然厉害，但也不是这些人的对手，那种狼狈之状极为难堪，可王府中的亲兵也全都是百里挑一的人物，一时之间，竟也没有损伤，却无法保护营帐的安全。

这二十多名亲兵加入战团，方才稳住阵脚，以二对一却也能够抵挡，多余的几人不得不调守后山，这里的确只有高手才能上来，但对方却也已经在山下堵死了这条退路，此刻的他们是四面受敌，的确极为不妙，虽然占着绝对的地利之势，却在人数上处于绝对的劣势。

凌通此刻方才明白，对方之所以不顾一切地强攻，甚至是在弄响了铃铛之后还要强攻，定是要完全吸引自己等人的注意力，好让背后的敌人有机可乘。

这一招也的确阴险，如此己方前面分出一半人力之后，攻击力量削弱，而敌人的战意丝毫不减，局势立即吃紧，更有数名兄弟中箭。

凌通心中十分着急，简直让他一个头两个大，他从来都未曾遇到这种真正战斗的场面，而且双方力量如此悬殊，虽然在猎村之时与马贼相斗，但那时的力量也并不悬殊，而且是由乔三指挥，而眼下的敌人与当初的马贼更是不可同日而语，人数更是当初马贼的数十倍。这种无法相补的力量之差，本就让凌通头疼，可是此刻仍要去保护别人，又不能够快意搏杀，再说他也是第一次亲身指挥作战，没有经验，此刻倒是真有些心慌了。

面对着当初尔朱送赞等人的追杀，他都没有皱眉，那是因为心头没有挂碍，可此刻因为萧衍而放不开手脚，不能逃也不能战，这种局面，的确不好对付。

对于凌通来说简直是欲哭无泪，此刻内外交煎，他才知道将军和统帅是多么难当，特别是遇到眼前这种情况的统帅。虽然他诡计多端，此刻也像是无计可施，不知该怎么办才好。

望着山下的贼兵渐渐逼近，萧灵也禁不住有些慌了，急道："怎么办？通哥哥。"说着拉了一下凌通的手臂。

凌通的手一拖，自胸前抹过，却碰到了一个硬硬的东西，心中不由一动，喜道："有了！"说着迅速拿出怀中的硬物，却是一个盛满药粉的小瓷瓶。

“这是干什么？”萧灵有些不解地问道。

“他奶奶个儿子，把这些宝贝全给他们吃了，看他们还能不能逞凶！”凌通忍不住将蔡风那句骂人的话又说了出来。

萧灵若有所思地望了望药瓶，却也想不到怎样让那些贼人都吃下这药。

凌通看了看风向，又看了看山上的人，从怀中掏出一大把药丸，吩咐道：“快叫每个兄弟都服一颗，他奶奶个儿子，风是吹向咱们的，只好让大家一起受受罪了，这也是没有办法的事情。”

萧灵仍有些不解，但对凌通的话却深信不疑，迅速将药丸分给众人。

凌通自怀中将所有的瓷瓶全都掏出，望了望逼近的贼人，又望了望他们身后的火势，运劲将手中的瓷瓶与药丸全都抛了下去，都准确无误地落入火堆之中。

“砰砰……”瓷瓶着地即碎，那些以布巾包着的药丸遇火即燃。

正当众贼人都大不为不解之时，那燃着的火苗竟变成了惨绿色，淡淡的紫烟，四散飘开，顺着风向朝山头飘来。

凌通握了握怀中仅剩的一瓶药粉和药丸，有些舍不得，便又藏入怀中。

山下的三面全都燃起了大火，凌通事先就让人清理了这可能会引火的树木和杂草，火势虽然顺风，却无法烧上山来，但也没有什么退路留给他们。

紫烟最先袭倒的自然是那些正在向山上狂攻的贼兵，只不过片刻之间，那些人就像喝醉了酒一般，东倒西歪，倒下一大片，更有的口吐白沫，形象之怪，令所有贼人都大为心寒。

“好哇，好哇，通哥哥真聪明！”萧灵一激动，忍不住抱住凌通的脖子在他脸上狠狠亲了一口。

凌通心中暗叫侥幸。

如此一来，那些贼兵哪里还有斗志？他们早被毒物给吓怕了，凌通的第一道机关和第二道机关，无不是和毒物有关，而这一招更为厉害，杀伤力更大，几种不同的毒物混合在一起燃起的烟雾，使毒性恶烈至极，中者立亡。

凌通此次自猎村出来，带了很多自配的毒物，而一路上更是以配药为乐，身上的药物之多，几乎可以开个小药铺，而此次上琅玡山狩猎，便有采药之心，狩猎只是其目的之一。所以，他的确也准备了许多药物作为配方，没想到这一刻却全都派上了用场，心中的那份兴奋自然是无法比拟的。

山下那个说出赏银之人的眼眶都气绿了，他的功力深厚，全靠一口真气憋着不呼吸，才免于毒烟的侵袭，但却知道，这样绝对支持不了太久，人的功力是有限的，他不敢赌这毒烟会在什么时候停止，他更不敢冲上山头，他自信有这个能力冲上山顶，但那只会走入毒雾的中心，更何况如此一来，自己所面对的只怕是更多高手的围攻，他无法想象那会是怎样一种结局。因此，他只能有一个决定，那就是含恨而退，此乃没有办法中的办法，他也从没想到毒可以这样用法。

“退！”那人不得不发出这样一声没有办法的指令，但可惜的是响应之人并没有几个，抑或是有些人有心而无力。

见此情景，山头上苦守的王府亲兵便若得到了新生般欢呼起来，同时立刻有人加入对付那些放火之人的战团，换下正自苦战的众亲兵服用凌通所配的避毒丹。

萧灵早就将避毒丹准备好了，当紫烟掠过之时，贼兵本就已经被攻得手足无措，哪还有力气运功避毒？一个个都若喝醉了酒般软绵绵的，根本就无法抗拒这群王府亲兵的攻击，瞬即毫无抵抗力地死在乱刀之下。

谁也想不到结局竟会是这样，连凌通也无法预料，但这似乎是一个极为理想的结局。

那些亲兵立刻有人下到山坡拾回劲箭，箭是他们远攻的唯一利器，没有远攻的箭矢，就只得近身肉搏，而这却是一种最为愚蠢的做法。以少胜多，也唯有劲箭可助。

萧衍自然也想不到会有这种结果，这样一来，竟让对方在此役中死伤七八百人，几乎损失了百分之八十的兵力，己方能以六十余人杀退对方一千多人，的确是凌通感到骄傲的本钱。

萧衍难得有休歇两个时辰的机会，在叶倩香的协助下，伤势也得到了控制，至少没有刚开始那般痛苦。

由于风向的原因，火势蔓延得极慢，但却仍然将敌军阻隔开来，而那些毒物也不是烧之不尽，那阵毒烟过后，山顶上已经不再有毒雾存在。

凌通派出一部分兄弟严密注视着四面敌人的动静，小心布署，而他却在烧烤着猎物。

这些人也的确饿了，包括萧衍和叶倩香，他们已经五天没有好好吃上一顿东西了，而且这还是在春节之时，说起来也的确够惨的，萧衍做梦也没想到会有今日的狼狈。

这不能说不是一个教训，一个沉重的教训，差点儿就使一代帝王坠入了万劫不复的深渊！

一切都已经发生了，萧衍是个极为放得下之人，更坦然接受这一切。

彭连虎近年来用刀与人相斗已经极少，因为已经没有多少人值得他出刀，抑或因为他在南朝的地位极高的原因，很少有轮到他出刀的机会。

今日却不同，因为他所面对的对手乃是北朝第二大世家的高手，两个绝对不能轻视的高手。

事实上，天下任何人都不敢小看尔朱家族，小看尔朱家族的人，都只会有一个下场，那就是死亡！

这绝对不是危言耸听，绝对不是！

彭连虎很清楚尔朱家族的力量，只论眼前两位老者的身手，他就可以清楚地感受到。

情仇二佬是尔朱荣的两大随从，但却绝对是了不起的高手，只是其名声在江湖中并不响亮而已，那是因为他们大部分时间深居在尔朱家族之内，很少在江湖中露面，因此就不为外人所知。

高手，总有他独特的气质，无论谁也掩饰不了，就像宝剑的锋芒一般。

静静地立着，彭连虎极力排除脑中对追风诸人的担忧，极力让自己的心静若止水，也只有这样，才是战胜对手的唯一办法。

尔朱情和尔朱仇缓缓分开，成楔角之势将彭连虎挤在中间。

地下室之中在刹那间似乎变得阴风惨惨，鬼气森森，若阿修罗地狱一般。

情仇二佬出剑了，若两泓清泉，在虚空之中缓缓流过，是那么舒缓而优雅。

剑其实绝不慢，甚至快得难以捕捉，两泓清泉只是存留在虚空中的一点点感觉，真正的剑，已到彭连虎的眼前。

眉心和胸口的玄机穴，就是两个重要攻击的目标。

彭连虎的刀其实早就已经划出了，彭连虎并不习惯防守，和郑伯禽几乎相反，他的刀喜欢攻击，这也是他青出于蓝而胜于蓝之处。

蔡伤的“怒沧海”给了彭连虎太多启示，一式真正的好招，是根本不用防守的，因为他的攻势就是最好的防守，而彭连虎的一切，包括拔刀、挥刀、出刀的角度与力度、弧度都不会有破绽，这也就是真正可怕的招式。

彭连虎近二十年来致力于刀道，已经不再是昔日的他，也足以成为一代宗师，在刀道之上虽无法追及蔡伤的怒沧海，但却也另辟蹊径，独具一格。

剑至彭连虎眉心五寸外之时，彭连虎的刀已经划到了对方的胸膛，后发而先至，对方有机会与之同归于尽，但却没有胆量。

狭道相逢，勇者胜！

尔朱情退，飞退！更扭转剑尖削向彭连虎的刀。

刀！切在尔朱情刺向彭连虎玄机穴上的那柄剑上。

“当！”金铁相击之声，在这地下的小空间之中，犹为响亮。

斜步侧身而上，彭连虎的身法并不与他那魁梧的身材相矛盾，灵捷若豹子。

刀，竟借着腰身的狂扭而旋扫出去，力道之狂野，比之刚才更甚，而这两刀之间几乎完全没有间歇，如行云流水般的身法连尔朱荣都不得不叫好。

凝聚如山的气势若开闸的洪水，自刀锋迸射而出，绽现出让人无法解释的霸烈之气。

尔朱情的剑只能在刀锋的边缘滑过，而彭连虎的身子却已经蹿至尔朱仇的左侧。

尔朱仇并不是左手剑，左手，对一般人来说，是一处缺陷。当然，黄海例外，所有习过黄门左手剑的人都是例外，尔朱仇当然无法例外。

这里的空间的确不是很大，人多了甚至变得碍手碍脚，在地下室中纵跃腾挪似乎更受限制。

刀，虽然以大开大豁为霸，但彭连虎自有其一套方法相配合，在这狭小而有限的空间中，竟能够发挥出难以想象的威力。

"当！"一声剧震，尔朱仇的身子几乎被撞得倒跌而出，手掌感到发麻。

一刀立分高下，彭连虎的这一刀乃是凝聚全身的力道，借跨步扭腰之机自刀身迸发，而尔朱仇在剑道之上绝对没有彭连虎那样勤勉，更因处于被动，斗志和锐气也要相差一筹，自是无法抵抗这狂野的一刀。

尔朱情的剑在同时刺到，以快得难以想象的速度欲洞穿彭连虎的咽喉。

彭连虎在万分之一秒的时间内，后仰、翻刀切上，同时底下踢出一脚。

动作快若光电，一气呵成，绽现出狂野的生命力。

"叮！"剑自彭连虎的鼻尖刺过，却被彭连虎的刀横架于空，而在尔朱情仍未曾来得及回剑之时，对方的脚已踢在了他的小腹上。

"砰！"一声爆响，尔朱情与彭连虎同时后退，两道劲气相冲，竟震得尘土散落如雨。

彭连虎一退即进，长刀横拖，以势不可当的气势向尔朱情和尔朱仇撞去。

系马于林，蔡风徒步向河畔掠去，他的心情的确很急切，也很激怒，更充满了浓烈的杀机。

不可否认，元叶媚和刘瑞平在他心中占有极大的位置。

天网似乎已经嗅到了主人的气息，立刻迎了上来，摇尾摆首，亲热无比。

蔡风轻轻拍了一下天网的脑袋表示嘉许，无名五快步迎来，指着河面两艘不算小的船道："天网和如风嗅到元小姐就在那两艘船上！"

"有没有上船查探一番？"蔡风淡淡地问道。

"已经有兄弟自水下潜了过去。"无名五低声道。

蔡风望了望天空，感叹道："天气够冷的，辛苦你们了。"

"为公子办事，是我们的荣耀。"无名五认真地道。

蔡风快步来到河畔，自树隙中望向那两艘几乎有八十尺长的船，眸子之中射出浓烈的杀机。

像这样的船，出现在颍河之中，已经不能算小了，也只有如叔孙家族这般强大的势力，才能弄到这两艘大船。

颍河是淮河的支流，直抵河南太金店，延绵千里，河道极宽，因此能以大船行驶。

船身八十尺，可容下数十人共住，两船至少有近百人，若想强行救人，只怕也不会容易，更何况对方可以拿出人质，对蔡风完全不利。难道连杨擎天、颜礼敬和刘承东这样的高手也给擒了？若非是战狗如风，后果的确不堪设想，那么元府和刘府的这笔糊涂账会记在蔡风的身上了，更可怕的，却是蔡风将失去两位心爱的红颜知己。

"我们是不是该行动了？"三子潜到身后认真地问道。

蔡风望望天空，喃喃地道："已经快近五更了，是动手的时候了。"同时扭头向身后的凌能丽望了一眼，伸手搂了一下她的腰肢，在其俏脸上轻吻一口，关切地道："小心一些！"

凌能丽心头一阵感动，重重地点了点头，眼中充满了柔情。

"走吧！"蔡风说着，像浮叶一般向河面上落去。

三子折枝轻抛，身若飞鸟，踏枝飞渡，向那两艘大船之上落去。

船并非离岸很远，才几丈距离，显然是夜泊休息，对方绝不会想到蔡风会千里追踪至此。

当三子若大鸟般扑落在大船之上时，蔡风早已落足船上。

那些巡护的汉子都在打瞌睡，他们自然想不到会有祸事临头，有人居然敢轻捋胡须。

叔孙家族的招牌的确可以砸死很多人，但有些人是不怕死的，比如像蔡风这类人，根本就不会买叔孙家族的账，甚至当初更将叔孙长虹擒为人质。

当那些正在睡梦中的守卫倏然惊醒，发现有陌生的来客之时，却已经不能有任何动作了，蔡风早已制住了他们的穴道。

凌能丽紧跟在蔡风身后，三子和无名五迅速潜入底下的船舱。

如风的鼻子极灵，它可以嗅出元叶媚就在这艘船上。

狗不仅在陆地上可以行动自如，在水中也同样胜于常人，而狗王如风更是经过严格训练，自然是游水高手。在如此冰凉的河水之中，如风并不畏怯，它早已经嗅出了元叶媚所在的船只，蔡风因此才会毫不犹豫地落上这一艘船。

众人的行动并没有瞒过另一艘船上的人，蔡风也没有打算避过另一艘船上的人，甚至更有意去惊动他们。

“哗!”船舱的木墙被击得粉碎，再坚硬的木头也无法承受蔡风的拳头。

当然，睡得再死的人也会被这种声音惊醒，何况，武林人物总会保持着自己独特的反应力。

响声过处，船上所有人都惊醒了，但惊醒并不代表便有用。

第一个惊醒的人并未能如何，甚至连身边的剑都未能抓起，一只手就已经捏住了他的咽喉。

蔡风的手，像是抓着一只兔子般，将那一百多斤的躯体轻提而起。

“刘家的人关在哪里?”蔡风的目光深深射入对方的眼中，竟有着勾魂摄魄的魔力。

那人激灵灵打了个寒战，心神完全不受控制地答道：“在……在另一艘船上!”

“你撒谎!”蔡风冷冰冰地道。

“没，没……”不知是因为刚醒，思维仍未曾恢复过来，抑或是被蔡风浓烈的杀机所慑，那人说话竟显得有些结巴。

蔡风心头一震，若是刘府之人在另一艘船上，那就有些麻烦了，但很快即反应过来，一手掏出黑布巾，向面上一蒙，另一只手却将这人的身体当成兵刃横扫而出。

那自四面扑来的人，全都无法抗拒地被这奇特的兵刃扫了出去。

“哗！”船舱再次被撞裂，却是被蔡风扫出去的那些人所撞。

“掩上面容！”蔡风低声道。

凌能丽不知道是怎么回事，但蔡风所说的必定不会错，也迅速蒙上俏面。

这艘船上，似乎并没有什么特别的高手，蔡风并未感觉到浓烈的杀气，但这一刻出手似乎并未留情，那被抓住当兵刃的人，只吓得哇哇直叫，但却仍是身不由己地乱撞狂跌，那些想上来强攻的叔孙家族之人，个个被击得晕头转向，几乎没有什么反抗之力。

或许是因为蔡风的速度太快，那些人根本就来不及反应，便被无情地横扫出去，有的更跌落到冰冷的寒水之中。

惨叫狂呼之声一阵阵传来，凌能丽根本就不用出手，只是认真地望着蔡风那挥来扫去的动作，简单、直接，却有着一股无法抗拒的力量，虽然是百余斤的躯体，可他那挥洒自如的动作，总有着一种让人无法描述的优雅与潇洒。

一个高手，无论怎样表现，他那种与众不同的内涵也会自然流露而出，除非他故意掩饰。

“哗！”“砰！”根本就没有什么可以阻碍住蔡风的行动，他所到之处，船舱的木板寸寸碎裂，只杀得对方惨叫连天。

当另一艘船上的几名身手极好之人赶到这艘船上时，这边早已经是一片狼藉，那些刚从睡梦中惊醒的人还没弄清楚是怎么回事，就全都被击得趴下，无力再站起来。

“何方狂徒，竟敢到本府的船上来撒野！”一声愤怒而充满杀意的声音传了过来。

# 第一百一十九章　国色天香

蔡风顺手将手中的汉子重重摔在甲板上，本就已经痛苦不堪的汉子一下子昏死了过去。

“本寨主今日见到你们这一伙人当中有几个美若天仙的妞，只逗得本寨主凡心大动，情欲不可自制，想来向你们借人一用！”蔡风沙哑着声音，凶巴巴地道，浑身散发出一种匪气，竟真像个上山为寇的霸王。

凌能丽听到这句话，禁不住俏脸一阵发烫，没想到蔡风所说的话如此露骨而粗俗，可却有着一种异样的魅力。

那几人不由得全都一愣，弄不清楚蔡风的话是真是假，更弄不清对方究竟是哪一路的人马，但只看他刚才所表现出的那几手功夫，就知道绝对不是一个易与之辈。

“你可知道这是谁的船吗?”一个声音冷冷地传来。

“他奶奶个儿子，老子管你是谁的船，就是皇帝老子的船老子也照闯不误，难道你是皇帝老子不成?”蔡风粗声粗气地道，一副强悍逼人之气自然表现出来。

“好个大胆逆贼，竟敢说出如此大逆不道的话来!”一名老者怒声道。

“我呸！什么大逆不道，大逆有道的，你是什么东西？老子是这里的皇帝，此树是我栽，此山是我开，水过也知留沙石，人过岂能不交财？这方圆两百里之内，谁不知我界首王的大名？你居然敢说我大逆不道？敢情是活得不耐烦了!”蔡风煞有其事地道。

“他妈的……”

一名老者伸手拉住那正准备喝骂的中年人，向蔡风客气地道：“老夫乃是叔孙家族的客卿仲孙龙是也，不知这位兄台可否看在叔孙家族的面子上，今日就此罢手?”

“哦，你们是叔孙家族的人?”蔡风装作有些迟疑和怀疑地问道，看那样子倒似乎对叔孙家族有几分忌惮。

凌能丽却弄不清蔡风葫芦里卖的是什么药，但知道蔡风这么做，一定有他的道理，因此在一旁也默不作声。

“不错，我们正是叔孙家族的人!”仲孙龙道。

“晋阳叔孙家族?”蔡风再次迟疑了一下，问道。

“天下只有一个叔孙家族，那就是晋阳叔孙家族!”一旁的中年人微有些得意地道。

“原来你们竟是叔孙家族的人，这可就难了。”蔡风的脸蒙在黑巾之中，无法看到其表情，但眼神中却显出迟疑之色。

“哗!”三子破开甲板，冲了上来，手中却提着神色有些憔悴的元叶媚，她果然是被关在这艘船中，三子身上的衣衫被溅有斑斑血迹，更有几道伤口。

“呼!”无名五的身子也若冲天之云雀，自破洞中射了上来。

刀光一闪，一蓬血光在火把光辉的映衬之下，是那么刺目而惊心动魄。

三子的刀，却不知对准谁的脑袋，这一刀准确无比，杀伤力更是无与伦比，更难得的却是他与无名五之间的配合非常默契。

甲板之下的人再也不敢自破洞中冲出，无名五落地，持剑小心戒备，身上衣衫凌乱不堪，显然刚才在舱底经过一番极为艰苦的搏斗，否则怎会不能自舱口出来，而要劈开甲板而出?

仲孙龙和叔孙家族的几个高手神色大变，立即便要扑上。

蔡风却摇了摇手，道:“慢来!”

那些人因没有弄清楚蔡风究竟是什么身份，更被蔡风刚才那几句话搞得有些敌我难分，同时也不想得罪这一群可怕的人，刚才三子和无名五所表现出来的功力和身法，的确也够让人心惊了，对这种人，能够以和气收场自是最好。是以，当蔡风这般说后，他们果然不动，但目光全都盯在蔡风身上，看他怎么决定。

蔡风缓缓转身，在三子犹未说话的当儿抢着道："哇，果然是国色天香、倾国倾城之美人，叔孙家族之中真是藏娇栖凤!"

三子和元叶媚一呆，却见蔡风向他们眨了一下眼睛。

仲孙龙和众叔孙家族的人听蔡风这么一说，心头微松，对方仍记得叔孙家族，看来对叔孙家族有些顾忌，应该不敢太过乱来。

"美人儿，你叫什么名字来着，我真舍不得将你还给叔孙家族，只可惜叔孙家族是不能得罪的。唉，可真是麻烦，要是你不是叔孙家族的人该多好。"蔡风装作一副美味到口又将失去的遗憾语气，显得极为无奈。

仲孙龙和众叔孙家将一听，心里更放下了一块大石，对方亲口承认，不能得罪叔孙家族的人，那肯定是不会再与自己为敌了。

"嗵嗵……"一阵急促的脚步声传来，却是自舱下赶上来的几名高手，浑身散发出浓烈的杀气。

无名五手中的剑一紧，小心戒备起来。

那几人即将扑上，仲孙龙却喝道："冉义，不得无礼!"

那几人一呆，只得收势而立，狠狠瞪了无名五一眼，气鼓鼓地极为不服气，但看得甲板之上更是一片狼藉，也禁不住为之愕然。

元叶媚隐隐感觉到蔡风另有计划，当他见到三子的时候，便知是蔡风赶到了，差点喜极而泣。蔡风的眼神她太熟悉了，再怎么掩饰也无法改变，不由得道："我不是叔孙家族的人，而是他们劫来的，你带我走吧，我不要受他们的折磨……"

蔡风望了望元叶媚那微显憔悴的容颜，心中一阵怜惜，也涌起了强烈的杀机，但仍强压着杀机，扭头望了仲孙龙一眼，故作疑惑地问道："她所说是真的吗?"

"兄台不要听她胡说……"

"明人不用说暗话，我界首王花心也不是第一天在道上来混的，既然这位美人不是贵府之人，又勾动了我的凡心，诸位不如做个顺水人情送给我好了，反正你们有两位大美人，我本想两个都要，但既然是叔孙家族的人，就网开一面，只要一个，剩下的那个就留给你们好了!"蔡风冷冷地道，却似乎给了叔孙家族一个很大的面子般，只听得仲孙龙心头冒火。

“这位兄台，此女对我们叔孙家族很重要，否则我们也不会吝啬一个女人，若是兄台喜欢的话，他日我亲自送上佳丽一百名任凭兄台挑选如何?”仲孙龙仍不想闹出大事道。

“呸，是不给我花心面子吗？这美人儿岂是百里挑一，只怕是十万里挑一也找不到这般美人，既然这两大美人难分轩辕，如果这个对你们很重要，那把另外一个让给我也行，反正我花心也不会太过分，你们总不能让我空手而归吧?”蔡风装作极怒地道。

“哼，界首王花心，无名之辈也敢撒野，敢动本公子的女人，要不是见你是个人物，本公子早就让你分尸八段了!”一个冰冷的声音传了过来，少许的傲意，像冷风一般空寞。

蔡风对这个声音似曾相识，扭头向另一艘船头声音所发之处望去，对方正是已有两年未见的叔孙长虹。

叔孙长虹不可否认是一个很帅气的人，只是眼中太多的冰冷和傲气，让人无法接近，更少了一种灵气，多了一缕阴鸷。

两年不见，叔孙长虹也变得深沉起来，刀削的脸上没有一丝表情，嘴角也挑起一丝不屑的杀意。

蔡风的目光与叔孙长虹的目光相对，叔孙长虹禁不住打了个冷颤，他似乎已经感觉到了什么。

“你是谁?”蔡风故作不识，冷冷地问道。

“叔孙长虹!”叔孙长虹依然不减傲气地回答道。

“哦，原来你是叔孙家族的大公子，刚才的话是你所说?”蔡风的声音也变冷道，倒真有一个霸者的气概，一言不合就会翻脸成仇。

“是我说的又如何?”叔孙长虹两年来傲气依然丝毫未减，但似乎更多了几分自信。

“好，既然你不想给面子，我也不必给你们留什么面子，今日两个美人儿我是要定了，即使我得不到，你们也别想得到，叔孙家族有什么了不起，敬酒不吃吃罚酒，不识好歹!”蔡风话没说完，仲孙龙和冉义就已经出手了，他们知道这已经是不可能再有什么余地可以商量，唯一剩下的只有杀，叔孙长虹的意思便是他们所有人的意思。

蔡风早就料到，或者说，这一切早就在他的算计之中，所以他在冉义和仲孙龙动手之前的那一瞬间，脚下便已挑起两具躯体，若沙包一般向仲孙龙那边撞去。

两具尸体快得超出了仲孙龙的想象，更隐带风雷之声，力道之强使对方不敢轻接。

可怕的并不是这两具躯体，而是被蔡风衣袖拂起的兵刃，便若具有极强生命力的活物，全都卷向仲孙龙诸人，而蔡风却出现在冉义的面前。

在冉义的刀推出两尺半的时候，他就发现蔡风立在他的身前。刀，却已夹在蔡风的指缝间，当他尚未来得及反应之时，身子已经不由自主地飞跌而出，“扑通”一声落入冰寒刺骨的河水之中。

蔡风动作之快，几乎让冉义措手不及，皆因冉义打一开始他就未曾太过在意蔡风，而只是注意三子和无名五，没想到这次主攻的却是蔡风。虽然冉义的身手也不弱，但与蔡风相比，却是相差太远。

蔡风的手脚如电，十指齐扬，似在空中幻出了一朵朵鲜花，以奇诡无比的角度，穿插在众人之间，当仲孙龙逼开那两具躯体和乱飞的兵刃之时，蔡风已经屹然立在这一群人的身边。

凌能丽长剑一摆，杀气激涌，竟逼退了仲孙龙。

叔孙长虹也大惊，他没想到蔡风厉害如斯，在片刻间就制住了十余名好手，这批人可以说是叔孙家族的精英，虽然不及两年前的那一批，但十余人的力量却如此不堪一击，的确让他心中震骇无比。

蔡风决意给叔孙长虹一个下马威，抑或打一开始就对叔孙长虹有所偏见，是以，他绝对不会客气，甚至要置叔孙长虹于死地。

这个年轻人的确是个惹人讨厌的家伙，一派高高在上的样子，神气活现，倒似乎自己真是皇帝老子一般，而在蔡风的眼中，管你是皇帝太子，抑或是平民百姓，都不值一哂，他也最讨厌这种趾高气扬、斜眼看人的家伙，所以，面对叔孙长虹，他就有气。

最初，元叶媚是叔孙长虹的未婚妻，蔡风恨叔孙长虹却是恨得没理，可是此刻却不同，元叶媚已经是他的妻子，任何伤害元叶媚的人，都是他的敌人。他可以恨，甚至可以大开杀戒，但他却知道，此刻不能让对方知道他就是蔡风，那样，叔孙长虹定会拿刘瑞平和杨擎天诸人的生命来威胁他，而他这样故意将身份隐瞒，让叔孙长虹疑神疑鬼，不知他的底细，不仅无法用刘瑞平诸人来威胁他，反而还会尽力保护。否则，叔孙家族根本无法向刘家交代。

刘家的实力绝对不会比叔孙家族稍逊，甚至更有盖过叔孙家族之势，四大家族之中，刘家能够排列第三，绝对不是徒有虚名。

或许是叔孙家族的确很低调的缘故，但绝对不敢公然对刘家进行攻击，这一点蔡风算得极准，是以蔡风知道刘家之人在对面那艘船上时，立刻蒙面，全因他在片刻之间已经定好了策略。

若所有人都在同一艘船上，蔡风完全能够以强硬的手段直接破入船中救人，但他们却将人质分了开来，这就变得有些棘手。因此，一开始，他就绝不留情地将关押元叶媚那艘船上的几十人都击得没有再动手的能力。

蔡风单手在衣袖上抹了抹，冷冷地道："我最讨厌那些没有一点用处的绣花枕头，更讨厌那些自以为是、自鸣得意的软蛋，仗着祖荫自高自大，但却连给人提鞋都不配的混账东西，今日，我本想给你们叔孙家族一个面子，但既然你们不识抬举，就让你们知道我界首王花心究竟是怎样一个人！哼，即使叔孙怒雷亲来也要给我几分面子，你们这些无知小辈又算得了什么东西？"

蔡风的话中充满了霸气，那故作的沙哑之声低沉而有力，给人的感觉似乎极为苍迈而凶悍。

仲孙龙禁不住也有些迷惑，江湖之中似乎从来都没有界首王花心这一号人，在他的记忆中，也找不出一个有如此可怕而又叫花心的人，但对方说得煞有其事，连老主人叔孙怒雷都搬出来了，难道真是一个退隐武林的高人？

叔孙长虹却怒不可遏，他一向都趾高气昂惯了，又何曾被人如此骂过？蔡风的话丝毫没有情面，他岂能不怒？但蔡风的气势也的确够盛，让人绝对不敢怀疑他的可怕。

“仲孙龙，叔孙长虹，你们听着，今日两个美人儿我是要定了，如果此刻你们乖乖交出她们，我或许还可以放过你们，但若是有一点点不愿，今日你们一个也别想活着离开！哼！”蔡风向仲孙龙紧迫了两步，充满霸气地道。

凌能丽和三子似乎明白了蔡风的策略，不禁暗自欢喜。

元叶媚似乎有满肚子委屈，目光极为冷厉地逼视着叔孙长虹。

蔡风扭头关切地望了元叶媚一眼，正好发现了这个眼神，心头不由得大震，杀机狂升，怒笑道：“好，今日就让我来开个杀戒，让你们通通都见阎王去吧！”

说话间，蔡风的手中竟多了一柄刀，不知来自何方，但在蔡风的手中，那是毫无疑问的。

浓烈的杀气就像河面上的水气，冰寒刺骨，空气中的温度似乎在刹那之间降低了十度。

当众人看到刀的时候，刀已经不远，就在他们的视线之内。

激涌的劲气竟似在虚空之中形成了一道道强劲的旋涡。

仲孙龙大骇，所有的人都大骇，包括凌能丽和三子。

蔡风真的怒了，为情而怒，为心上人而怒。

人怒，刀更怒！刀怒，天亦怒！天地皆怒，只为一刀，只为情！

火把的火焰在刹那之间竟全都升腾为火球，亮得刺目，刀芒绽放成一团朦胧的光亮，吞噬了蔡风自己，也吞噬了船头零散的兵刃和碎木。

仲孙龙诸人出招了，他们不得不出招，甚至让他们感觉到，出招也没有多大用处，因为这些招式对于对方来说，太过单调。

仲孙龙诸人都绝对不是庸手，仲孙龙的武功虽然比不上冉长江，但也是个十分厉害的角色，当初也曾红极一时，但他只觉得对方的功力更为深不可测，虽然他们十余人联手出招，可是所感觉到的唯有孤独，能陪自己战斗的，唯有手中的兵刃。

蔡风的刀似乎已经将他们完全分解开来，每个人所承受的压力似乎是蔡风的全部攻击力量。

当刀芒吞噬仲孙龙诸人的时候，竟无半点响声。

凌能丽和无名五并不想闲着，二人若两只大鸟般向叔孙长虹扑去，只要擒下了叔孙长虹，一切的主动权全都已经握在掌中。

叔孙长虹虽然惊于蔡风的刀法，但对这两个人却并不怎么放在心上，他甚至不想亲自出手，那全是一些没有必要的举动。

其实也根本没有他出手的机会，因为早就有人代他出手了。

叔孙家族并不是一个小小的家族，能够列入四大世家之一，自有其独到之处，至少，叔孙家族的好手绝对不少，而能与叔孙长虹同处一船之人，也绝对是好手。

出手的是五人，五张大弓在刹那间张开，当然，他们是想趁对方身形尚在空中之时进行射杀。

他们出手，但有人比他们更早更快出手，那就是潜伏在岸上的葛家庄兄弟，他们绝不想给凌能丽和无名五留下太多的障碍，是以，当船上的五人张弓搭箭之时，五支劲箭已破云裂雾般向他们袭来，快捷无伦。

叔孙长虹的脸色真的变了，没想到岸上还有如此强硬的伏兵，看来对方的确是有备而来。

那五人正想拉弦，听得劲箭破空之声，不得不挥弓抵挡来箭，用箭之人，自然明白箭的可怕，他们唯有挥弓去挡。其实他们有机会放出手中的一箭，但如果那样，就没有机会挡开这要命的来箭了。

两船之间的距离并不远，叔孙长虹为了对付蔡风等人，就将坐船横移靠近了不少。

凌能丽和无名五如滑翔的夜鹰，坠落在叔孙长虹的船上，人未落，剑已若层层波澜推了出去。

叔孙长虹身边想要进攻的人，都找不到下手的机会。

情仇二佬心头大感惊骇，彭连虎的刀势之严密，就像是大江之涛，绵绵不绝，绝不给任何人喘息的机会。

刀锋间的气势，重重叠叠，一刀比一刀更猛更烈，重叠的气势充盈着惊人的暴发力，只让情仇二佬根本毫无反击之力。

彭连虎的刀的确不愧为南朝众刀之首，江湖之中对彭连虎武功的传诵并没有一点儿夸张。

一个人得到别人的称扬，绝对不会有太多的侥幸，天下人的眼睛是雪亮的，谁优谁劣，并不会有任何偏颇。

尔朱荣和黄海也暗自心惊，他们并不是为这场惊心动魄的拼斗而心惊，而是为那散落的泥土而心惊。

彭连虎的气劲太具爆发力，充斥在地下室之中，竟使四壁泥土脱落，若是这样下去，只怕战斗没有结束，地下室就会坍塌，将众人活埋于其中。就算他们的武功绝高，只怕也不容易出去，那绝对不是一件好玩的事情。

彭连虎的心神完全融入刀身之中，对四周一切可能发生的事情似乎并不在意，他的心中只有刀，而他的眼中只有对手，这是一个刀客，一个可怕刀客应该具备的条件。

我心若水，刀心若冰，天塌不惊，这是一种刀的意境，一种充满杀机的意境。

此刻的彭连虎没有想到身处何方，没有想到同生共死的兄弟，没有想到尔朱荣和黄海，甚至连他自己也忘在刀身之外。

尔朱荣向黄海望了一眼，同样也发现了黄海那异样的目光。

黄海并不想回避对方的目光，他知道尔朱荣要说什么，他也同样知道，这里成为斗场，只会成为埋骨之所，但他不想选择。他更清楚，如果顺应尔朱荣的意思，他们会处在绝对的劣势，尔朱荣他并不怕，但彭连虎能够斗得过这里除尔朱荣之外的所有人吗？那是个问号。

唯一的取胜之法，就是置之于死地而后生，与尔朱荣比狠，大不了和尔朱荣、石中天在这地下室中同归于尽，消除了魔门的这两大魔头，其他人自不足为虑，有蔡伤，有葛荣，还有蔡风，甚至万俟丑奴，或者再加上他师妹叶倩香，魔门岂能够再翻什么大浪？

想到叶倩香，黄海心头忍不住颤了一下。

尔朱荣之奸猾和厉害之处绝对不在江湖中传说之下，就在黄海心头颤了一下的同时，他出手了。

这的确是一个极好的出手机会，一个绝世高手，难得会有心头松懈之时，对于黄海这种高手来说，尤其难得。

他们的气机本就紧紧锁在一起，都绝无破绽，但黄海心神一松，立刻就在气机之上有了反应，是以尔朱荣绝不想放过这个机会。

出手之剑若自另一空间纵跃而出，带着诡异的弧度，无光无华，无风无气，死沉沉的一剑。

这就是尔朱荣的剑，没有人会想到，这被推为剑道第一的人，所用竟是如此普通的一柄剑。

黄海的眸子之中犹如带着一缕火焰，吞吐无定，有若剑之精芒。

若是有人观看的话，只怕会感到诧异莫名，人的眼神竟也有着剑的神威，这的确让人无法理解。

其实，黄海浑身都涌动着一种剑的活力，剑的锋芒。

剑，并不是死物，死的剑，只是劣剑，只有具有生命的剑才会拥有最强的杀伤力。

剑的生命，是人赋予的，唯有人才能够赋予它灵性和生命。

使剑者，本身就是剑之神，黄海更是剑道顶级人物，自身便拥有难以抗拒的锐气和杀机，剑即是他，他也是剑！

黄海的剑，跃入虚空，就像是佛祖驾云东来，闪烁着点点佛光，绽放着众生万物的灵气，与尔朱荣的剑似乎是两种完全不同的境界。

剑，虽然是两种极端相反的境界，但是却有着相同的可怕。

两剑并未相交，只是擦身而过，他们并不想让两剑相交，若是两剑交锋，后果定是没有人可以想象的，抑或是这地下室完全无法承受那种毁灭性的冲击而塌陷，成为所有人的坟墓。

尔朱荣和黄海都极为清楚这一点，虽然他们的剑身似乎无风无波，平静如恒，但若稍有外力一击，那潜藏的劲气将一发不可收拾，以无尽的摧毁力将地下室化成坟墓。

两人以快制快，犹如两道幻影般在地下室中来回穿插，竟全以剑招相斗。

“啊！”一旁传来一声低低的惊呼。

“哗！”地下室之中竟落下两道铁闸。

所有的人都立刻停了下来，显然为这突生的变故而惊讶。

尔朱荣、黄海、彭连虎，包括尔朱家族的几名高手全都在铁闸之中。

一个小小的地下室竟变成了牢笼。

“石中天!”彭连虎叫了一声。

尔朱荣也禁不住骇然色变，惊道：“你竟能冲开我制住的穴道!”

石中天在众人的眼下，摇摇晃晃立起身形，苍白的脸上绽出一丝邪异的笑意，却不减那丝自信和傲然的得意之情。

“天下间能算计我的人还未曾出世，我只会上当一次，绝不会有第二次！这里乃是我特意为你们这些自命不凡之人所设的，我原以为尔朱荣是个很聪明的人，但想不到也笨得像头牛，哈哈哈……”石中天的笑声，说有多得意就有多得意。

“不可能，就是蔡伤在无伤的情况下要冲开我点的穴道，没有两个时辰也是不可能的，你身受如此重伤，怎么可能冲得开我所点穴道呢?”尔朱荣无法相信这是事实。

可事实却由不得他不相信，石中天自墙角下缓缓站起，深深喘了几口粗气，一阵咳嗽，咳出一丝血迹。

他受伤的确太重，也难怪，天下间又有几人能够抵抗由蔡伤与蔡风联手的五记重击呢？更何况再承受蔡伤那惊天地泣鬼神的一招“沧海无量”，毕竟，他能够活下来，已经是个了不起的奇迹了。

石中天以衣袖擦了擦嘴角的血迹，很小心地笑了笑，刚才那一阵大笑牵动了他体内的伤势，已经使他有些害怕笑，但他的确很想笑，所以只是很小心地笑了笑。

这一刻，他的心情很好，如果有酒的话，也许他还会大喝一碗。

尔朱荣、黄海、彭连虎，无不是江湖中的顶级人物，可此刻全成了他的猎物，这的确不能说不是一件值得高兴的事，尔朱荣和黄海乃是他宿命中的敌人，对方有着蔡伤一般可怕的实力，而今日能除此大敌，石中天的确感到极为快慰。

彭连虎虽然是他的师侄，但其武功另辟一道，独具一格，就是郑伯禽也不得不承认，彭连虎的武功已经胜过他，成为一个可怕的敌人。

“你想知道原因吗?”石中天似乎微微有些兴趣地道。

尔朱荣没有回答，但在他的眼中，却可以找到迫切需要答案的神色。

“因为我根本就没有穴道!”石中天语破天惊地道。

尔朱荣和黄海及彭连虎都禁不住笑了出来，情仇二佬也同样笑了，他们也许自出生以来从未听到过这么荒谬的话，哪有一个人身上没有穴道的?那这个人还是个人吗?

居然会有人说自己身上没有穴道，这的确是天大的无稽之谈，若不是众人知道石中天绝对不傻，定会当他是一个疯子，一个无可救药的疯子。

萧衍一边吃，一边赞。

也不知是因为很长时间未吃东西饿极了，还是因为凌通烧烤的猎物的确好吃。

山风仍然极大，但山顶并不冷，因为三面都是火，热气随风送来，早把寒意驱得一点不剩。

夜空被映得通红，林间惊飞的夜鸟唧唧喳喳地叫过不停，倒也不是太过空寂。

叶倩香也似乎觉得这顿烧烤味美无比，凌通那独特的烧烤手法的确与南方人大异，更加上这种配料及烧烤的技术传自巧手马叔，自然没话可说。

凌通本就对自己的厨艺很有信心，此刻被萧衍和叶倩香一赞，更是欢喜无限。

萧灵似乎吃不厌凌通所做的烧烤，满嘴油腻地道：“这还不算什么，通哥哥烧田鼠和蛇的本领，那才叫一绝呢!”

“是吗?灵儿吃过?”萧衍也吃得满嘴油腻，目中放光地问道。

“当然，那芦苇荡中的田鼠和蛇可真多，又大味又美。”萧灵嘴里仍包着一块肉，含糊地道。

“想不到世上还有这么好的美味，朕今日才知道什么才叫满口含香，什么叫真正的美味了。”萧衍感叹地道。

“是呀，想不到小家伙如此年纪，却有着这样好的手艺，真是难得。”

叶倩香也应和着赞道。

“其实，小的手艺并不是太好，只是人饿了什么都好吃。”凌通笑了笑，谦虚地道。

“哦，有这回事吗?”萧衍从来都没有尝过饿的滋味，只是近日来才有这次经历，所以会有此一问。

凌通认真地道：“小的曾有过挨饿的经历，那时候我只有八岁，在山林之间迷路了，连饿三天，后来在土里抓出几只蜈蚣，也吃得津津有味。”

“啊!”众人不由得全都一惊。

凌通笑道：“其实呀，蜈蚣是天下最好的美味之一，不仅味鲜肉嫩，而且可调气治病，药书上记载着，蜈蚣本是一味极好的药物，性属阴寒，怯风湿、止咳、化痰，最好的蜈蚣生存于华山之巅。”

“蜈蚣不是有毒吗?怎么也能吃呢?”萧灵大为不解地问道。

“毒物和食物本没有太大的区别，只要去尽毒汁就可以轻松食用了，其实越毒的东西，却掉毒汁之后，味道就越美!”凌通道。

萧衍和叶倩香也听得愣了，萧衍不由得道：“什么时候小家伙给我做几条蜈蚣来吃吃，怎么样?”

“那简单!”凌通爽然答应道。

“听，是什么声音?”叶倩香突然神情一肃道。

凌通和众人一竖耳朵，静静倾听，凌通突然喜道：“是厮杀声，也有马嘶之声，肯定是城中来救兵了!”

“对，对，是厮杀声……”几名王府亲兵附和道。

萧衍终于松了口气，望了望天空，道：“是呀，他们也该来了!”

时近五更，有这几个时辰，足以自城中调来大批人马，何况救驾乃是天大之事，自然是人人争功，调兵之神速，的确无法比拟。

一阵“噼啪……”爆响过后，仲孙龙诸人几乎是在无可抗拒的情况下，被震得飞退，那自刀芒之中暴射而出的碎木、兵刃，就像是追命的魔手向众人疯射而至。

仲孙龙诸人一退再退，身上的衣衫被刀风绞割得纷纷碎裂，火光一暗之下，若魔蝶乱舞，凌乱不堪。

这一刀虽然极为可怕，但蔡风却并未能取下这十余人的性命。毕竟人到底是人，而不是神，人的力量是有限的，虽非双拳难敌四手，却也非能够以一挡万！

仲孙龙诸人的手臂都在颤抖，蔡风的那一击实在太可怕了，但他们却很清楚，若是对方只对付他们其中的任何一人或几人的话，恐怕己方此刻已经尸横狼藉了。

蔡风也不好受，体内的筋脉之中似乎有一股异力在蹿动，让他难受得想要呕吐。

这是从来都不曾有过的情况，对于蔡风来说，他几乎控制不住自己手中的刀。

蔡风的心头暗惊，这究竟是怎么一回事？他也不明白，但肯定与今日全身筋脉的异常有关，但无论如何，他都不能犹豫，绝对不能给仲孙龙诸人喘息的机会。

当仲孙龙诸人第二次倒退刹住脚步时，便看到了蔡风，也看到了蔡风的刀，若横过天际的彗星，拖着朦朦胧胧的尾芒在他们的眼前划过。

森寒如冰的刀气自他们的面上刮过，犹如洗髓的寒流在他们的心上划下了一道深深的烙印。

刀，并非斩向他们，并非是要夺取仲孙龙的命，而是划向仲孙龙脚前的甲板。

“裂！”在仲孙龙与众人来不及弄清楚是怎么回事之时，整个船头已经向水中飞坠而下。

蔡风的刀竟然将整个船头斜斜切落。

仲孙龙反应的确极为神速，他似乎已经预料到将会发生的事情，是以，他在那一声爆响传出之时，人已冲天而起，但这并不是表示他很幸运，或许，这只能算是一种悲哀，无可奈何的悲哀。

悲哀，来自一柄剑，夺命的剑！

没有人看到剑出自何处，如何突破空间的限制，但当众人发现这柄剑之时，它已是插在仲孙龙的胸膛之中。

仲孙龙死了，带着那柄悲哀的剑，在船头上十余名好手坠入河中后的一刹那，重重地跌入河水之中。

河水泛起一缕缕血花，一圈圈涟漪，像是凄美的梦。

看见剑出处的人，只有一个，那就是叔孙长虹，他一直都未将目光自蔡风的身上移开，只有他知道剑是蔡风所发，但剑来自何方，他也不知道，只是，这一剑给他一种似曾相识之感。

有些人给骇呆了，蔡风那一刀的威力的确是惊人至极，竟可以将船头整个切断，让人无法想象。

叔孙长虹心头涌起了一丝不安的预兆，只因这一刀、这一剑。

蔡风的身形如风，犹如踏着空气，御风而至。

有四件兵刃相阻蔡风的来势，有长有短，但他们全都落空了，因为蔡风在他们的兵刃抵达之前，身形已奇迹般地升起，像是在风中疾升的纸鸢，悠然而潇洒，更有着一股抹之不去的威仪和杀机。

三子夹着元叶媚若魅影般向岸上掠去，纵身连踏碎木，轻灵无比地落在岸上。

叔孙长虹怎能让敌人在他眼前抢走心爱的女人？在未见过元叶媚之前，他只是为家族实行着他的计划，盗取圣舍利，但在见过元叶媚之后，他却已深深被元叶媚的美丽所倾倒，只可惜，此刻他已有重任在身，只得依照家族的计划一步步走下去，当他真的失去了元叶媚，变得与美人无缘之时，他心中的恨意一发不可收拾，他的确很恨，但却知道这已经是不可能逆转的事情，而这之中让他十分痛恨的人，就是蔡风！

因为蔡风这个局外人的出现，不仅打坏了他的计划，更夺走了本该属于他的女人，直到元叶媚再次与蔡风在一起之时，他的恨火更加无法控制，但他知道，与蔡风和蔡伤相斗，那只是自寻死路，于是就在元叶媚与蔡伤、蔡风分开之时才出手，不仅制住了元叶媚，更制住了刘瑞平，一不做二不休，只要与蔡风有关系的女人，他都不想放过！不过，他仍不敢太过乱来，毕竟邯郸元府与广灵刘家是他叔孙家族不能招惹的人物，此刻到手的天鹅，他岂能再让人夺走？是以暴喝道：“将她追回来！”

叔孙长虹刚说完这句话，就觉得有些喘不过气来的感觉，那是一种重压。

重压来自蔡风的刀，不知道在什么时候，蔡风竟在他的上空出现，若幽灵鬼魅一般，没有半点征兆。

叔孙长虹不能不出手，他已经找不到不出手的理由，除非他真的想死。

“小心！”有人为他着急，也的确，蔡风这样的一刀，他如何能挡？如何能抗？

就在叔孙长虹出剑的刹那，更有五件兵刃同时击向虚空之中的蔡风。

这些人是死士，每一个家族之中都会有自己的死士，他们的武功也许并不是十分可怕，但他们却绝对不会怕死。在主人有危难之时，这些人一定是最先挺身而出的人。

“当……”交击之声无比密集，就像是放爆竹一般。

这些人出手也极快，但却快不过蔡风，至少有一百多刀未能挡下，而这些刀全由叔孙长虹一个人接下了。

那五名死士被击得不由自主地连连暴退，等他们要再一次扑上来之时，却发现叔孙长虹的脖子上多了一柄剑。

蔡风的剑，只要轻轻一抹，叔孙长虹的脑袋就会落在地上滚几个圈。

刀，插在蔡风的背后，也不知道是什么时候还入鞘中的。

叔孙长虹的脸色苍白，血色褪得一干二净，他有些开始后悔，刚才不该激怒这个人，的确不该！他自然不知道，这个神秘的人物，正是他今生的宿敌蔡风！

“放下你们的兵器，退开！”蔡风沙哑着声音低沉地道。

那群人相互望了一眼，只得退了下去，但却虎视眈眈地望着蔡风。

蔡风向凌能丽和无名五打了个眼色，两人立刻退至他的身后，分左右而立，叔孙长虹就是有什么鬼点子也不可能使出来。

“把另外一个美人儿带出来！”蔡风冷哼着吩咐道，同时向无名五打了个眼色。

叔孙长虹的脸色更白。

“吩咐他们不要轻举妄动，否则我会让你这一辈子都不可能再做男人！”蔡风向叔孙长虹冷冷地道，同时目光向他的下体望了望。

叔孙长虹激灵灵地打了个冷战，想到那种可怕的后果，不禁立刻吩咐道：“不要轻举妄动，不要轻举妄动！”

其实，就算叔孙长虹不吩咐，这群人也不敢动，若是叔孙长虹有个什么损伤，那他们唯有以死谢罪，这是没有办法的事情，他们的确已被蔡风捏住了七寸，无法动弹。

无名五大步跨进船舱，他知道蔡风的意思，那些人全都得给无名五让路。

# 第一百二十章　不灭大法

地下室之中的光线很暗，那微弱的火把，使得四处鬼气森森。

石中天不屑地望了望众人，悠然吁了口气，冷问道："很好笑吗？好笑只是你们孤陋寡闻而已，其实我本不想跟你们说什么，但看你们只有这么一点时间好活，而我又闲着没事，便不如教你们一次乖好了。"

众人见他那煞有其事的样子，倒真像有那么回事一般，不由得全都静心倾听。

"很多人都认为，人体的穴道能够移位就已经是穴道的至高境界，那是一种极大的错误，绝对是！人体的穴道顺经脉而生，应血脉而运转，就像是一道道关口，闭住穴道，便若关上城门，不让人入内。穴道可以受制，也可以救人，刺激某些穴道，可激活人的活力，但穴道并不是只有一种形式，它可以转化，甚至让穴道消失于经络之中，其实那并不是一种消失，而是转化！天下间有一种武功可以将穴道转化，那就是本宗的'不灭金身'，要想肉身不灭，先得以气养穴，改造穴道。穴道乃是人身最为脆弱之处，若连最脆弱之处都可练到不灭，其他部位又有何难？咳……咳……"

一阵猛咳之后，石中天深深吸了口气，恨恨自语道："蔡伤、蔡风，我要你们死无葬身之地！"神情之阴怖，让众人心头发寒，石中天对蔡伤和蔡风的怨毒之深，的确有些让人骇然。

"而我乃是'不灭金身'的第三个练成者，所以有这些穴道与没有这些穴道并无什么两样，任何点穴手法都对我无效！"石中天自信地道。

"哼，什么不灭金身，还不是伤在蔡伤的手下，看你咳血的样子，离死恐怕也不远了!”彭连虎冷笑着骂道。

“是呀，我看该叫‘咳死金身’了，一副痨病的模样!”尔朱仇附和道。

“咳咳咳……咳呀!”尔朱情故意逗道，此刻他们似乎全都站在同一阵线上对付起石中天来，皆因石中天的确太过可怕了。

“咳咳……”

“住口!”石中天愤怒地打断了尔朱情的咳声，尔朱情似乎与石中天有深仇大恨一般，一个劲地逗他咳。

尔朱情不由得笑道：“怎么着，咳不是很舒服吗?看你那痨病将死的模样，还想去害别人，真是可笑!”

尔朱荣和黄海并没有出声，但他们觉得尔朱情的话是一个打击对方的可行办法。

“哼，想我死，你们还不配!”石中天抹了抹嘴角的血迹，不屑地道。

“那定是蔡伤那一刀要了你的命，要不就是蔡风的那一掌!”彭连虎乘机补充道。

“呸!逞口舌之利，老子出道的时候，你还穿着开裆裤呢，不过，我只能向你说声抱歉，让你们早一点去死的好!”石中天说着在身侧墙上摸了一下，他身后的墙壁竟裂开了一道门。

众人一惊，尤其是尔朱荣，他竟然没有想到这个如此简陋的地下室之中居然有这么多的机关，若是早一步发现，自己又怎会中了石中天的奸计?

“邪王，你不能抛下我不管呀，你说过，我引他们进来，你可以保我安全的……”说话的人是费明。

黄海和尔朱荣同时一震，心头大骇，此时他们才知石中天的真正可怕之处!

这一切原来早在石中天的算计之中，而费明装作一副大义凛然的样子，只不过是在演戏而已。

同时，尔朱荣诸人之所以能够找到这个地下室的入口，也是因为费明的出现，使他们发现了这里的机关，而尔朱荣几人正是趁金蛊神魔外出对付黄海之时，伺机溜人。

尔朱荣并不敢小看金蛊神魔，虽然其武功不是很高，但毒物却是无人能敌，只凭对方把蔡风炼成毒人后，其武功与他不分高下这一点，就使尔朱荣不能不顾忌，可是他没有想到，这一切竟然全在石中天的算计之中，由此可见，石中天是多么的可怕。

黄海和彭连虎唯有苦笑，他们怎么也没有想到自己等人会栽在一个快要死的重伤之人手中，他们无奈地望了望那如柱般的铁栅栏，像是一根根铁柱插入地中，即使有绝世神兵也不是一时半刻所能斩断的。

石中天深深地吸了口气，向费明道："你安心地去吧，我会善待你的家人，定会让他们享尽荣华富贵，你的儿子，我定会好好培养，将来他可以继承我们魔门一宗，你就安息吧！"

费明一呆，他知道石中天也是无法救他，他身边立着的人无一不是高手，任何一人都可能夺去石中天的性命，因此石中天也是爱莫能助，但能得他如此承诺，费明的确应该安息了，若是他的儿子能交由石中天培养，其前途定是无可限量，继承魔门一宗是他梦寐以求的心愿，能由儿子去实现，也算是对他的一种慰藉吧，于是苦涩地道："谢谢邪王，费明知道了！"

石中天叹了口气，费明的确是个极为忠心的人，但若想成就大事却不得不牺牲一些东西。

尔朱荣抬掌重重印在铁栅栏上，地上室之顶瑟瑟落下一堆泥土，铁栅烂不停地抖动起来，但却始终无法提起。

"别枉自费神了，想打开它那是完全不可能的，即使你们合力也无济于事。这里的机关，全是为你们这般绝顶高手准备的！"石中天说完，大笑着"咳"了起来，同时退身闪入那道暗门，顺手在门边一撞。

"轰！"一声闷响自地下传出，地下室一阵强烈地震荡，泥土"哗啦啦"倾落而下。

尔朱荣和黄海大惊，石中天竟然要毁掉这个地下室，将他们埋入地底，用心之毒，的确让他们心寒。

地下室狂震，火把尽灭，黑暗中一片混乱……

山顶之上气氛立刻活跃起来，众人终于熬过了最后一关，苦守到援兵的到来。

此地离滁州城虽然并不远，但这段时间却显得十分漫长，众人每一刻都得绷紧心神，面对将要可能发生的攻击，的确使人有些疲惫。

萧衍整装而出，他的样子似乎有些狼狈，是以，必须整整装束。

林外的战斗似乎很快就已经结束，贼人伤亡本就极重，如何还能挡重兵突击？纷纷到处乱逃。

“皇上，你可还安好否？”火阵之外传来了急促而惶恐不安的呼声，他们并不能够看到火阵之内山头上的场景。

不过也幸亏不是四面起火，否则，只怕单凭烟雾就可以熏死人了。

凌通和众亲兵齐声回应道：“皇上安好，现在山上，快来接驾！”

火阵之外立刻响起一片欢呼，接着传来一片噼啪之声，显然是军士在扑火。

凌通舒舒服服地伸了伸懒腰，打个哈欠，自语地骂道：“奶奶个儿子，这些臭贼累得小爷连觉都没睡好！”

他正在闷想之时，萧灵已经从帐内跑了出来，拉住他的手，喜道：“皇帝叔公叫你去帐中，他有话要跟你讲。”

凌通一呆，却不知萧衍此刻找自己有何事，但他却知道，今次自己的确是立了大功，萧衍定不会害他，于是欣然跟着萧灵向那个大帐中行去。

萧衍静坐于一个草团上，叶倩香也盘膝而坐，倒像是个观世音菩萨一般，那高雅庄重不可侵犯的气质，让人不由自主生出想膜拜的冲动。

“坐！”萧衍说这话时很温和，就像是一个慈祥和蔼的长者。

凌通也并不懂什么朝纲大礼，反正萧衍让坐就坐，只是坐在萧衍的斜对面。

“知道我找你来有什么事吗？”萧衍淡笑着问道。

“皇上所想岂是我这等黄毛小子能猜知的？小的说不出来。”凌通并不想去猜测，他知道，萧衍想说的时候，自然会说，猜对了当然好，但若猜错了可能会带来不必要的麻烦，是以，他并不猜。

“哈哈哈……”萧衍笑了笑，问道，“你的武功是谁所教呢?”

凌通一呆，自己也有些糊涂地道：“小的师父叫梦醒，其实功夫还是一个叫剑痴之人教得比较多，不，也不是叫教，只是他点拨一下而已，小的所学杂乱无章，也不知道成是不成。”

“梦醒？剑痴?”萧衍想了想，却想不起梦醒究竟是什么人物，不过若有所思地道，“剑痴，我倒是听说过有这个人!”

叶倩香久居深宫，对江湖上的人事也不太清楚，而事实上，她也的确未曾听说过梦醒之名，或许这只是一个新崛起的高手而已，也并不怎么在意。

“哦，对了，剑痴，我想起来了，是不是铁剑门的大弟子?”萧衍突然记了什么似的，向凌通问道。

凌通眼中露出一丝惊诧，点点头，道：“皇上难道也认识他?”

萧衍淡淡一笑，道：“铁剑门曾是江湖中轰动一时的门派，我自然知道，能被铁剑门的传人指点，应是你的福气了。”

凌通心中微微有些不屑，心想：“铁剑门算什么，我师父梦醒和蔡大哥才算厉害呢？就是我丽姐姐也不会比剑痴差，有什么了不起。”但他并没有反驳，既然萧衍对铁剑门如此赞许，如果他对铁剑门提出异议，只怕会让对方不高兴，那是没有必要的。

“难怪你小小年纪，就有如此武功，的确难能可贵。”叶倩香也浅笑道。

那自嘴角边泛起的笑意，犹如牡丹盛放般在脸上扩展，配着一对玲珑凤眼，竟有种说不出的生动和妩媚，那种成熟的美竟把凌通给看痴了。

一阵疼痛将凌通惊醒了过来，却是萧灵在他腰上狠狠拧了一把。

凌通这才知道自己差点失态，不过，萧衍和叶倩香只当他是个大孩子，并不怎么在意。

“铁剑门也是名门正派，嗯……”萧衍似乎在考虑什么，自言自语道。

“对了，你师父梦醒又是什么人呢?”叶倩香似乎有些好奇地问道。

凌通想了想，也有些糊涂地道：“我就知道师父叫梦醒，不过，他似乎从来不以真面目示人，戴着一张鬼脸面具，但他还没有教我什么武功，我们之间只是个师徒名分而已，不过，师父和剑痴的关系似乎很好!”

萧衍和叶倩香不由得相视而望，显然都记不起梦醒是怎样一个人物。

“是呀，通哥哥的师父我也见过，戴着一张好可怕的面具，那个剑痴我亦见过，但通哥哥师父的武功好多了，连那个什么冥宗的人都被他给打跑了。”萧灵插口道。

“什么？冥宗?”萧衍和叶倩香同时一惊，问道。

“是啊，就是叫冥宗，他们都这么说的，难道皇叔公也知道冥宗吗?”萧灵天真地答道。

萧衍和叶倩香禁不住面面相觑，心头暗暗担心，忖道：“有个石中天的邪宗已经足够让人头痛了，若是再加上一个比邪宗更为可怕的冥宗，中原岂有安宁之日？北朝之乱本已经让生灵涂炭，而这一切只因为石中天的一条离间毒计，难道他们会放过我们南朝?”想到此处，两人立刻忧心忡忡起来。

叶倩香深深吸了口气，忧郁地道：“冥宗潜伏了四十余年，再一次复出，只怕真是天劫，他们潜伏在江湖，暗中作梗，的确不好对付。”

萧衍望了望凌通，心头涌起一种异样的感觉。

萧衍是一个极信天命之人，古之帝王无不喜欢拜天、祭神，就是因为他们认为自己是天子，上天的儿子，是以，他们比谁都相信天命，相信神鬼。

凌通出现在萧衍最危难的时刻，为他解除一劫，就像是上苍故作的安排，凌通如此小的年纪，就有着如此好的武功和智计，其超常的资质和根骨是绝对不可否认的，而凌通所出现的时候，又正是冥、邪二宗再现之时，难道这一切真的是上天故作的安排?

萧衍禁不住想起了陶弘景三年前为他推算的一卦，并附上这样一段警语：“劫起烽烟连十载，天倾北方，地陷南岭。他自山中来，少怀壮志，运到功成百劫平，命曰通达，志曰凌云，轻风微扬拂疮痍，志在山林，无意红尘，他感劫而生，命已天定，几经磨度苍生，性曰菩提，心曰风轻。”

“命曰通达，志曰凌云，性曰菩提，心曰风轻，难道……”萧衍低低自语道。

萧衍再次将目光注视在凌通的脸上。

稚气未脱，目光却清澈若一泓流泉，清秀的脸上一脸率真，额角丰圆，地阁平坦，耳大而方，不是很俊逸的那种，但却给人一种清爽利落之感。

叶倩香有些惊异，萧衍很少会如此注意一个人，但看他那打量凌通的眼神是那么认真，也有些不解。

凌通不由得浑身不自在，似有千万条小虫在体内爬动，被萧衍的目光看得心头直发毛。

“皇叔公，你怎么了?”萧灵也禁不住为凌通担心起来。

萧衍突然“哈哈……”大笑起来，刚才的忧容一扫而尽。

众人这才松了一口气，谁都可以感觉到萧衍笑声中的欢快之意，那就是说，凌通一定不会有事，但众人依然不明白萧衍为什么表现得这么奇怪，也显得有些突然。

解开尴尬的局面，凌通禁不住微微松了口气，壮着胆道：“小的不明白皇上笑什么?”

“哈哈，不明白就不要问得太多，有些事情，让你知道了，对你并没有什么好处。”萧衍笑道。

“是，皇上教训得是!”凌通额角渗出几颗汗珠应道。

“皇上，是滁州刺史和太守前来接驾!”帐外传来了王府亲兵的声音，打破了室内那紧张的氛围。

萧衍伸出大手轻轻拍了拍凌通的肩膀，意味深长地道：“你年龄还小，有足够的时间去奋斗，只要你能好好把握时间多学些东西，定会前程无量的!”说完不等凌通反应过来，便起身向帐外行去。

凌通禁不住有些受宠若惊，更是呆愣愣地不知如何是好。

唯萧灵一拉凌通的手，欢喜地笑骂道：“你这呆子，也不知道谢我皇叔公！走吧，我们出去吧。”

凌通这才回过神来，心头大喜，见萧衍和叶倩香都出了营帐，禁不住抱住萧灵，在那通红的俏脸上重重亲了一下。

“嗯，你这坏蛋，竟欺负我!”萧灵娇羞无限地嗔骂道，小手却推开凌通的手，羞得飞快逃出营帐。

凌通心头禁不住一阵得意。

无名五大步行出，身后正是杨擎天与颜礼敬，刘承东的气色比杨擎天和颜礼敬好多了，也许在船中所受的待遇好些，秋月和海燕似乎有些疲惫，护着神色微显憔悴的刘瑞平行出舱来。

蔡风的心头落下了一块石头，重重吁了一口闷气，体内的筋脉一阵抽动，几乎快要软倒于地，但他仍然以真气强压着那扭动着混乱的筋脉，可是额角却禁不住渗出汗来，但脸上仍然笑了，只是没有人能够看清楚他的神色。

“叔孙长虹，你又输了！”蔡风不再用沙哑的声音，淡淡地道。

“三公子？”颜礼敬和杨擎天这才发现眼前所立的蒙面人正是蔡风。

叔孙长虹忍不住身子一震，蔡风的声音他太熟悉了，就是做梦也对蔡风充满了恨意，是以，他对蔡风的声音有着无比深刻的印象。

“你是蔡风？”叔孙长虹声音发颤地问道。

“没错，你宿命中的大敌！”蔡风缓缓摘下蒙面的黑巾，火光中，他脸色微显苍白，但那丝傲然之气依旧没有改变，那种自信却又略带揶揄的眼神，叔孙长虹太熟悉了。

“蔡风！”叔孙长虹的那些属下全都忍不住惊呼出声。

蔡风的名字，在叔孙家族的确有很深的印象，就因为一个蔡风所惹出的风波，已经让叔孙家族大丢面子，而此刻出现的又是蔡风，一个不该出现的人！

“很意外吗？”蔡风言语中稍带一丝讥嘲，淡问道。

“你是怎么赶上来的？”叔孙长虹有些难以相信地问道。

“我是骑马赶来的呀？你以为我是走过来的吗？”蔡风笑了笑，耸耸肩有些怜悯地望着叔孙长虹，这才转身深情地看了刘瑞平一眼，温柔地道：“让你受苦了！”

“你终于来了！”刘瑞平的声音有些哽咽，这一路上所有的委屈似乎想在此刻全部发泄出来。

蔡风心头一阵感动，他很明白刘瑞平的心情，而这一切却全都是因为他，心头禁不住涌起一丝歉意，缓步踱了过去，伸手扶住刘瑞平的香肩，认真地道："今后，再也不会有人能欺负你！"

刘瑞平再也忍不住，倒入蔡风的怀中抽泣起来，这许多天来的担心，在此刻全都化作泪水流了出来，毕竟她生于大家贵族，命运完全不能由自己主宰，而自从为救蔡风而牺牲自己之后，心头一直若悬着一颗重石，有着说不清的担心，为自己的终身，也为蔡风的命运。从那一刻起，她知道自己的命运从此与蔡风连为一体，而她的幸福也全捏在蔡风的手中，可此时，终于在蔡风的一句话中，她将积压的情绪释放了出来。

蔡风心中充满了温情，紧紧搂住刘瑞平的双肩，任由冰凉的泪水浸湿自己的胸衣。

凌能丽心头酸酸的，可这又能怪谁？一切都是因为她而引起的，若不是她，蔡风就不会变成毒人，当然不会酿成眼下这个结局。这也是无可奈何的事情，但她却并不嫉妒，因为她知道蔡风同样深爱着她。这是一个男人应该负起的责任，任何结果都需要有人承担后果，只是这个责任是任何男人都乐意承担的，或许是上苍对蔡风的一种恩赐吧。

凌能丽禁不住苦涩地笑了笑，心中忖道："难道女人就一定要依靠男人而活？难道就一定要为一份不了的情缘而去接受一些自己并不喜欢接受的东西？这个世道之上，男人和女人为什么不可以是平等的？男人可以三妻四妾，而女人却要认命地去接受男人的安排，这个世界就如此不公平吗？"凌能丽有些出神地想着，心头涌出了一丝无奈。

凌能丽扭过头来，并没看蔡风和刘瑞平的亲热劲，而是望向远处的点点渔火，望着东方升起的启明星，那微微泛起一丝白色的天空。

"是呀，天地原来是如此之大，山水原来是如此之好，生命也并不是像黑夜那般昏暗，天总有亮的时候！"凌能丽深深吸了口潮湿而寒冷的空气，暗暗感慨道。

"你们没事吧？"蔡风向刘承东诸人关切地问道。

"我们没事！"众人应了一声，全都狠狠瞪了叔孙长虹一眼。

叔孙家族众家将仍有六七十人，显然刚才这些人来不及插手，也有一些人是自水中爬起的，虽然冻得瑟瑟发抖，牙齿直打战，可是仍紧张地关注着叔孙长虹的安危，只要叔孙长虹一出事，他们就会立刻全力出击，绝对不会让任何人伤害叔孙长虹后安然离开。

“没事就好，就请叔孙公子送我们一程吧!”蔡风向叔孙长虹望了一眼，淡淡地道，虽然此刻他的心中充满着杀机，但却知道自己实在不宜动武，经脉中似乎因为功力的催发而疼痛。

“你想把我带到哪儿去?”叔孙长虹有些惊惧地问道。

“你放心好了，我并不在意你叔孙家族的几个臭钱，你只要乖乖地合作，等走了一段路，我自会放你回来，保证不会取你小命!”蔡风淡淡地道。

蔡风望了那紧围形成一圈的叔孙家族众家将一眼，道:“让他们靠边站!”

叔孙长虹本不想下令，但脖子上的剑一紧，只好吩咐道:“都靠边站，让路!”

“哈哈哈，这就对了!”蔡风拍拍叔孙长虹的脑袋，调谐道。

这下只气得叔孙长虹两眼翻白，但却无可奈何，只恨不得将蔡风煎皮拆骨。

“是吧!”蔡风淡淡地道了一声。

回到客栈之中，一地都是尘砾，焦黑的土仍在轻缓冒烟，一丝一缕都将蔡风的心熏得冰凉冰凉。

刘瑞平感觉到蔡风的手在变冷，犹如黎明的寒霜。

蔡风呆立着，三子呆立着，凌能丽也呆立着，微微泛白的东方天空，似乎泛着一种凄惨的光芒。

元定芳不见了，无名四不见了，还有葛家庄的两名兄弟也不见了，就像是被这一把无情的大火烧成了灰烬。

元叶媚和刘瑞平并不知道怎么回事。

“表妹呢?”元叶媚不知情由地问道。

蔡风没有回答，只是愣愣地站着，若被雷劈电击一般，呆愣愣地望着满地的尘砾，杀机在胸中翻腾、澎湃。

地上有血迹，不注意便不能发现的血迹。

凌能丽竟似乎极能理解蔡风的心情，也不说话，只是移步踏入这一片凄凉而死寂的废虚之中。

凌能丽以剑柄拨动仍在冒烟的木头，希望能在其中发现什么，哪怕只是一只花鞋，或一片没有烧完的纸。

三子也开始寻找，唯有蔡风静静地立着，不知道脑中想些什么，或许他根本就没有想什么，他的脑子之中本就是一片混乱，一片空白。

元叶媚和刘瑞平似乎明白了什么，拉着蔡风手臂的手，紧了又紧。

杨擎天和颜礼敬也开始寻找，他们已经知道到底发生了什么事，所有的人都加入了行动，除了蔡风和刘瑞平及元叶媚。

“这里还有个活人！”三子一惊一喜地道。

蔡风的动作极快，就像是一阵风，他来到这里之时，三子已经移开了那两根架空的梁柱，这正是让伤者仍有一口气的根本原因，定睛一看，原来这伤者竟是客栈中的店小二。

“是什么人干的？”蔡风急切无比地问道，同时将真气贯入店小二的体内。

店小二精神一振，目光稍稍有了一些转动，用极其微弱的声音道：“我……不……不……认识……”

蔡风一急，催问道：“那他们长得什么模样？”

店小二有气无力地望了蔡风一眼，缓缓闭上眼睛，似乎在吸气，半晌才睁开无神的眼睛，微显惊恐地道：“男人……戴耳环的……好多人……”他的话显得有些语无伦次。

“说清楚一些，说清楚一些！”蔡风禁不住急促地摇晃着伤者，但他并没有得到想要得到的答案。

或许店小二被烟熏火烤过久，所余也不过是最后那么一点生机，蔡风摇晃他时，不知不觉中收回了手中的真气，店小二竟然扭头断气了。

三子伸指一探鼻息，心头发冷道：“他死了！”

蔡风依然未曾放下渐冷的尸体，却抬起了头，眼中尽是骇人的杀机。

“哈鲁日赞，我不会放过你的！”蔡风咬牙切齿地道。

三子和凌能丽立刻也想到了哈鲁日赞——戴耳环的男人。

“也许不是他！”凌能丽小心翼翼地道。

“怎会不是他？哼，除了他还有谁？”蔡风似乎在这一刻的脾气极坏，说话的声音也变得沉重万分。

凌能丽脸色微微一变，一股委屈自心头升起。

刘瑞平立刻挽着凌能丽的手，将之拉到元叶媚身边。

“阿风，我们要仔细分析清楚，我也似乎觉得哈鲁日赞有些不可能，若他们不知定芳是你的人或许会如此做，但……”

“不要说了！”蔡风打断三子的话道，“能够将这家客栈烧得一干二净，绝对不是短时间内可以做到的，那即是说，他们至少得在我们前脚离开这里时，他们就开始动手了，否则绝不能做得如此干净利落，这是一家四邻极少的客栈，但要想不让他们逃走，必须有足够的实力。而哈鲁日赞就在不远处，更有这种实力，他们要完全掌握我们的行踪只是轻而易举之事，更何况哈鲁日赞早就垂涎定芳的容颜，这就是他们的动机，如果不是这个活口的话，也许我也不会想到他，但这人说得如此明白，男人戴耳环，好多人，他又未见过哈鲁日赞，一个将死之人怎会说出这么一个人来？此地除了哈鲁日赞，还有谁更符合这几点？”

三子和凌能丽皆无言，蔡风所说的并没有错，自一个将死之人口中得到的情报，又怎会有错呢？

“那我们该怎么办？”元叶媚急切地问道，元定芳的出事让她心神大乱，早已经失去了主见。

蔡风望了元叶媚和刘瑞平一眼，心中犹豫了一下，想到近日来，都是因为这些心爱的女人失踪，而自己奔波于江湖，心中竟感觉到有些累，禁不住深深吸了口气。

“红颜真的就是祸水吗？为什么接二连三的事情全都因为女人？难道人的一生就只是为了几个女人而奔命于江湖？感情究竟为何物，生命的意义又是什么？”蔡风禁不住叹出声来。

“怎么了，风哥？”元叶媚和凌能丽从来都没有见到蔡风叹过气，但今日却见蔡风如此丧气，无不大骇。

“我没事。”同时向杨擎天和刘承东道：“我希望你们能带叶媚和瑞平去一个安全的地方!”

杨擎天和刘承东一愣，讶然道：“我们可以助你一臂之力呀!”

“但没有任何事情比她们的安全更重要!”说话间，蔡风的手臂紧箍住凌能丽那无骨的纤腰，显出无限的关爱和怜惜。

凌能丽心中涩然，她知道蔡风在想些什么，也明白蔡风的感情世界，他本就是一个多情而又善良的人。

杨擎天和刘承东无语，这一切的一切十分让人头疼，如果刘瑞平和元叶媚再次出事，只怕蔡风的心真的会更不堪负荷。

有时候，众美相随并不是一件好事，幸福与痛苦的距离相差不远，只是那么一步而已，在别人的眼中，蔡风也许幸福无比，众美相伴，人人如花似娇，但能明白这正是蔡风的一种痛苦之人却很少，因为蔡风并不是一个不负责的人。

刘瑞平和元叶媚还想说些什么，但却打住了，她们知道，再说什么也是多余的，蔡风的决定，绝对是不会更改的。

蔡风缓步来到叔孙长虹的面前，用肃杀冰冷的眼光逼视着他。

“你……你说过要放过我的。”叔孙长虹被那种充满杀机的眼神相逼，禁不住心慌意乱地道。

“我说过要放你走，但并没有说要让你完好无损地回去呀!”蔡风的声音变得毫无感情。

若不是因为叔孙长虹，刘瑞平和元叶媚便不会出事，那元定芳也就完好无损。

蔡风两指夹住叔孙长虹的鼻梁。

“你想干什么?”叔孙长虹骇然道，心头升起了无限的恐惧。

“你还想不想找我报仇?”蔡风冷冷地问道。

“不想，不想，只当一切都没有发生过!”叔孙长虹惊惧地道。

元叶媚和刘瑞平眼角露出一丝不屑的神色。

“好，我今日不杀你，若是今后你再给我添麻烦，我绝对不会让你有好日子过！”蔡风冷冷说完，两指同时用力。

叔孙长虹一声闷哼，缓缓倒了下去。

“你杀了他？”刘承东惊问道。

“没有！我答应过不杀他，就不会杀他，只是让他睡上七日七夜罢了。”蔡风语音极淡地道。

“那他岂不会饿死？”元叶媚惊问道。

“他只会在七日内失去记忆，其他一切正常，不会饿死！”蔡风道。

“那我们在哪里会面？”刘瑞平吸了口气，有些幽怨地问道。

“我会去找你们的，只要你们到冀州葛家庄就可知我的下落！”蔡风避开二女的目光道。

元叶媚幽幽地望了蔡风一眼，道：“你要尽快来找我们啊！”

“我会的！”蔡风说着将二女紧紧搂在怀中。

二女却似乎像生离死别一般深情地搂着蔡风。

“吻我！”元叶媚低低地喘息道。

“我也要！”刘瑞平轻声道。

蔡风再不顾众人的环伺，深情地吻了下去。

清晨的风似乎很冷，冷得让人想打哆嗦，这个时候，最舒服的地方，大概要数被窝中了。

静静躺在被窝之中，的确是一种莫大的享受，如果再搂着一个女人，美丽而温柔的女人，那肯定会是最动人的一件事情。

但这种享受不是每个人都能够拥有的，世道永远都是不公平的，永远都是！否则，就不会还存在着掠夺，存在着战争，存在着苦难。

佛家所宣扬的净土，也还需要这一切来支撑，正因为人类的劣根仍未剔处，世界才会变得不平等，才会有掠夺和战争，才会有痛苦和欢乐。

这种劣根，没有人知道是好是坏，得益者说好，失利者则说坏，但无论如何，这个世道是不公平的，那绝对毋庸置疑！

有人睡在暖暖的被窝之中，也有人露宿荒野，像个苦行之僧一般清苦地露宿，品味着寒风，感受着霜露，与黑夜为伴，与野兽共居。

也许，这并不是因为世道的不公，而是因为各人的喜好不同。

露宿野外的人并非没有，喜欢露宿野外的人也并非没有。

至少，慈魔是这样。

人来源于大自然，最好的境界，当然就是回归大自然，慈魔就是这种人。

他不怕冷，寒意对他来说完全不算回事，他已经习惯了极寒，中土的冷与西域冰山之上的冷根本没法相比。

慈魔并不是不想睡暖暖的被窝，但那似乎也没什么意思，除非是搂着自己喜欢的女人，否则就失去了应有的生趣。

其实，此刻仍很早，但慈魔醒了，是因为一只脚踏在了他的身上，所以他醒了。

昨晚下了一场小雪，但慈魔却被埋在雪中。

雪像是一床被褥覆盖着他，使他睡得很香，梦见了满山烂漫的野花，梦见了一只只小动物围着他转，可是这甜美的梦因为一脚而中断。

慈魔破开雪层，揉揉睡眼，却惊住了在他身上踏了一脚的人。

慈魔漫不经心地望了对方一眼，是个老者，皱纹深得像裂开的冰缝一般。

“你为什么要从我身上踩过?”慈魔拂了拂狼皮外的雪花，不愠不火地问道，对方是一个老者，他便并未发作。

那老者见慈魔古里古怪的打扮，有些不耐烦地道：“谁知道你睡在雪下面，老夫有事，才懒得跟你说!”

老者说完便准备走，刚才他踩上那堆雪竟发现雪堆中有一股反震之力，是以，他才会好奇地停下来看看，却没想到雪堆之下出现了一个大活人，他哪见过居然有人睡在雪里面？虽然奇怪，但那支千里飞箭却让他不能有任何逗留。

# 第一百二十一章　魔荡雪原

慈魔并没有看见那支千里飞箭在高空中掠过和爆炸，他在雪堆之下睡得正香，只知道就是这老者一脚踩在了他的身上。

慈魔站了起来，身形比那老者整整高出了一个头，那健壮若虎豹般的躯体，散发着一种逼人的气势，他有些好笑地打量了老者一眼，悠然道：“你别太急，其实你走不了的！”

“你想怎样？难道你以为有足够实力留下我吗？”老者不屑地道。

慈魔望了望那昏黄的天空，清晨的天边并不是很美，少了那种清丽纯静的感觉。静静地吸了口气，伸了个懒腰，慈魔道：“我为什么要留下你？让你白吃白喝？我可没钱，也养不起，只是有人不让我们走！”

“有人？谁！”那老者目中寒芒一闪，冷问道。

“你不该走进这片林子，这是一处死地，进来容易出去难呀！”慈魔笑容有些苦涩。

那老者有些异样地望着慈魔，他从慈魔的表情中似乎看到了一些什么。

“到底是怎么回事？”老者忍不住问道。

“你以为我不想睡得舒服一些吗？只是有人不要我舒服，我就只好睡在雪地之中了，其实告诉你也无妨，这片林子是别人用来对付我的，我在里面走了三天仍然走不出去，只好在此待着了。”慈魔有些无奈地道。

“走了三天也走不出去？”老者神色变得凝重起来，问道。

“我何必要骗你，你看那些树上，都是我以刀刻的痕迹，可是走着走着仍回到了原地，就只好倒下便睡了。”慈魔摊了摊手，做出一副无可奈何的样子道。

老者刚才还未曾注意，听慈魔这么一说，果然发现树干之上刻满了刀痕。

老者犹有些不敢相信地问道：“那你这三天来吃的是什么？”

“蜈蚣和蚯蚓。”慈魔淡然道。

“啊！”老者惊得倒退了两大步，他从来没有想过居然有人会吃蚯蚓，禁不住一阵恶心。

慈魔淡淡地笑了笑，道：“那并不是你想象的那么难吃。”

“不要说了！”老者几乎快要呕吐，大声道。

“哈哈，这算是对你在我身上踩了一脚的回报吧。”说着慈魔便向树顶上跃去，在一根横枝上悠闲地坐着，完全没有被困的情绪。

“你在撒谎？”老者冷冷地道。

“要证实我是不是撒谎，很容易啊，你走上一趟不就知道了吗？我只是好心劝你别浪费体力，你不听劝告我也没有办法，是吗？”慈魔毫不在意地道。

老者不再言语，对方的话并没有错，他只要走上一遭，就能证明对方说出的一切是否属实，于是不再理会慈魔，转身便向前行去！

静静的栈道，凄风冷雪，几棵老树若拄拐孤翁，透过稀疏的枝杈，斜望昏黄的天幕，却别有一番伤感。

天是亮了，雾也散了，却飘落下细细的雪花，冰凉而素洁。

清幽的栈道，响起一阵清脆的马蹄声，轻叩晨曦，若踏弦而过。

“驾驾……”呼声脆若黄莺出谷，更充盈着一种浓浓的野性。

哈凤似乎和谁赌气一般，纵身跃马，在栈道之上狂奔。

拐过山路，突然，健马人立而起。

“希聿聿……”战马倒退两步，哈凤身形稳健地坐于马背，并没有为突如其来的变故而心惊。

“你找死吗？竟敢挡路！”哈凤娇叱道，提起马鞭就想打人。

鞭打挡住路的人！

静静的栈道，静静地立着一个人，散漫而轻悠的雪花中，突兀得像是一块万斤巨石，稳健得让任何人都感到心惊。

健马惊退并不是意外，即使任何人，也同样会惊退止步。

就只这么一个人，冰雕、石立的一个人，像没有生命的个体，并没有回答哈凤的话。

哈凤似乎真的动怒了，高车国的公主，绝对有个性，马鞭若灵蛇一般，划破虚空，向静立之人那看不清的面容上抽去。

“啪!”马鞭被绷直，直得像杆标枪。

马鞭的一头，夹在两根手指之间，两根纤长而白皙的手指，似乎散发着一种异样的魔力，那张埋于披风之中的脸容缓缓抬起一角。

“蔡风，是你!”哈凤一声惊呼，欢喜无限地飞跃下马。

那静立着的人正是蔡风，他知道哈鲁日赞一定会经过这条栈道，所以他就早早地守候在这条道上。

“你是回来找我的吗？你愿意跟我一起前往高车?”哈凤有些幼稚和天真地道，这或许正是她迷人之处，直爽而毫不掩饰，抑或这一切只是装出来的。

蔡风依然没有说话，或许是他不知道该怎么说，对于女人，他绝对是难以下手的。

“你生气了吗？我不介意你有其他的女人，反正男人都是这样，有本事的男人当然可以多娶女人了。”哈凤显得极为善解人意地道。

蔡风的心竟然被动摇了：“哈凤一定不知道内情，我能够伤害一个对自己如此好的女人吗?”想着想着不由得叹了口气。

“蔡风，你有心事吗？可以跟我说说吗?”哈凤毫不见外地挽住蔡风的手腕，亲切地问道。

蔡风竟无法抗拒她的温柔，的确，任何男人都不可能抗拒得了，最难消受美人恩。

“我来向你皇兄要人!”蔡风横下心来，尽量使自己的语气显得冷漠一些。

“要人？要什么人呢？只要有的，我都叫皇兄给你!”哈凤像是被驯服的小马，竟死心塌地为蔡风着想。

“是吗？……”

“公主，哈姑娘……”一阵呼唤与马蹄声打断了蔡风要说的话。

哈风微微皱了皱眉，似乎有些讨厌这些人打扰她与蔡风说话。

“吁……”几匹健马在栈道之上停了下来。

“是你？”说话之人是尔朱兆。

“蔡公子，你怎么和公主在一起？”那几名高车武士对蔡风显得极为恭敬，并一齐下马行礼。

蔡风也有些呆愣了，这些人的神情绝对不是装出来的。“难道他们也完全不知情？”蔡风没有回答，只是静静地想着心事。

“蔡风，我皇兄就在后面，走！我们一起去见他好吗？你要什么人，我就叫皇兄给你什么人。”哈风似乎有些天真地道。

尔朱兆目中妒火大盛，冷冷地问道：“蔡兄弟是想来借人吗？”

蔡风对尔朱兆绝对没有好感，对尔朱家族的任何人都不会有好感，自他知道蔡家灭门之仇是因为尔朱家族的时候，就已经发誓要让尔朱家族没有好日子过。从小他就未曾见过母亲，在没有母爱的日子中，他终于长大成人，可是母亲始终是他生命中的一个遗憾，因此更将母亲定格为神的位置，可是当他知道，母亲是因为尔朱家族才死去时，他心中的仇恨之深重，可想而知！昨日，蔡风不想树立太多强敌，但今日却不同，他根本没有必要对尔朱兆客气，谁知道哈鲁日赞的出手与尔朱兆有没有关系？是以，蔡风没好气地道：“你弄错了，我并不是来借人，而是来要人！”

尔朱兆神色一变，蔡风的话似乎并没有给他留什么情面，甚至有些挑衅的意思，可是他的确没有把握胜过蔡风，甚至连百分之三十的把握都没有。

蔡风能与尔朱荣交手而不处下风，其武功之高，已列入绝顶之境！尔朱兆虽然极为自负，在年轻一辈中，他绝对是出类拔萃的，但蔡风的可怕之处他是见识过的！

蔡风的应变能力之诡秘而快捷根本不是常人所能及，他竟可以在那么短暂的时间中学会巴颜古的刀法。即使巴颜古也不会输给尔朱兆，甚至更胜他一筹，但巴颜古与蔡风相比，却相差极远，是以尔朱兆根本就没有信心与蔡风一斗，否则以他的性格，岂会不在美人面前争强？

“哦，蔡兄弟来要人，不知所要何人呢？”尔朱兆强压着怒火问道。

“哦，你不嫌自己问得太多了吗？如果你能做主的话，告诉你也无妨，但你却并不是做主的人！”蔡风冷嘲热讽地道。

“蔡风，算了，尔朱公子也是个好人，大家别伤了和气。”哈凤用有些笨拙的话打圆场道。

尔朱兆更气，哈凤的话明显是偏向蔡风，将蔡风当成自己人而他却成了一个外人，怎叫他不气？

蔡风有些不屑地望了尔朱兆一眼，对哈凤倒真的起了极大好感，但心中却十分矛盾，忖道：“如果真是哈鲁日赞干的，只怕会伤了哈凤的心，如果不是哈鲁日赞干的，又会是什么人下的毒手？戴耳环的男人，除哈鲁日赞外还有谁呢？”

“啊，我皇兄来了，蔡风，我们过去吧！”哈凤拉着蔡风的手，亲热地道。

慈魔依然轻松自如地坐在树杈上，似乎根本不在意眼前的一切。

那老者脸色阴冷地走了过来，没有说话，只是冷冷地望着慈魔。

慈魔并不想说太多的话，闭目静坐，言语似乎没有多大意义，或许他一向都是沉默寡言之人吧。

“你似乎一点都不着急？”老者冷冷地问道。

“为什么要着急？”慈魔依然没有睁开眼睛，淡漠地道，他对老者这种态度并无好感。

“如果他们一直将你困在这片林子之中，那又怎样呢？”老者冷冷地问道。

“不可能！”慈魔坚决地道。

“为什么不可能？”老者问道。

“他们根本就没有那种耐性，只要等我饿垮了，也就是他们出手之时，他们绝对等不到我老死！”慈魔有些好笑地道。

老者一呆，心想："他所说倒也有些道理，若是将你饿上七天八天的，不死大概也已没有力气了，岂不是任人宰割?"想到饥饿，那老者的脸色变得极为难看，如果让他与慈魔一样吃蜈蚣和蚯蚓，那是绝对办不到的，因为他从来都不敢想象那些是能吃的东西。

"到底是什么人要对付你?"老者有些不解地问道。

"我并不知道他们的来历，反正要对付我的人，就是我的敌人!"慈魔有些懒散地答道。

"敌人?"老者愣了一愣道。

慈魔不想再回答，静静地闭着眼睛，说这么多似乎全没意义，所以，他只是静静地坐着，任由细碎的雪花飘落于身上，再淡淡地化去。

老者拿他没办法，抑或是知道自己此刻身处险境，唯有与之同舟共济才行，但他对这个沉默的年轻人，总有着一种莫测高深的感觉。

"他们为什么要对付你?"老者有些心不甘地问道。

"世间之事，有些是不需要理由的。"慈魔淡淡地道。

老者微微一愣，实在是无话可说，但犹不死心，又问道："你是怎么进来的?"

"被人逼进来的!"慈魔毫无隐瞒地道。

今年春节唯一让朝廷添了一丝活力的，就是萧宝寅与崔延伯。

莫折念生败退，损兵八万，在黑水（今陕西兴平县）被崔延伯与萧宝寅奇兵突击，逼回陇西。

北朝之中本就人心惶惶，四起的烽火，早烧得他们焦头烂额，他们最想听到的消息自然便是捷报频传。

莫折念生比之其父莫折大提更懂谋略，英勇善战，在众多的起义军之中，其力量首屈一指，虽然葛荣和胡琛的两股义军仍不断地在膨胀之中，但却并不会比莫折念生强多少。

蜀中的侯莫，秀容的伏乞莫于，汾州胡人东北部，先有杜洛周，后有葛荣，再加上一个鲜于修礼，无论是谁，都像是一颗长在体内的毒瘤，让北朝无法安宁。

虽然，破六韩拔陵这一股义军已经扑灭，但是北部六镇也成了一片焦土，造成大批难民南涌，让中原的秩序变得更加混乱，这的确是一件极为可悲的事情。

莫折念生在西部的影响极大，更有着常人难及的魄力，能在短时间之内挽回莫折大提死后的颓势，更向东攻下歧州，杀元志，向西攻下凉州。歧州和凉州无不是极为有名的坚城，可是莫折念生却轻松攻下，的确可算是个军事奇才。况且，他比任何起义军的首领都要年轻，更会冒险，以奇兵出击。今次若非崔延伯和萧宝寅早一步得知莫折念生的下一步行动，只怕仍会让他继续东进。

虽然此战大捷，但赢得并不是很光彩，崔延伯和萧宝寅无一不是一代骁将，但对付莫折念生，却需要他们两人联手，这的确是有些说不过去，也没有可值得庆幸的，若非两人联手，只怕朝中无人能敌过莫折念生的大军。

但无论如何，这总算是一场喜讯，是北朝除破六韩拔陵被灭之外的另一件大喜事。满朝欢庆，或许这也只是一种苦中作乐的表现。

有时候，苦中作乐未必不是一件好事，至少可以调节一下众人颓废的斗志。

虽然洛阳城中一片喧哗，但宫廷之中却显得有些紧张，问题关键在于皇太后与皇上的摩擦已经愈来愈激烈，使宫中氛围显得格外不协调。

哈鲁日赞见蔡风与哈凤在一起，先是一惊，又立刻极为客气地纵下马来。

“原来是蔡公子，想不到我们在此地再次相会。”哈鲁日赞见蔡风的脸色极为难看，不由得微微愣了一下，试探性地问道，“蔡公子的那些朋友呢？怎的没有跟来？”

蔡风的心，开始有些发冷，哈鲁日赞的说话神态完全不像在做作。蔡风看人绝对有信心，虽然只与哈鲁日赞见过一面，但就这一面，他可以很清楚地知道哈鲁日赞不是个善于做作之人，其实，任何见过哈鲁日赞的人，都几乎可以知道他的性格。是以，打一开始凌能丽和三子皆有些怀疑那死者的话。

“她们并没有跟来。”蔡风冷冷地道。

哈鲁日赞微微透露失望的神色。

“我来是想问一问你可曾看见其中一位姑娘?”蔡风又道。

“啊，她们失踪了?”哈鲁日赞神情大为愕然地急问道，显然是不知情。

“二王子，蔡公子想向你要人。”尔朱兆有些兴灾乐祸地道。

哈鲁日赞显出一丝迷茫的神色，有些不解尔朱兆的话意。

蔡风却冷冷地向尔朱兆望了一眼，并不否认地朝哈鲁日赞问道：“我想问一下二王子昨晚在何处下榻?”

“哦，蔡公子怀疑是我干的?”哈鲁日赞一惊，问道。

“有人说劫走在下朋友的，是一个戴着耳环的高大男子干的。”蔡风冷冷地道。

“不会的，不会的，昨晚我和皇兄都没有离开客栈半步，怎么会去对付你的朋友呢?”哈凤急忙解释道，神色显得极为激动，她可不想与蔡风成为敌人。

“那人在哪里，让他再看清楚戴着耳环的人是不是我!”哈鲁日赞出奇得没有表现得很激动，只是有些愤愤地道。

“那人已经死了!”蔡风抬头仰望天际，有些淡漠地道。

“死了?”哈鲁日赞心中一震，惊问道。

“不错，没有一个活口!”蔡风再次淡淡地道，声音肃杀得若深秋之寒风。

哈鲁日赞并不是一个傻子，更不是一个没有头脑的人，是以，他在愣了半晌之后，认真而肃然地问道：“如果我说这不是我干的，你会不会相信?”

蔡风沉默，深深的沉默，伫立如风中脱光了叶子的老树。

“如果你认为是我干的，我也没有办法，既然证人已经全都死了，我也无法解释，但是我只想说一句，这件事绝对不是我所为！也不是我的人所为!”哈鲁日赞深深地吸了口气，以无比平静的语调道。

蔡风望着哈鲁日赞的眼睛，空气似乎在刹那间凝结，变重，那细碎的雪花使得栈道更添了几分静谧。

哈凤有种喘不过气来的感觉，她的心提到了嗓子眼上，只等蔡风一句话。

其实担心的人并不只哈凤一个，包括那些高车的武士，他们亦同样心中十分紧张，此刻巴颜古国师并不在队伍中，否则他也不会例外。

蔡风那身神鬼莫测的武功早在昨天他们就见识过，在场的所有人，却没有一人是其对手，包括巴颜古国师。若是蔡风不相信哈鲁日赞的话，高车国众人就唯有拼命一战，他们自然不希望与蔡风这般可怕的高手对阵。

场中唯有一人似乎有些兴灾乐祸，那人就是尔朱兆。

良久，蔡风才缓缓将目光移向天空，对着昏黄的天幕，任由冰冷的雪花轻轻拂落脸面，长长地吸了口气，他仍没有说话，只是缓缓地转过身向栈道的另一头行去。

“蔡风，你要去哪里?”哈凤一急，呼道。

哈鲁日赞微微松了口气，刚才他若是有半点异样的表情，换来的一定是蔡风无情的攻击，但此刻他却知道，蔡风相信了他，因此心中禁不住对蔡风微微有些感激，蔡风居然相信了他的话，这的确算是对他的一种信任。

“蔡公子，如果有用得着我哈鲁日赞的地方，不妨吩咐一声。”哈鲁日赞深具漠外中人粗犷豪爽的个性，说这话倒是极为诚恳。

“二王子，中原的事情极为复杂，我们不宜插手其中，这对我们都不会有好处的。”尔朱兆在一旁插口道，语气难以掩饰对蔡风表现的失望。

“尔朱公子怎说这种话?蔡公子既然相信了我所言，就是我的朋友，朋友之事，怎能袖手旁观?”哈鲁日赞豪迈地道。

“皇兄说得对!”哈凤忍不住向哈鲁日赞抛了一个媚眼，才转向蔡风道：“蔡风，你就这样走了吗?”

蔡风愣了一愣，驻足转身，神情依然有些淡漠，但心中却有了少许的暖意，道：“谢谢各位，中原并非漠外，人心险恶，步步危机，我不想你们插手其中，这对你们没有好处。”

哈鲁日赞和哈凤都呆了一呆，显然对蔡风的回绝有些意外，但哈凤仍坚持道："我们不怕危险！"

"哈姑娘乃千金之躯，何必为一些毫不关己之事而劳心呢？何况人家既然不领情，也犯不着去浪费自己的精力和时间呀。"尔朱兆有些不悦，更满怀嫉妒地道。

哈凤有些不满，但却无法说什么，蔡风这样拒绝他们的相助，使她也有些气恼，对方竟像个不解风情的家伙。但正是因为蔡风这种不尽人情的表现，让哈凤更感兴趣，她所遇到的男人，无不是对她阿谀巴结，讨她欢心，这种人她见得太多了，但像蔡风这般对她漫不经心的男人却是少见，也便更具另一番魅力。

尔朱兆望着蔡风远去的背影，禁不住露出了一丝莫测高深的笑意。

石中天神情极度委顿，自城内行至野外，竟然用了整整四个时辰，平日只需半盏热茶的工夫，此刻却用了这么多时间，使他禁不住心中苦笑。

四野苍茫，天空在下着雪，虽然不是很大，但却使路变得更滑，他竟然也会有摔跤的一天，可是却没有什么可以磨灭他的意志。

放出了千里飞箭，他只有等，静静地等。不过，此刻他并不着急，因为尔朱荣、黄海及彭连虎等绝世宿敌全都被深埋地底，已经没有人知道他的行踪，也就不必怕谁追击了。虽然，此刻连一个不会武功的大娃娃都可以欺负他，但他仍是笑了，更暗自为自己那无人能敌的智慧而感到骄傲。

对于蔡伤的估计失误，那并不是他智计的疏忽，而是输给了天意。人自然无法与天相比，石中天怎么也不会想到，蔡艳龙竟然心脏偏右一寸，这是他致败的原因，蔡艳龙的存在的确是一个意外，而蔡风身具佛道两家的神功又是一个意外，他的失算与智慧无关，只是他仍在盼着对付萧衍的那些后招能够派上用场，而且按照他的计划一步步实行。他绝对相信自己的安排，更相信萧衍此刻一定活不了，要么便是已经被擒。

这是一家茅舍，低矮压抑，住着的只是一对老夫老妻。低矮的茅舍，凄凉的夫妻，的确显得很冷清。

石中天已受不了外面的寒冷，此刻，他已浑身是痛，更无法运功护体，和普通人一样，怕冷怕热。

蔡伤最后那惊天动地的一击在他心头烙上了极深的印痕，也让他伤上加伤。

本以为自己的武功足以扫平天下，可是蔡伤那式“沧海无量”却让他失去了信心，他总感觉到那式所潜藏的威力是无穷的。

蔡伤和蔡风联手的那五击让他伤得的确太重，若非如此，他绝对不会输给蔡伤，至少不会被击得重伤而逃。

石中天并不知道蔡伤也受了伤，若是他知道这一点，定然会再一次充满自信。

这对老夫老妻所过的日子虽然有些清苦，但对人却甚是热情，虽然石中天浑身是伤，样子极为惨烈，但他们对他仍是十分关心，端热水，拿火炉，倒让石中天有些受宠之感。

人世间的冷暖并不是每个人都可以享受到的，石中天一生游历江湖，处处算计别人，却没想到在一个小小的农户家中能享受到如此待遇，而且又是在他落难之时。人并不是没有感情的，石中天竟难得地被感动了一回，或许是因为人在落难的时候，特别容易产生感慨的原因吧。

石中天在老夫老妻的低矮茅屋中住了一天，老两口杀了唯一一只下蛋的老母鸡。

休息了一天，石中天稍稍恢复了一些力气，快近中午之时，一阵敲门之声惊醒了他。

“谁呀?”那老妪低哑而温和地问道。

“嘭嘭……”又是几下敲门之声。

“吱呀!”茅屋的木门被拉开，一阵寒冷的风自门缝挤了进来，石中天微微打了一个哆嗦。

外面下着雪，似乎很大，满地都是一片素白，厚厚的，像为大地铺上了一层洁白的棉花。

茅屋中的光线有些暗淡，那是因为挡在门口的一个人，一个打扮有些怪异的人。

这个人并不高大，甚至有些矮小，但却戴着一个极为不相称的大斗笠，斗笠几乎有门那么宽，看上去倒像是一个特大的蘑菇。

老妪有些迟疑地望了这人一眼，用老迈而慈祥的声音道：“外面冷得很，进来烤烤火吧，我老头子不在家。”

那怪人并没有望向老妪，只是将目光投向静坐在炕上的石中天，冷冷地答道：“我不是来找你家老头子的！”

老妪愣了一愣，似乎明白了什么，侧身一让，目光也落在石中天的身上。

“你是木耳？”石中天眸子中闪出一丝亮光，问道。

那怪人摘下大斗笠，露出一个秃了顶的脑袋，再一次打量着石中天，缓缓地念道：“龙脱浅滩傲四海！”

“鹰扬天下独尊我。”石中天淡淡地应道。

“半掩门扉暗销魂。”那人又道。

“醉梦亦未忘前辱。”石中天接道。

“风扬舞劲柳！”

“地踏天惊时！”

“羞花半开月中月！”

“碧荷初露石中天！”

那人与石中天一人一句，只听得老妪一脸茫然。

“黑心仆木耳参见少主！”那怪人突然跪倒于地。

“花杏和费天怎么仍未赶到？”石中天淡然问道。

“如果他俩仍在人世的话，一定会来，我已用心印大法召唤过他们。”木耳认真地道。

“这数十年来真是苦了你们了。”石中天极为诚恳地道。

“能为主人效力是我们的荣幸，木耳很高兴少主能有用上我们的这一天，相信花杏和费天同样是如此想法。”木耳一脸激动地道。

“起来吧。”石中天吩咐道。

“是！”木耳立起身来，望了老妪一眼，在老妪犹未曾反应过来之时，五指已经捏在她的喉咙上。

“不要！”石中天忙道。

木耳一愣，忙缩回手，望了望石中天，有些不解。

老妪差点昏了过去，捂住喉咙“咳”了起来，但已经骇得面如土色。

“他们只是一对普通的夫妇，又救了我，就饶他们一死好了。”石中天竟然善心大起。

“是！”

“我们走吧，此地不宜久留！”石中天缓缓下炕，自怀中掏出一锭宝光璀璀的金子，扔在炕上，道：“这是给你们的，好好享受晚年，否则会有人来取你们的性命！”

“少主，你受了伤？”木耳大惊问道。

“不错，所以我才会将你们召来！”石中天恨恨地道。

木耳向地上一蹲，道：“让木耳来背少主走！”石中天并没有反对，在老妪惊诧之时已经被木耳背出了门外。

雪地之上，一串浅浅的履痕向前延伸。

“放下我！”石中天吩咐道。

“是！”

“去送那对夫妇一程，我不想这个世上还有对我有恩惠的人存在。”石中天突然以一种极冷的语调道。

木耳一愣，没想到石中天竟会改变主意，刚才他还阻止自己杀死那老妪，此刻却又吩咐他去击杀。

石中天似乎明白他的心思一般，淡淡地道：“我不想亲眼看着对我有恩的人死去。”

木耳再没说什么，身形如风一般掠了回去，白白的雪原之上，并没有再多添一道脚印。

望着木耳如风般的身形，石中天绽出了一丝笑意。

慈魔扫开身上的积雪，从深深的雪堆中爬了起来，伸了个懒腰，打了个哈欠。

正当准备用雪洗脸之时，竟发现有双眼睛盯着他，正是那老者。

慈魔笑了笑，随便抓起两把雪在脸上搓了搓，又抓了两把放入口中。

“要不要让我抓两条蜈蚣让你尝尝？”慈魔并不像是在开玩笑。

老者邪邪地一笑，道：“要是将你给我吃了倒还可以。”

慈魔哑然失笑，道：“你竟想吃我？”

“人肉是这世上最好吃的东西！”老者并没有直接回答慈魔的话。

慈魔心中大感好笑，居然有人想要吃他，这的确是一件极有意思的事，他从来都未曾想过吃人肉，在好笑的同时，也充满了怒意。

“你经常吃人肉吗？”慈魔冷冷地问道。

“偶尔会吃上一些，但为数并不多。”老者有些傲意地道。

慈魔心中充满了憎恶，虽然他见过的凶人并不少，但像老者这般吃自己同类的人还是第一次遇到，他甚至想都未曾想过，会有人吃自己同类的肉，那比狼更为凶残，怎叫他不憎恨？

“可我的肉很粗糙，吃了只怕会伤了你的牙齿！”慈魔冷冷地道。

“就因为你的肉很粗糙，才会让老夫打一开始就没有想过要吃你的肉，但饥饿会使人忘性，‘饥不择食’这句千古名言之所以会留传至今，老夫想不无道理。”老者毫不做作地道。

“你认为自己能吃得到我的肉？”慈魔有些不屑地问道。

“我费天从来都未曾想过有我吃不到的人肉。”老者自信地道。

“你叫费天？”慈魔随便问了一句。

“你听过老夫的名字？”老者微讶，反问道。

“刚才听说！”慈魔极为淡然地道。

费天冷哼一声，问道：“你叫什么名字？”

“问这干什么？”慈魔意态悠闲地问道。

“每个被老夫吃的人，老夫都会为他立一块碑，如果老夫不知道你的名字，如何为你立碑？”费天道。

慈魔似乎很少见到如此可笑的人，不过费天饿了两天倒也难得，粒米未进，可能是饿糊涂了，慈魔这么想着，便道：“我的名号比你的名号好听，也比你的名号更凶，你想知道吗？”

“什么名号？”

“慈魔！慈者亦魔，魔者亦慈，我叫慈魔蔡宗!”慈魔冷眼望着费天，悠然道。

费天果然一呆，忽又仰天大笑了起来。慈魔却不屑地道：“看你的肉质干枯，皱得像鸡皮，几根骨头都快变成了灰色，还想吃别人的肉？倒不如拿自己去喂狼!”

费天大怒，慈魔如此刻薄地骂他，怎叫他不怒？禁不住怒吼道：“无知小辈，找死!”身形若苍鹰扑兔般向慈魔扑去。

蔡风的眉头紧锁，已经两天了，都未能寻找到元定芳的踪迹，无名四也像是自世上消失了一般。

他们到底发生了什么事情？元定芳又在哪里？这潜伏的敌人又是谁？有何意图？

蔡风几乎动用了所有可以动用的力量，这些人多少与葛荣有些交情，虽不能直接响应，但对蔡风的事相助一二却不成问题，而这些人大多在地方上很有势力，或是家族之类，否则也不会害怕直接加入葛荣的义军。

葛家庄的财力冠绝天下，那是因为葛家庄的生意网络几乎遍及大江南北，甚至蛮荒漠外，葛家庄的生意网络是常人很难估量的，所以葛荣能在二十几年中靠白手起家而富甲天下，名动南北两朝。

生财之道，几乎没有人能够胜过葛荣，他更有着常人难及的远见，这是任何生意人都不得不佩服之处。

乱世之中，崇尚的唯有强者，而葛荣却是不折不扣的强者，是以，他的朋友也愿意替蔡风办事，但是仍没有结果。

狗王似乎也失去了应有的作用，由于客栈被火所烧，又下了一场大雪，使所有的气味都淡去，根本就无法嗅到元定芳的踪迹。

近日来，蔡风自己的心也渐渐烦躁起来，这是从来都没有过的事情，自小蔡风就开始修心，以佛门至高的无相神功为根底，更习练了黄海所授的心法。佛道两种修心的武学早已使他达到天塌不惊的地步，而近来心中却烦躁不安，连蔡风自己也觉得奇怪。不过他却认为这定是与元定芳的失踪有关，让他无法找到解释的，却是经脉的异常躁动，就像是一颗毒刺扎入肉中，让他的心有些不安。蔡风本身也是明白医理之人，但却无法弄清楚这究竟是怎样一种病症。

正在胡思乱想之际，门外传来了一声轻极的话音："公子，有个自称王仆的人要见你。"

蔡风愣了一愣，脑中迅速翻转，却记不起有哪位熟识的人叫王仆，但却淡应了声道："让他进来!"

"吱呀!"门被推开，一人摘下头顶的斗笠，向后抖了抖披风上的雪花，踏步而进。

# 第一百二十二章　王族之仆

蔡风不经意地向那人望了一眼。

中等身材，四十岁上下，一身蓝色的披风使那张温和儒雅的脸更具一种成熟的韵味。

那人并不畏惧蔡风的目光，昂然而立，嘴角边挂起一丝淡淡的笑意，看上去极为亲切。

“在下王仆见过蔡公子。”那人恭敬地行了一礼。

“我们见过面吗?”蔡风有些意外地问道。

王仆坦然地望着蔡风，笑道：“见过!”

蔡风一愣，禁不住微微有些迷茫，他搜肠刮肚仍然无法找到这么一个人的影子，不由反问道：“是吗？恕我眼拙，无法记起在哪里见过阁下。”话毕向一旁的人吩咐道，“摆座，上茶!”

“谢谢!”王仆说了声，便不客气地坐了下来，接着道，“蔡公子当然不记得我是谁，因为那时候你才一个月，是被抱在怀中!”

蔡风一惊，问道：“你从哪里来?”

“正阳关!”王仆说出三个字。

“原来是故人，蔡风失礼之处还望海涵!”蔡风慌忙立身还礼。

“蔡公子不必客气，令尊大人可还好?”王仆问道。

“家父一切如昔，不知阁下如何称呼?”蔡风再次问道。

“哈哈，我乃正阳关王通老爷子的书僮!”王仆再次说道。

“王通老爷子?”蔡风道，王通他自然听说过，更不止一次地听父亲提过，知道王通乃是他父亲的莫逆之交，当初杀死吴含，王通出力不少，而且天下间也只有三人知道他父亲归隐于太行阳邑，一个是葛荣，另外便是王通兄弟二人。

“老爷叫我来向蔡大将军问声好！其实早在四日之前我就已找到了公子，但由于某些原因，直到此刻才敢来面见公子。”王仆认真地道。

“你何出此言?”蔡风奇问道。

“四日前见公子匆匆追赶什么，我不想误了公子的时间，后来见公子与高车王子及尔朱兆诸人相斗，我本想出手，但是公子大展神威竟震慑住了他们，也就未加插手，公子的武功比之当年的大将军犹有过之，真是可喜可贺呀。”王仆道。

“过奖了!”蔡风有些不好意思地道，若是在别人面前，他定不会谦虚，但对方算起来却是自家人，他自然不好意思直认不讳。

王仆并未多作解释，只是静静地道：“我见公子武功如此高绝，也便放心了，可是后来，知道公子竟去对付叔孙家族的人，便遣一些兄弟跟了去，只是想在必要时助公子一臂之力，再后来，却发现公子所住的地方起火，于是便飞速赶回，但那时大势已去，四处都找不到贼人的踪影，火尽之时，公子也赶了回来，当时我怕引起误会，也就没有现身，从你们的对话中得知公子有几位朋友失踪了。”

蔡风眸子中闪出一丝喜色，急切地问道：“你知道是什么人干的?”

王仆仍是没有直接回答蔡风的话，只是淡淡地道：“公子上了人家的当。”

“什么?”

“我想让公子见一个人。”王仆说着立身而起，拉开窗子，吹了一下尖哨。

片刻过后，门外传来了急促的脚步声，一名汉子进来道：“公子，外面又有人求见。”

“让他们进来!”蔡风吩咐道，心头却涌起了一丝异样的感觉。

门口进来三人。

蔡风的脑中“嗡”地一声，身子禁不住直立而起。

木耳回来之时，石中天背向着他。

“已经送了他们一程，连那锭金子也一起埋进了他们的坟墓！”木耳禀道。

“干得好，那茅屋也烧掉了吗？”石中天问道。

“烧掉了，里面的东西不会有一件留在世上。”木耳阴冷地答道。

“知我者，木耳也，现在我们前去鲁境的抱犊崮！”石中天淡然道。

木耳大惊，骇然问道：“少主要回药池？”

“不错！”石中天吸了口气道。

“少主伤得有这么严重吗？”木耳心惊地问道。

“只会比你想象中更严重，我的不灭金身已经被破，甚至连五脏也几乎碎裂，经脉错乱，淤血内塞，伤势之重便是药池的灵性也不一定能痊愈，所以我才迫不得已招回你们，现在真正可以绝对信任的，就只有你们了！”石中天并没有扭过头来，他不想看见那起火的茅屋，是以，不知他脸上是何表情。

木耳呆立了半晌，有些不敢相信地道：“世上居然有人能够破掉不灭金身？这怎么可能？”

石中天苦涩地一笑，道：“世上没有什么是不可能的事情，只是没有想到罢了，今后切忌让与你同一个等级的高手硬击三掌，不灭金身最大的承受能力也只能达到这种境界，以前是从未曾尝试过，所以人们都以为不灭金身是真的不灭，那完全是一种错误的理解，或许真正载于邪宗最高宝典之上的不灭金身能够永久不灭，但我们所得的不灭金身却是次本。”

“是什么人干的？”木耳语调之中充满杀机地问道。

“烦难的大弟子蔡伤与他的儿子！”石中天吁了口气道。

“又是禅宗的人！”木耳恨恨地道。

“你不要去找他们，你还不是他们的对手，若是你们三人联手或许能够胜过他们中的一人，但最好不要尝试，特别是蔡伤，他的刀道绝对不会输于当年的烦难！”石中天提醒道。

木耳呆立了片刻，恨恨地问道：“那少主的仇就不用报了吗？”

“仇当然要报，却不是现在，等我伤势好了之后，再一个个对付他们，我绝对不会放过任何一个敌人!”石中天冷酷地道。

顿了一顿，又接着道：“我们也该走了，到时候相信他们也会赶到抱犊崮，在这段时间中，不能有任何人打扰我，你们须得负起护法之责!”

木耳望了望茫茫的雪原，再一次背起石中天向前走去。

干枯的两只手，犹如自古墓中爬起的干尸。

这两只手，比慈魔的想象更要干枯，但却有着无可抗拒的魔力。

干枯的手竟像是两张大网，或是来自冥界夺命的巨大魔爪。

快！犹如闪电!

慈魔闭上眼睛，在阴风四起的刹那间，击出了那乌沉沉的钝木刀。

不需要任何招式，信手而出，信手而收，清闲优雅中又生出无限惨烈的气势。

若寒潮顿生，若玄冰乍破，雪花纷飞，那不协调的一抹黑芒，准确无比地迎向两只若天网般的鬼爪。

费天心中骇然，对方闭上眼睛竟然仍能如此清楚地捕捉到他的攻势，如此利落地出招。

这样一刀无论是在气势抑或在劲道上，都使他不得不退。

费天并不怕刀的锋利，但慈魔的黑木刀本来就不是靠锋利取胜。木刀无锋，完全是以那种巨大的爆发力致敌，正成了费天的克星。

费天退！进如疾电，退如狂风，但慈魔的动作绝对不慢!

雪花轻舞之间，身形旋飞，犹如滑雪而过，激起散雪漫天飞舞。

虚空之中幻出一片迷茫的雪雾，就像是一道沉沉的白幕。

费天大惊，他竟在刹那之间让慈魔消失在视线之中，眼前唯有一片迷乱的雪雾。

正当他惊愕之时，雪雾又裂成两片，就像是被撕裂的布。

裂开雪雾的是一柄刀，黑沉沉的钝木刀，若探出乌云的龙爪，拖起一路的风雪，向费天胸膛上撞去。

费天大骇，他没想到慈魔的刀如此诡秘，而更利用地形及天象之利出刀，他对自己的武功的确太过自信了。

退无可退，唯有以重拳相击。

“轰！”费天重重地撞在身后的一棵树上。

“咔嚓！咔嚓！”费天和慈魔各撞断一棵树。

雪花更激射而起，若被飓风扫过。

费天只觉得手指僵硬发麻，刚才那一击，自黑木刀上传来的劲气并不能伤他，但那种寒意却让他无法承受，心头之震骇自是难以想象，想不到自己潜隐江湖数十载，初涉江湖就遇到如此棘手的对头，禁不住大叹倒霉。

慈魔也同样吃惊，他那重重的一刀，对方竟然全凭肉掌就接下了，这的确有些不可思议，但他的吃惊也只是一刹那，瞬即就恢复了平静，但却并未再进攻。

费天在浓浓的雪雾之中，视线极为模糊，只见到那巨大的黑影倒下，却是被撞倒的大树。

“你还要战吗？”慈魔冷冷地问道。

“他妈的，以为老夫怕了你吗？”费天气恼地吼道，同时向声音传出之处扑去。

慈魔根本就不用眼睛也可清晰知道费天的动态，他自小就在暗无天日的沼泽中长大，早已习惯了黑暗，更将鼻子和耳朵的所有潜能激发出来，可以说当世之中，能拥有他这种超常生存能力的人，一个都找不出来。同时在耳朵和鼻子灵敏度上也无人能与之相匹，可是他的眼睛却是极为薄弱的一环，和一般的武林高手差不多，是以，在遇到真正的高手之时，他反而闭上眼睛，那样更能找到自己的感觉。

在草原之上，骑马狩猎或与敌交锋，他也多是凭着绝世的听力去放出要命的一箭，不用眼的箭反而更准更狠！

在这种条件下，费天根本就无法与之相比，因此处处受制。

西部的高原之上，气候极寒，冰天雪地对慈魔来说更像是回到了家中一般，他的神刀得自念青唐古拉峰，他的刀法也是在那极寒极险的峰顶大成。那里完全是一片冰天雪地的世界，更有着常人难以想象的气闷，慈魔却是在那种环境中一步步将自身的成就推至高峰，是以，他的刀法，在冰天雪地之中，更是倍见威力，几乎是神出鬼没。

费天击了个空，而寒意又自肋下升起，狂涌的劲风如潮水般涌到，几乎让他来不及细想，便伸臂挡击。

“轰!”费天一声闷哼，被击得斜跌而出，整条手臂竟结了一层冰，痛得发麻。

“哗!”一棵树被慈魔横腰踢断，这是慈魔藏于刀后的一脚，无声无息。

这一脚本来完全可以踢在费天的身上，但是慈魔却被费天以手臂挡刀之举感到愕然，因此脚便偏了。

费天竟像具有铜皮铁骨般的不死之身，这样凶猛的一刀，居然不能斩下他的手臂。

不过费天心中的惊骇是无与伦比的，慈魔的刀的确神出鬼没，完全无法捉摸，更是奇寒无比，力量也大得惊人。费天心中暗想：“若非我已将不灭金身修至第七重境界，只怕就此一刀，就足以让自己身死此地了。”越想越心寒，却在此时传来了慈魔的声音。

“好硬的皮肉，连刀子都斩不烂，那我的牙齿自然更咬不动了。”

费天心中气苦不堪，今日竟然在两三招之中便已失利，对方的武功也的确可怕，不过他相信，若非慈魔仗着一柄黑木刀，定然不是他的对手，至少自己在功力之上不会输给慈魔，但这只是想想而已，他的一身武功全部浸淫在手上，手臂本就是他的兵器，而别人用兵器，自然也是无可厚非的。

“费天，我想咱们不用再打了，你两天没吃东西，不是我的对手，更何况我们还得保存实力，冲出这片鬼林子，否则就算你吃了我，过一段时间也仍会饿死的!”慈魔突然改口道。

费天心想：“事实也的确如此，自己饿了两天，功力大打折扣，自然比对方要差上一筹。”而在这冰天雪地之中，他更是对慈魔那神出鬼没的刀无从把握，如果真要分出个胜负的话，今日死的人只怕真的是他。至少慈魔比他年轻，且身强力壮，又是饱着肚子，只是他弄不清楚，对方怎么连蜈蚣和蚯蚓也敢吃，而且像是吃糖果一般。

费天深深地吸了口气，雪雾渐降，他已经能清楚看到慈魔那种神闲意轻的样子，心头虽然有些恼恨，但不得不故作强横地道：“好，今日就放过你一次！”

慈魔有些好笑，但却并不想说些什么，因为他的敌人已在外面恭候着他，他必须保存实力去对付那些人，而费天虽然是个恶人，却不必为他去伤脑筋，何况他们之间并无冤仇，两人相争，总会耗去不少的体力，又何必要让贼人得利呢？

费天那不怕重击的硬功，倒也的确给慈魔造成了一定的心理压力，至少费天绝对是一个可怕的对手，其功力甚至更胜于自己，这一点慈魔心中十分明白，想要杀死费天绝对不会如杀枪王一般简单。

“你究竟是什么人？”费天对透着无限神秘的慈魔也起了一丝好奇之心，他只觉得慈魔有时候像野兽一般，甚至比野兽更可怕，无论是生存习惯，还是那种忍耐力，都像是雪原上的野狼。卧雪、吃虫，这种人的生存能力之强，一定比平常人更要可怕十倍。

慈魔拢了一下那散开的头发，淡淡地道：“这一点你没有必要知道！”

费天竟在慈魔拢发的一刹那间，竟然发现一点鲜艳的翠绿，在耳垂之上。

费天禁不住更是讶然，慈魔竟然像个女人一般，在耳朵上戴着一只精巧细致的翠绿形耳环。

“你不是中原之人？”费天奇问道。

慈魔有些惊讶地望了费天一眼，反问道：“你怎知我不是中原之人？”

费天想了想，道：“中原之人很少有男人戴耳环的。”

慈魔笑了，不置可否地道：“那也不一定！”但旋即又转口道，“你想不想出去？”

“这还用问？”费天不屑慈魔这个明知故问的问题。

“那就跟我一起杀出去，如何？”慈魔微带挑衅的语气问道。

“你能出去？”费天奇问道。

“以前不可以，但今天却可以！”慈魔坚决地道。

“那是为什么？”费天不解其故。

“早在两天前，我就已经知道如何破解这个阵法！天下间根本没有可以困住我的阵法，只要给我足够的时间，一切的阵法都会不堪一击。即使是天下间最恶劣的沼泽之地，也无法让我迷路，因为我的心会自动导向，你说这小小的树林又岂能困得住我?”慈魔自信地道。

“那你为什么不冲出去？还要在这里吃蜈蚣、蚯蚓!”费天有些恼怒地道，他气恨慈魔怎么不早点引他出阵，害得他饿了两天不说，更担误了他的正事。

“我在等待，等待机会!”慈魔解释道。

“等待机会？难道前天和今天有什么不同吗?”费天又不解地问道。

“当然不同，我早就算准这两天会有大雪降下，而当地上满是积雪之时，就是我出阵时机到来之日!”慈魔淡淡地道。

费天似有所悟，在雪地之中的慈魔的确太可怕了，他既然是被人逼入阵中的，那么他的敌人定是更可怕，即使冲出阵去，也许还会被逼进来，那样反而会让对方又想出新方法来对付自己，因此在没有把握冲出包围之前，他反而不想闯阵了。

费天愣了半晌，问道：“你难道懂得五行之术?”

慈魔并不做作地道：“我不懂!”

“可你怎么知道破阵之法?”费天奇问道。

“其实这也不能算是破阵，我只是能够走出这个阵而已。”慈魔望了望天空中飘降的雪花，淡然道。

费天不由得更奇，若是不懂五行之术又怎能走出这种五行之阵?

“你感到很奇怪吗?”慈魔似乎看出了他的心思，接着道，“其实也并不值得奇怪，我听说过五行之术可以将空间扭曲，使人方向感混乱，甚至连天空中的境物都有些改变，但是任何阵法，都无法阻止毛毛虫或蚯蚓之类的小虫，这些地面之下的小生命并不受到影响，例如蜈蚣吧，它在地下的洞穴依然有其方向感。五行之术可让人产生幻觉，只要你不用眼睛，这些幻觉就对你不产生任何作用，当然如果你思想不能集中的话，同样会产生幻觉。所以，只要人不用眼睛，集中思想就可以走出这片林子了。”

“不用眼睛？那你如何走?”费天似乎听到了最让人感到好笑的笑话。

“哼，地底下的爬虫会给我引路的，还有林外的人声，同样可以为我引路！”慈魔自信地道。费天几乎不敢相信自己的耳朵。

若慈魔所说是真的，那显然可见他的耳朵是多么灵敏而可怕，连地底下爬虫的声音都能听到，这岂不是极为不可思议吗？

“你要不要吃点爬虫填饱肚子？”慈魔问道。

费天一惊，拼命地摇头，他宁可死也不想吃那让人恶心的爬虫。

慈魔不由得大笑起来，对着费天道：“在外面肯定有一场恶斗，不填饱肚子，你会吃亏的！”

“你以为每个人都像你一样，吃那些恶心的东西吗？”费天恼道。

“人要想活着，就要懂得生存之道，如果命都保不住，过一段时间后，尸体也会被别人说成是恶心的东西，这一点你最好弄明白。”慈魔并不客气地道。

“废话少说，走吧！”费天有些不耐烦地道。

慈魔一笑，道：“好吧，跟我来！”

费天没有作声。

蔡风几乎不敢相信自己的眼睛。

“你没死？”问出这三个字，蔡风便知自己是在明知故问，若对方已经死了，又怎会回答他的话？问也是白问。

蔡风所见的，竟是那晚被烧毁客栈的店小二，也正是这店小二告诉他烧毁客栈的是戴着耳环的男人，而当时他和三子都当这人已经气绝，可此刻店小二竟然再次活生生地立在他的面前。

店小二的神情委顿，但却不敢直视蔡风的目光。

蔡风将目光复又移向王仆，没有说话，但王仆已经知道他那询问之意。

“他并不是真正的店小二！”王仆淡淡地道。

蔡风眸子之中精光爆闪，在店小二身边的两人身上扫了一眼，又落在店小二的身上，缓缓踱到他的身前。

店小二双手已被牛筋所缚，头垂得很低。

蔡风伸手抬起店小二的下巴，冷冷盯着对方的眼睛，眼神犹如锋利的刀子一般刺入店小二的眼中，只看得他满是惧意。

“他叫尔朱副!”王仆淡淡地道。

“你叫尔朱副?”蔡风冷冷地问道，声若冰刀。

那店小二的脑袋被蔡风抬着无法动弹，只得眨了眨眼睛。

蔡风放下尔朱副的下巴，转向王仆问道：“你是如何发现他身份的呢?”

“当你们走后，我本也准备离开，但这家伙竟然又从灰烬中爬了起来，我本以为他已经死了，但见他又活了过来，就立刻知道其中有鬼，我对他用了一天的刑，他终于受不住，说出是受了尔朱兆的指使，为了要挑起你与哈鲁日赞之间的矛盾，因此设下此局，真正的凶手却是尔朱兆!”王仆也有些愤怒地道。

“尔朱兆，好歹毒的贼子!”蔡风咬牙切齿地道。

“立刻召回监视哈鲁日赞的兄弟!”蔡风又向身边的葛家庄弟子道。

那人应了声，立刻行出门外。

“自他的口中，我已经探出了公子朋友的行踪，但尔朱家族的势力强大，我的兄弟们力量不够，怕打草惊蛇，所以才会此刻来找公子。”王仆说道。

蔡风一震，喜道：“她在哪里?”

建康!

依然平静如昔，也繁华热闹如昔，毕竟春节的余温仍未退去。

建康本是南梁的文化和经济中心，所聚集的多是富商豪强，更多的却是王公贵族之类。

萧衍终于还是安然返回建康，却有着一种再世为人之感。

宫中早已惶惶不安，皇上微服而出，而且又是在除夕将至之时，谁都知道发生了重要事情，但却没有人管得了萧衍，只能为他暗自担心，皇后也是急得团团转，整个除夕都在惶惶不安中度过。

萧衍出巡之事知道的人不多，便是靖康王萧正德也不知道，但却是萧正德亲自出汉中门相迎，原来早有人快马相报靖康王府。

萧衍的微服出巡透着神秘，回来也同样透着神秘，并没有多少人知道萧衍返宫，只当萧正德去接萧灵和凌通。

“凌通赌坊”正在大力投建之中，几乎成了建康城的一个热门话题，何况又是几位红极的生意人联手协办，那种声势自然让人咋舌，同时又有靖康王作为后盾，自然更是轰动。只是所有的人都在猜测“凌通赌坊”的主人凌通又是怎样一个人物，居然能得到萧正德如此支持。

萧衍返回宫中，因伤势极重并未会见任何人，但却召见了萧正德。

宫中的守卫似乎一下子严密了许多，五步一哨，十步一岗，严若铁桶。

萧正德很少见过萧衍如此大张旗鼓地严布护卫，宗子羽林和望士队几乎全都出动，巡守于各个角落，如此守卫，即使是飞鸟也无法出入。

萧衍的寝宫也是岗哨林立，这里绝对可以算是天下间守卫最为严密之处，也是最为安全之处。

台城，乃萧衍皇权的中心，台城内的文德殿就是萧衍寝宫。

面对如此森严的守卫，萧正德心头不禁微微有些惶恐，但他自己也的确很明白事情的严重性。

这次萧衍重伤而归，才知自己处于天下最危险的地位之上。

文德殿外，望士队的队长向萧正德恭敬行了一礼，带领着他转入殿内。

望士队的队长身份绝对不低，虽然只是正三品的官位，但朝中的一些一品要员都得对他们礼敬有加，这些人全都是萧姓一脉中所挑选出来的高手亲信，绝对可以信得过，除了亲王和公卿之外，他们对那些官员根本就不放在眼中。

萧衍的脸色有些苍白，静静地坐在几个豪华的香炉中间，神情肃穆。

殿内暖和如春，香气怡人，与殿外那种肃杀凄冷相比似乎是两个世界。

“正德参见皇叔父！”萧正德恭恭敬敬地行了一礼。

“免礼，在一旁坐吧！”萧衍淡淡地一指旁边的檀木椅道。

“谢皇叔父！”萧正德虽在南朝威风八面，但在萧衍的面前从来不敢有半点放肆。

“惊情你退下吧。”萧衍向一旁的望士队队长挥了挥手道。

“是!”望士队队长迅速退开，偌大的文德殿内便只剩下萧衍与萧正德俩人。

“知道今次我找你来有什么事吗?”萧衍淡淡地道。

萧正德微微有些茫然地摇了摇头，道：“儿臣不知!”

萧衍淡淡吸了口气，道：“这次北魏刘府的千金南嫁之事我听说过。”

萧正德并不感到意外，这件事情他已向萧衍禀报过，是以他此刻并没有说话，知道萧衍必有后话，因为萧衍从来不喜欢说太多的废话。

萧衍微微叹了口气，道：“郑王是你王叔，算起来都是自家人，血浓于水，相信这个道理你会懂的。”

萧正德一震，骇然问道：“皇叔父也知道这件事情的经过?”

“南朝乃我的天下，你想会有什么事情可以瞒得了我?”萧衍自信地道。

萧正德明白萧衍的意思，萧衍一向对王族之人都极为维护，总会调节好众王族之间的矛盾。萧正德本身就是一个例子，引北朝之兵攻打自己的国家，萧衍也没有责怪他，可见萧衍对王族之人袒护到了什么程度，是以他不语。

“我知道你很恨郑王叔，人总会犯错误的，何况现在强敌相环，若是我们自家人斗个不停，只会让贼人乘虚而入，夺走我们萧家辛辛苦苦才得到的江山，这对我们是绝对不公平的!”萧衍又接着道。

萧正德想了想，觉得应该说些什么，不由道：“本来，这次的嫁妆之中有一部道家奇书，儿臣本想拿来之后献给皇叔父，而对这段婚姻，儿臣并不在意。”

“你说的道家奇书就是传说中的《长生诀》吗?”萧衍并不意外地反问道。

萧正德一愣，萧衍似乎对这件事的始末都掌握得极为详细，连那部书名都已经知道，这的确出乎萧正德的意料之外，但他不得不点点头，证实萧衍并没有说错。

“《长生诀》的确是道家第一奇书，只可惜，这部书并不真的存在，若真有这部书的话，刘家也绝对舍不得作为嫁妆送给你!”萧衍分析道。

萧正德仍想解释什么，但又觉得说什么都是多余的，萧传雁和那死去的近两千兄弟，他不能说这是萧百年的罪过，当初他引魏兵攻梁，死于战争中的兄弟更是足以万计，而萧衍仍放过了他，单单这两千人马又能算什么呢？“

“儿臣知道该怎么做了！”萧正德有些无奈地道。

萧衍淡淡一笑，道：“我一向都自以为没有看错你，你的心思更是无法瞒过我的眼睛，今次，你极力支持凌通去做‘凌通赌坊’的老板，别人或许不知道内幕，但我却十分明白。”

萧正德一惊，脸色微微变了变，萧衍一语正中他的心思。

“凌通这小子虽然极为聪明机灵，更是个难得的人才，但却根本没有能力去经营这样一家大赌坊，何况他来自山野，对做生意可以说是一窍不通，若是外人知道他的底细不笑掉大牙才怪。而你自己不直接去经营这家赌坊，是不愿让人知道，你是想通过生意手段来对付对手，而你要对付的对象，自然是你郑王叔所开设的赌坊和青楼了。其实你并不是真的有心捧凌通这个小家伙。”萧衍不紧不慢地道，目光却一直望着萧正德阴晴不定的面孔。

萧正德听得额头直冒汗，萧衍的眼光之高明，看事之准确，的确是他无法比拟的。

“那儿臣回去立刻再对‘凌通赌坊’进行规划。”萧正德涩然道。

萧衍并没有责怪之意，只是笑了笑，道：“那大可不用，我却要你将这家‘凌通赌坊’开起来，而且越大越好，不仅如此，还要兼顾经营其他的生意。”

“啊！”萧正德大为不解。

“凌通的确是个人才，也是块未经琢磨的美玉，这将是一颗极为有用的棋子。”萧衍似乎将目光投在另一个世界般道。

萧正德愣了一愣，问道：“皇叔父的意思是让儿臣把凌通捧起来？”

“不是捧起来，而是让他真正地站起来，成为一个独当一面的人物。”萧衍认真地道。

“这……这个儿臣有些不明白。”萧正德迷茫地道。

“眼下，魔门、邪宗、冥宗都相继有高手现世，这便预示着大乱将至，而魔门和邪宗的人物无不对我萧家的江山虎视眈眈，我们在明，他们在暗，实在是难以对付，就像今次我负伤而归，便是因为错估了贼子石中天。石中天没有死，他还有许多余党未铲除，绝对会贼心不死，想尽办法破坏我们，我们绝对不能不防。而我们岂能时刻提防？是以我要让凌通成为一个独当一面的新秀人物！”

顿了一顿，又道：“凌通这小家伙虽然年龄较小，但智计和天分之高，已没有多少人可以胜他，更有着一种绝对适合这种世道的手段，我们只要稍加培养，他就能成为一位可怕的人物。同时，他更会成为魔门的新目标！”

“啊，皇叔父是说让魔门和石中天诸人知道我们在全力支持凌通，而转移他们的注意力？”萧正德似乎明白了什么般问道。

“大概意思就是这样，我们要将凌通培养得对魔门和石中天产生威胁感，让他们觉得凌通会是我们涉足江湖的一股重要力量，而要对付我们，就得先对付凌通，这样我们的目的便已达到，甚至由明转暗，在背后操纵，你明白吗？”萧衍眸子之中射出深沉的亮光。

萧正德哪里还会不明白萧衍的意思？这也的确是一个极好的方法，一些他难以处理之事到了萧衍的手中，都似乎变得如此轻描淡写，有条有理。

萧衍吁了一口气，接着道：“再加大人力投入兴建‘凌通赌坊’，需要什么就直接跟我说，一切都不成问题，要尽快投入营运，更要让那里成为藏龙卧虎之地，也是我培养人力的地方。过几天待朕伤好后，立即封凌通一个官职，一定要让他尽快达到我们预期的目标和标准！”

萧正德没想到自己的那一招却被萧衍借用，此刻更是越做越大，任务也越来越艰巨，心中喜忧参半地回应道：“儿臣回去后立刻去办！”

“嗯，明日传凌通进宫，我会让最好的老师教他经文礼仪，更会让他学会如何经营生意，希望他能早日独当一面。”萧衍做事一向以雷厉风行为准则，从不拖泥带水，说办就办。

萧正德正不知是该为凌通高兴还是悲哀，如此小的年纪就要参与这种钩心斗角的旋涡之中，但这一切似乎是天命所定，谁也无法预料。

“自明日起，朕会闭关半月，凌通的一切事宜我会为他安排妥当，赌坊的事，就由你去做吧，同时，你吩咐亲信对平北侯府进行监视，有任何异动都要记录下来，待朕出关之后，再作定夺！”萧衍恨恨地道。

“是！儿臣明白，对了，皇叔父，要不要对石中天的余党进行清理呢？”萧正德似乎想起来什么道。

“这个不用你费心，我早就安排好了。”萧衍道。

“是！”

# 第一百二十三章　荒野之王

雪花飘洒，若片片鹅毛斜织，天地的颜色似乎有些难分。

蒙蒙的天，茫茫的地，孤林一片。

苍茫的天地之中，唯肃杀的北风掀动死一般静寂的原野，浓浓的杀意荡漾于虚空中，浮动着悠然的酒香。

酒香本是一种压抑和诱惑，而杀意也同样是一种压抑和诱惑，或许，杀意是没有气味、没有形色的，但人心却有，抑或是在人的思维之中本就存在着一种莫名的色调和气味，因此有人说这个世界本就不真实，犹如一片虚无。

或许世界本是一片虚无，在慈魔的耳中，唯有那似乎遥不可及的声音，似传自九天之外，又似来自冥界地狱，细小而断续，但他仍是极快地移动着步子。

费天几乎不敢相信慈魔是一个人，慈魔根本不用眼睛就可以如此轻易地穿插于林间，而且根本不会碰到树棘之类，这的确有些不可思议。

费天更惊的是，明明眼前立着一棵大树，慈魔毫不犹豫地直跨过去，不仅未被树撞着，身形反而消失了，因此他也只好硬着头皮撞上去，也跟着完好无损地自树中穿过，这一切都是那么匪夷所思，但他根本来不及细想，只能跟着慈魔走，只要他稍一分神，慈魔很可能就会消失在他的眼前，到时唯留下他一个人独困阵中等死，那他可不愿意。

“小心，快出阵了，他们有弩箭，如果你想走出这个阵，就需为我挡箭，否则我们难免要再退回去！”慈魔淡淡地道。

费天一愣，同时也明白慈魔带他出阵的用心，全身立刻布起一道强烈的真气。

慈魔极为清楚地感觉到费天真气的祭起，心中暗惊这古怪老头的功力之高，实在自己之上，毕竟人家多吃这么多年的饭不是白吃的。当然，衡量功力并非以年龄的大小为界限，如果是这样的话，那“长江后浪推前浪”一说就变成了狗屁。

慈魔自小所修习的就是极为博大精湛的正气，再依靠最艰苦的环境刺激和磨炼其意志，使他的武功进展比常人几乎快了数倍还不止，在西域高原之上，也只有为数不多的几个高手是他有所顾忌的，而其他一些人根本就不放在他眼里，就连喇嘛中的中观宗、龙树宗及密宗都被他闹得天翻地覆，却没有人能抓住他，全因没有人能够估计到他的生存能力是多么强悍，就是将他逼到绝域极峰之巅，他也照样能够生存下来，可追兵最后反而一个个地死在他的刀下。

在大草原上，喇嘛教可以说是第一大宗教，不仅得到赞普的支持，更得到民众的信赖，因此也成了马贼的大敌。

喇嘛教与马贼势不两力，慈魔在大草原上，始终像一匹孤狼一般，处于正与邪之间，他为牧民驱赶狼群，在他出现的地方，就不会有马贼的肆掠，那是因为马贼对他的尊敬，在马贼群中，他有着超然的地位，虽然绝不会帮马贼乱杀无辜，但在马贼与喇嘛之中，他只会选择马贼。

马贼群体自然有极多高手，但没有谁有如慈魔那份能力，独自杀死一群又一群围击他的喇嘛高手。

因此大草原之上才会流传，慈魔是来自地狱的善良人，在牧民与马贼这两个矛盾尖锐的群体中，竟然竖立起了一种让人想象不到的形象。

慈魔凭借的是一身武功，一身胆量和那比野兽更善于生存的能力。

初来中原，一路上仍不断遭到众喇嘛的截杀，更杀枪王、斩碎天，这两人都是屈指可数的高手，碎天同样是铜筋铁骨，但是与费天相比，似乎又要差上两个档次。

费天才是真正的高手，至少在目前来说，是个人物。

中原藏龙卧虎，这一点的确不假，但中原也够乱的，这是慈魔的印象。

乱世之中，更讲究弱肉强食的生存法则，半点客气都不能讲，慈魔从小就知道生存法则是什么。

再绕过七八棵树，费天突然觉得空气新鲜了不少，胸中刹那间舒展开来，虽然此刻仍在林间，但感觉就是不一样。

慈魔的身形竟在此刻冲天而起，费天在舒畅之余，眼角也瞥见树顶之上，有一张大网飞罩而下。

慈魔的反应之快的确出乎费天的意料之外，但也庆幸有这样一个伙计共同闯阵。

“嗖……”一连串轻响，若点点飞蝇的羽箭刺破这素洁而单调的世界。

费天半点犹豫都没有，他唯有出手，此刻他的命运已经与慈魔联在一起，若这些箭射死了慈魔，那他今日也只会死于这片林子之中，更何况这可恨的布阵之人，竟使他在林间苦饿了两天，早就憋足了一肚子鬼火，此刻岂有不怒之理？他一直找不到发泄的对象，这时有了目标，自然来劲了。

对于这些劲箭，费天根本就不放在眼中，双臂一张，若铁翼大鸟般在胸前斜划出一道弧线，同时跃空而起。

那些羽箭就像是被一股强劲无比的吸力狂扯了过来，纷纷向费天的怀中涌至。

“裂！”慈魔的黑木刀摧枯拉朽般将那张罩落的大网劈成两半，身形不止破网而出，掠上了树顶。

“哗！”费天双臂一绞，那一簇劲箭竟然全部碎裂。

“快上来！”慈魔呼道。

费天还没有来得及细想，雪雾已经纷纷涌起，在大网裂开的一刹那，雪地之中竟然翻出两块巨大的钉板，每块都有一丈见方，满是长钉。

费天没想到会出现这样一个变故，刚才由于力道尽用于毁箭之上，这下来不及换气，真气一滞，身形疾沉而下。

其实刚才他根本不用毁箭，若不毁箭，就可轻易脱困，但他却做了那件多此一举的事。

慈魔一惊，忍不住“啊”地一声惊呼，眼见费天就要被两块巨大的钉板钉得千疮百孔，但费天却在此时大吼一声，猛地双拳击出。

"轰!"两只比铁还坚硬的拳头竟然重重击在两枚锋利无比的钉子之上。

费天并没有被钉得千疮百孔，他将那两枚铁钉击折，但整个身子却夹在两块巨大的铁板之中，无法出来。

"哗!"一棵几乎有水桶般粗大的松树在费天双拳击在铁板之上时倾砸而下，撞向两块铁板的中间。

这之中的算计精确无比，几乎分毫不差，就算费天能撑住两块巨大的铁板，也无法避开树身重量及万钧的一击。

慈魔不敢再有半丝犹豫，若再犹豫，只怕费天真的会死于这阴险的机关之中，这里的机关埋伏，厉害之处竟超过了他的想象之外，如果此刻费天死了，他大概也很难凭借自己的力量杀出重围。

双腿一撑，身若殒石般斜斜向那棵巨树上撞去。

"轰!"聚集了慈魔全身功力的一击，竟将那倒下的巨树撞歪三尺。

在巨树落地发出一阵巨响之时，慈魔已落身于两块铁板之顶，伸手掀开那张破网，双腿用力，竟将铁板撑开了一些。

费天也不犹豫，自铁板夹缝之中若脱笼的云雀般冲天而起，慈魔也跟着翻身抱住一棵大树。

"轰!"两块铁板紧绞在一起，然后缓缓倒下。

地上的雪花四溅，变得一片混乱，那棵大树倒下之时更将树顶的一篷篷白雪纷纷扫落。

"谢谢!"费天惊出了一身冷汗，刚才惊险之处，实不是他所能想象的，虽然他功力高绝，但在全力抗衡铁板之时，又怎经得起树身的沉重一击？虽然他有不灭金身护体，但也不是打不死的妖怪，任谁受到那样一击都不可能不身受重伤，甚至可以将费天的不灭金身击溃，再被铁钉扎烂。

"不用谢，现在已经出阵了，该是杀出重围之时……"慈魔话未说完，双臂紧紧一勒，竟然陷入树身。

一声惨叫自树身传出。

费天大惊，慈魔却已若投林之鸟般倒掠而出，刚才所抱的那棵树身倾倒，一具尸体自中空的树身翻滚出来。

“哗……哗……”一阵木屑碎裂的声音，片片树木，若刀一般向慈魔疾射而至。

费天的眼下闪过一片灰暗的云彩，更夹着一缕白光。

在树身之中竟然还藏有人，这的确是出乎费天的意料之外，但他对慈魔识破对方的阴谋也感到欣慰。

地上雪雾暴绽，雪团若一朵朵盛开的巨大莲花翻涌而上。

不仅仅是树中有人，就连雪底之下也有人。

这的确是一个可怕的杀局，布置得精巧无比的杀局。

这些人并不是中土人士，个个篷头赤足，衣衫单薄，尽是一些苦行者，但每个人的武功都是那般可怕。

费天没有理由放下慈魔独自离开，因为他知道前面或许会有更多的杀机，是以，他必须出手！

彭连虎等人的失踪，惊动了许多人，至少那四出的探子全被惊动了，但却并没有人知道他们究竟去了哪里，不过，“城北城隍”四个字却并非只有一个人听见，至少，彭连虎的失踪与这四个字有关。

众探子的脑子合起来的确很灵觉，他们首先想到的自然是城北城隍庙。

在城北的城隍庙，众人发现了那黑黑的地道入口，但城隍庙也已塌了一角，不知道是什么原因，但塌去一角只是近日之事。

彭连虎的身份非同小可，若是出了什么差错，只怕他们这些人都会掉脑袋，虽然他们知道彭连虎的武功十分可怕，但那只是传说，世事难料，不怕一万，就怕万一，是以这些人唯有拼命地寻找！

在城隍庙两里之外，他们找到了一个巨大的塌方，泥土下陷，显然在最初底下一定是空的，唯有空的，才可能塌陷得这么厉害，根据这些探子的经验，可以肯定这塌方是近几天来发生的事情，抑或与彭连虎诸人失踪的时间近似，甚至与那城隍庙塌去的一角的时间吻合，但这到底是怎么回事呢？却没有人知道，谁也弄不明白，难道是彭连虎诸人干的？抑或是他们被埋在地底？又或是彭连虎诸人早已离开了这个地方？这几种都有可能，甚至还有更多的可能性，但猜测毕竟是猜测，任何猜测都必须以事实来证实。

这些探子宁可信其有，也不可信其无，他们先自城隍庙的地道口进入其中，后来因通道被毁而退出，但地道的大致方向的确与这塌方相同，是以他们立刻开始动手挖开土方，反正人力众多，闲着也是闲着，倒不如试一试。

在一般情况下，他们知道以彭连虎为首的六大护卫绝对不会无故失踪，而不与他们联系，至少在两三天来不与他们取得任何联系已经极为反常，不是说彭连虎要向他们报告什么，而是彭连虎要听他们的报告，这才是主要的。

彭连虎等人死了吗？

没有人能想象他们仍活着，在那巨大的塌方之下，岂会有存活之理？深埋地底的人又如何能活呢？除非他们是蚕虫，是蚯蚓，即使是蚯蚓也无法在深层土壤之下生活。

彭连虎是人，黄海是人，尔朱荣也是人，但他们的确没有死！

似乎有些不可思议，但世间之事又有多少能够凭人的思维去判断准确呢？

世间万物，有太多的神秘，有太多难明之处，更有数不清出人意料之外的结局，而这些出乎人意料之外的结局就构成了世界的丰富多彩与神秘莫测。

彭连虎的确没有死，还有黄海和尔朱荣，甚至情仇二佬诸人都没有死，而追风、逐月等五人却身受重伤，包括尔朱荣身边的另外几名高手。

在这毁灭性的塌方之中，能够活着的确是一个奇迹，受点伤那太正常了，就连尔朱荣和黄海也不例外。

所有人的神情都极为委顿，就像是大病初愈一般，灰头土脸，早已失去了高手应有的从容不迫，这的确是难以避免的，可是所有人的心中都在暗呼侥幸。

原来，那日石中天发动了毁灭性机关之后，地道顶端的土石受不住强烈的震荡，纷纷下落。

而在地道中被困的全是当世之中的高手，虽然面临死亡，却绝没有人畏怯，反而心中变得更为恬静，嗅觉也无比敏感，就在整个地道塌陷的前一刹那间，那关闭他们的铁闸也松动了。

铁闸虽然牢不可破，但毕竟是依地形所造，与这里的土壤息息相关，一旦地道之中的土壤全都松脱，这铁闸自然也就失去了凭借。

黄海、尔朱荣、彭连虎诸人无一不是顶尖级高手，又岂会错过如此良机？三人同时出手，汇聚三大高手的劲气竟然一举震开铁闸。

地下室中只有一条通道，就是石中天走出的那条地道，众人以最快的身法掠入那道门中，黄海与彭连虎还夹住追风等五大护卫。

在生死的关头，众人全都放弃敌意，只顾逃命，或许众人都知道只要有一点点耽误，就可能葬身于地底，谁都珍惜自己的生命，只恨爹娘少生了两条腿，哪还会顾忌到太多？

这条生路并不是很宽敞，功力浅些之人，跑不动，立即被落下的石块、土块砸伤，但却并没有致命的伤，可是众人仍然迟了一些，在快要抵达出口之时，仍被封在地道之中，这并不是地道中心那股强烈震荡的力量不够猛，而是石中天自这里出去之后，就封住了地道口，这是尔朱荣与黄海诸人所始料不及的。

幸好这里的土质极为坚硬，又离地道中心较远，所以并未曾塌下，倒是为他们留下了一席之地，但一路上自飞落的土块石块中穿过，都耗去了他们极巨的功力，追风、逐月诸人也全被带了出来。

在最后大家几乎绝望的时刻，尔朱荣并不想再制住他们的穴道，因此他们有活动能力，只是中了迷香而功力大打折扣，也便伤得最重，不过在这里仍有一丝生机，没被活埋已经算是幸运了。但在这不见天日的地道之中，连空气也是那么稀薄，更不会有食物和水，更有着呛人的尘浪向这边涌来，若是不能尽快打通地道破出地面，只怕仍只有死路一条，这是毫无疑问的事情。

众高手只得顺着洞沿摸索，连火都不敢点，若点着了火，只会使洞中的空气迅速烧完，所以没有人敢打着火石，黑暗之中，众人分头乱摸，凭借自己的感觉去发现，也天幸被困者都是一群功力超卓之人，在洞中待了不知多久时间，当所有人都感觉到呼吸困难之时，黄海和尔朱荣转为龟息，此乃一种内功呼吸心法。两人借助那微薄得几乎没有的空气，运转着，支持着继续摸索。

彭连虎竟极为意外地在洞顶发现了一块潮湿的泥土，禁不住欢呼地道："这里的土壤竟是潮湿的，肯定离地面不高，要么便有地下河！"

黄海和尔朱荣迅速赶至，伸手触摸，果然是一片潮湿，禁不住心头大喜。

只要泥土是潮湿的，说明这里定有与地面相通之处，所有人的颓丧神情一下子被激活了，至少他们又有了希望，在黑暗之中慢慢的等待，的确使他们的斗志尽数消磨，更似乎感觉到死神一步步地逼近，绝望的感觉是那么清晰。

彭连虎的发现，的确给他们带来了希望。

众人一齐动手，用各自兵器一直向上挖掘这一片泥土。

众人的功力高绝，以兵刃做工具，又是为生存而卖力，其速度之快，十分惊人。

泥土越来越潮湿，甚至可以感觉到水的存在。

当然，众人也越来越心惊，若这上面是一条地下河，洞顶一开，只怕河水会猛灌而下，到时候，众人不仅不能出去，反而还会被冰封在洞中。

"且慢！"在最紧要的关头，黄海突然道。

"有什么不妥之处吗？"彭连虎问道。

"这上面定是一片水域，若是这样打开，我们绝不可能一下子就可以上去，若要等水注满这条地道，只怕我们之中有些人无法等到就会没命了，因此我们还需要作作准备！"黄海提醒道。

"如何准备？"尔朱荣疑惑地问道。

"我们先将这条地道能通水的空间变小，我们便可早一些冲上去，否则等水注满这条地道，也不知会是什么时候。"黄海分析道。

众人一想也是，立刻将挖下的土石向两边一堵，唯留住众人容身的那块不大空间，以确保水源尽快注满这片空间。

黄海和尔朱荣再次检查了一遍没发现什么漏洞，于是众人同时来到潮湿的洞顶之下，凝聚功力，同时出掌。

“轰……哗……”泥土四飞，一股水注猛泻而下。

冰凉的感觉使每个人的精神大振。

雪花纷飞，杀气激扬，风若刀。

风本就是刀，凄寒无比，是这些苦行者的戒刀，也是慈魔的黑木刀。

为了对付慈魔，敌方的确投入了很多的人力，六天前，慈魔被这些人逼入林子之中，六天之后，慈魔再一次重新面对这些人，那似乎是两种完全不同的形式。

戒刀尽数落空，慈魔竟带着黑木刀沉入雪堆之中。

这些人来自雪堆，但却无法阻止慈魔钻入雪堆。

慈魔的黑木刀本就有着一种超强的心理压力，使得那些苦行者不得不让道。

费天的两只手掌自天空中劈下，满天都是黑铁般的爪子，劲风在飞旋的雪雾中若吞吐的龙爪。

“噗!”一柄戒刀若斩在败革之上，却无法切入费天的掌中。

费天嘿嘿一声怪笑，双腿犹如乳燕张开后翼，向两边攻来的苦行者踢去，完全无视那锋利的戒刀。

那个一刀斩在费天手上的苦行者吃了一惊，他没想到世上居然有费天这般不怕刀枪之人，当他回过神来之时，一股大力已自刀身涌了过来，戒刀竟被震得脱手而飞。

“噗噗!”两声闷响，两柄戒刀挡住了费天的脚，但却只割破了费天的裤管，在他腿上留下了一道淡淡的白痕，根本无法伤其皮肉。

虽然如此，费天仍吃了一惊，这些苦行者的武功倒也大出他的意料之外，竟然能够以刀挡开他这两脚。

“呼!”地面之上暴出一簇灿烂的花朵，纷飞的白雪，像是百花齐绽一般溅飞虚空。

慈魔自雪底蹿了出来，那乌黑的钝木刀，如撕云裂雾般劈出。

汹涌的刀劲澎湃扩张，雪花狂舞纷飞，空中的温度在刹那之间骤降，寒意却是自人的心头升起。

慈魔绝对不是手软之人，杀机既起，便唯有以杀止杀！没有别的选择。

“噗!”慈魔的对手未能避开他的凌厉一击。

毫无花巧的一刀，却凝聚了慈魔所有的功力，在野性的狂潮之下，猛然暴发，激涌着无限的摧毁力，完完全全让他的对手承受。

戒刀被砸得飞了出去，那人也被震得飞跌而出，慈魔的身形陡旋，靠转臂扭腰之力将刀横扫而出，这一刀击出，顿生千军万马之气势，他不再是以手臂运刀，而是以腰劲运刀，使刀势更增进一倍。

“噗……”一刀之下，慈魔解开了所有攻势，在费天的相助之下，竟然击溃了这群苦行者的包围。

“走!”慈魔毫不犹豫，这群苦行者的可怕不在其武功，而在其无间的配合，靠一种阵法将他们的威力陡增数倍，慈魔就在这阵法之中吃亏上当。上次是这群人故意留下一个缺口，将慈魔逼入树阵之中，希望饿死慈魔。

慈魔六天前上过一次当，知道这阵法的可怕，自然不会再上第二次当。

这次合费天两人之力打乱这种阵式，慈魔自然不想再被这群可怕的苦行者包围着，是以立刻叫费天一起走。

费天也知道厉害，刚开始他那两脚算得极准，本以为可以击伤对方两人，但却没想到那些苦行者配合之精奇，真是不可思议，若非他有不死金身，只怕两条腿已经没了，此刻也不想再作任何恋战。

慈魔横刀一划，以一道极为优美的弧线平平击出。

平平淡淡的一刀，却让费天心头大震。

慈魔竟将这普通一刀化腐朽为神奇，幻化成强横无比的气势，那种角度、速度、力道与完美的弧度，所表现出来的像是一种绝世艺术，但费天没有多想，也击出了疯狂的一招，他们要乘对方乱了阵脚之时，再添上一些混乱，这才有更多的机会离开此地。

众苦行者惊退，慈魔击出这避无可避、挡无可挡的一刀，他们唯有退，因为慈魔的刀，是邪魔之刀。

沾满邪气的刀，他们唯有退！

慈魔一声长啸，双腿猛扫，雪花漫天狂舞，像是形成了一道灰暗的屏幕，他与费天的身形完全被这一片屏幕所掩。

众苦行者大惊，全都舞刀回护，生怕慈魔乘乱狠下杀手。

但是这次他们猜错了，因为当他们停止动作时，竟发现眼前失去了慈魔的踪影！

其实慈魔并没有遁走，而是迎向了另一批扑上来的敌人。

双浮。

界首之地，皖豫相交之边，颖河、茨河之间的一个小镇。

双浮不大，唯有数十户人家，房舍凌乱，并没有一丝繁华之象。

洁白而单调的世界中，突兀成一种凄清，天地间苍茫一片，尽是雪原。房子、树枝、远山，在篷松而洁白的雪花映衬下，完全失去了其本来面目。

双浮只有一家大户，大得让人有些眼红。

良田、耕地百顷，仆奴近百，单单院落便占地五十亩，的确是个大户。

只是很少有人知道这大户的主人姓什名谁，唯一知道的就是人人称之为“财神爷”。

在双浮，人们都知道这个叫“财神爷”的是一个矮胖之人，与高大无缘，但财大气粗却少不了他的份儿，他的庄园便叫“财神庄”，在双浮，甚至岂武、原墙两镇及界首城都可以算得上小有名气。

或许是地处偏僻，才会让财神庄得势，但无论如何，绝对没有人敢小看财神庄，那是因为没有一批山贼和大盗能够活着自财神庄中走出来，包括在界首方圆三百里内势力最强的一股山贼，也只能含恨而终，更有被官府通缉了十二年的大盗，最后仍无法闯出财神庄。

对于山贼大盗抑或是所有想打财神庄主意的人，绝对是有进无出，因此，财神庄对外更镀上了一层神秘的色彩。

世上总会有一些人不信邪，甚至不只不信邪，还要打破这种邪异的纪录。

是以，财神庄的大门被人踢碎了。

无比火暴的一脚，没有半丝客气，在宁静的庄院中，财神庄的大门碎裂之声倒也不小，几乎惊动了周围所有的农户。

当然，更惊动了庄内的人，其实，大门外两只大狼的狂吠声早已惊动了庄内的人，只是他们从来都没有想过，居然有人敢主动上门捣乱，这是个意外，非常的意外！

庄内气势汹汹地冲出十余名汉子，但当他们冲到大门口时，便呆住了。

他们并不是因为两只脑袋已经完全碎裂的大狼狗，而是因为看到了一批比他们更为气势汹汹，且人数更多的一帮人。

为首的是两个年轻人和一名中年汉子，而出脚踢碎门的正是年轻人之中的一个。

“什么人胆敢上我财神庄捣乱?”一名冲出的汉子怒声问道。

那年轻人淡淡一笑，有种说不尽的潇洒，大手一挥，他身后一群蓄势待发的人若虎狼一般飞扑而上。

财神庄的人没想到这群人比他们想象中更狂十倍，不出一言，就这样直接杀了过来，这的确是他们从来都未曾遇到过的阵仗。

雪花飞扬，财神庄院子中的雪并没有铲除，一尺余深的积雪，被那汹涌的劲气激得到处飞舞，让人眼花缭乱。

两个年轻人依然静静地立着，那中年汉子也似是在看戏，没有出手的意思。

他们认为这并不值得他们出手，那完全是多余的，单凭这十几名财神庄的庄丁，根本不够打。

三下五除二，几个回合便尽数解决，年轻人身后的这一批人无一不是好手，至少比财神庄的众庄丁要强硬数倍，又占着人数的优势，自然将对手一击便溃。

庄中之人闻声大批赶了出来，但他们出来之时，这十余人早已横尸当场，没有半个活口。

赶出来的人，见到眼前的情况，不由面色骤变，浓浓的血腥之气冲得他们杀机狂起。

这本是一群狂人、凶人，平时表现出来的凶狠绝对不会比狼逊色，但今日，他们遇到了一批更狂更凶的人，那就是年轻人所带来的这一批胜过专业杀手的人。

这两个年轻人，正是蔡风和三子，而中年汉子则是王仆。

蔡风不想有太多的仁慈，他早就下定决心，绝对不会对尔朱家族的人客气，更不会保留余地，这不仅仅是因为自己的灭家之仇，更因为尔朱兆的确是太可恶。这一段时日来，蔡风所考虑得太多，以至他身边的人一个一个地失踪，因此，他下定决心，谁要是惹了他，他一定要让对方死得很难堪！乱世之中要想求得生存，手段绝对要比别人更狠！更凶！更狂！这就是强存弱亡的最基本法则，是以，打一开始，他就采取最强硬的手段。

别人也许会不清楚财神庄的底细，但蔡风却知道，因为在这一带的武林之中，有很多葛荣的朋友，更有昔日蔡府的旧友，无论什么神秘组织，都不可能神秘至完全不为外人所知的地步。

王仆证实了蔡风的消息，那就是财神庄乃尔朱家族的分支力量。

一个庞大的尔朱家族，绝对不会只是死守塞上北秀川那一块地方，它既然可以建立一个神池堡，为什么不可以再建第二个、第三个神池堡呢？抑或更多！

庞大的家族需要强大的财力支援，尔朱荣虽然不是商人，但尔朱家族之中却不乏经商的高手，是以尔朱荣才有能力招兵买马，全力对付破六韩拔陵，而招兵买马也需要有训练之所，神池堡是其一，现在看来，财神庄便是其二！当然，财神庄绝对无法与神池堡相比，但其庄内的实力也不可小觑，是以，蔡风这次有备而来，无论是人数抑或是武器装备都绝对不容对手乐观。

杀死那十余名财神庄庄丁的近二十人，在对方第二批人赶上来踏入二十步之内时，手中竟然同时出现了一张小弩，极快地上箭、开弩，一切动作在弹指间进行完毕。

“呀……”惨叫声响遍了整个庄园，他们想都未曾想到这群人狠辣至此，根本不让他们有说话的机会，甚至连近身的机会都没有。

王仆的脸色也变了，蔡风的装备和作风的确出乎他的意料之外，而这群葛家庄的弟子轻松自如，狠得让人色变，杀人便像是平时吃饭一般平常。

王仆并不清楚蔡风做了如何准备，因为那时他被蔡风安排在厅外喝酒。

蔡风的眼睛不曾眨一下，三子的嘴角却泛起了一丝笑意，看着敌人的死亡，对他来说似乎是一种享受，一种极为快乐的享受。

蔡风的目光投到王仆脸上，再扫过王仆身边的十余名王家子弟。

王成和王通都是高手，而且不是普通高手，二人本是汉族仕人的子弟，生于大族之中，只是身处乱世，他们兄弟一向极为低调，并不想为北魏朝廷效力，因为汉人在北魏朝中极受排挤，王陵便是他们的叔父，因此，他们只是坚守正阳关，但却绝不是胸无大志之人，是以，王成和王通的属下有着一批极为可怕的人物。

王仆就是这一批人物的代表。

蔡风不止一次听父亲蔡伤提过王成和王通的事迹。

王仆也露出一丝笑容，但有些生硬，而他身边的十多名王家子弟，神色间却有些不太自然。

蔡风并不在意这些，而是大步迎向自庄内冲出的财神庄庄丁，他的身后仍有三十余人，这次突击力量的确足够强大。

王仆亦跟步而上，加上他的人，此次行动的人数近达七十人，除大柳塔之外，蔡风很少带这么多人行事。

这次的人并没有大柳塔之时那批人可怕，大柳塔之役，出动的尽是精英中的精英，有付彪、长生、游四、柳青、三子及阳邑的猎手，无一不是厉害角色，但是那次也是最惨烈的一役，损失的人也全都是精英，如阳邑的猎手兄弟、长生、付彪、柳青，想到这些，都会让蔡风心头一阵揪痛，这一切是因为谁？一切的一切都只是因为他自己，若非他太感情用事，又怎会中了金蛊神魔的奸计？又怎会损失诸般好兄弟？是以这些日子来，蔡风心中始终充塞着一种愧疚，特别是长生，总似乎欠了他什么，所以在蔡风恢复神志后的几日之中，他的心神一直无法振作，也失去了昔日的那份心情。但是，在元定芳失踪的那一刻，蔡风便大彻大悟，明白了如果他再如此消沉下去的话，那他身边的人只会一个个受人所欺，那种年轻火热的生命也会像花朵一般凋谢枯萎，暗淡无光。

今天，蔡风才是真正得到了新生，真正找回了失去的自我，自绝情的阴影中完完全全走了出来，当然，绝情的苦难是否已经过去，就没有人可以知道了。

“拿弓来！”蔡风缓缓伸出手，迅速有人递上大弓与四支劲箭。

那冲出内院之门的财神庄庄丁，见蔡风拿出大弓，及那十八名葛家庄兄弟手上的小弩，禁不住大骇，他们虽然勇猛，但却也不是不要命之人，禁不住全都向院中树后靠去，做活靶子的事他们可不干。

“点子有弓箭和弩机，快去通知庄主……啊……”那人一句话犹未说完，一支劲箭已经透过树身，准确无比地刺入了他的咽喉。

蔡风的箭几乎是追尾而出，一支咬着一支，但在快至敌人身前之时，却分散开来，从四个不同的角度分射而出，每一支箭都透过水桶粗的树身，准确无误地钉入敌人的咽喉。

那些庄丁本以为大树可以为他们掩护，哪想到对方的劲箭竟似乎是无坚不摧，那么粗大的树身竟然像薄纸一般，一刺就透。

“好箭法！好力道！……”这两声同时传到，葛家庄的兄弟与三子同时赞叹起来。

王仆禁不住感到骇然，如此可怕的箭法，又有谁能敌？即使铁盾，只怕也会被射穿，王家的十几名兄弟更是骇然，为蔡风那神乎其技的箭术而骇然。

葛家庄的兄弟立刻分散开来，若雪上奔行的猎豹，向那些躲在树后的敌人扑去，做事情可以留有余地，但杀人却不能留有丝毫余地！除非你想为自己留下解不脱的麻烦。

葛家庄众兄弟很明白这一点，训练他们的方法，是葛荣自阳邑得回来的猎人经验，是以，这群人都有着比野兽更凶更悍的斗志和战意。

“你觉得这一群人如何？”蔡风扭头向王仆问道。

“难怪葛家庄被人说成是藏龙卧虎之地，莫测高深，真是一点儿都名不虚传！”王仆的这句话倒是出自内心。

蔡风心中暗笑，心想：“你要是知道这些人只是属于葛家庄外围之人，还不是真正庄内的高手，只怕你会更惊得目瞪口呆。”想到这里，不由得暗暗对葛荣多了几分佩服，竟能训练出十杰、三十六无名等诸般高手，的确不容易，更有飞鹰、土鼠这些组织，整个葛家庄就像一个庞大无比的杀手组织，让人不得不俯首称臣。

蔡风本是一个调兵遣将的天才，一切都在他的计划之中，当他真正找回自我之时，他的智慧也充分得到利用，思路之清晰，更是毋庸置疑的，甚至连任何一个细节都考虑周详了。

黄海果然没有猜错，也幸亏没有猜错，否则只怕所有人都唯有死路一条。

那股冰寒刺骨的水柱倾泻而下，每个人都施以千斤坠，让自己不至于被水冲开，而摸不到洞口。

水很快便注满了他们所存在的空间，彭连虎和黄海最先将黄锐、追风、逐月等人推入地下河，而他们也随后钻了进去。

当众人进入地下河之时，地道中他们方才藏身之所两边垒起的土壁终于承受不了那种压力，被冲垮了。

一股强劲的回吸之力，几乎将所有人都再一次吸回地道之中，幸好众人都是身经百战的高手，并未曾有半丝慌乱，大家手牵着手，在生命最紧要的关头，早已抛开了成见，相互合作，否则他们只怕全都得死在这条地道之中。

所有人强催残余的功力，连成一线，紧紧贴附着河床之底，也不知过了多久，那股回吸之力才慢慢散去，众人再次被水流冲动，在黑暗而冰凉的水道之中毫无目的地随水逐流。

地下河的河道极其曲折，每个人几乎都在拐弯之处，与河中石头撞得浑身是伤，甚至有人受了很重的内伤。

虽然这是一群武功绝高之人，但每人都得运功闭气，又劳累饥饿了这些日子，即使黄海和尔朱荣这两大绝世高手，也没有余力运功护体，其他人更不用说了。

不过幸亏此时众人到了地下河下游，并不全是尘封的河水，水面与河床之顶仍有一两尺的高度，这便有了一些稀薄的空气。这些稀薄的空气，正是救命的“仙气良药”，否则，只怕众人全都得闷死在地下河中，除了黄海和尔朱荣转为龟息之外。

黑暗中的日子本就有着无可形容的诡秘，也不知经过了多长时间，反正十分漫长，比之平常的日子，似乎长了一倍，更且这些人全都渴望早一点告别这阿修罗地狱般的黑暗世界，等待的日子更显漫长。

河水越流越急，似乎已经到了一段关隘之地。

众人在还未曾反应过来之时，身形已经飞速坠落。

众人的心几乎提到了嗓子眼上，也不知这一下是坠到什么地方，但是却感觉到一道强光刺得眼睛发痛，原来他们已经被冲出了地下河道。

当众人的心还未定下来之时，已经“呼啦啦”地再一次全身没入水中，沉重的反撞之力，几乎将他们震得五脏俱裂。

再一次冒出水面时，众人眼下却是一片沸腾的水域，雷鸣般的爆响自不远处传来，却是众人飞身泻下的瀑布，此时众人容身之处却是在一个巨大的水潭之中，离岸有数丈来远，水潭的水似乎是活的，仍在流动，但无论如何，众人最先要做的事，就是长长地吸几口气。

彭连虎与黄锐诸人生长在南方的水乡，游水自不在话下，黄海也是出生在南朝，自然水性极好，即使水性不好，以他的功力，在水底之下潜行几丈还是不成问题。尔朱荣与他的一干属下却全是生长在塞上，实属旱鸭子，此刻他们又无丝毫力气，哪能游水？因此禁不住全都慌乱起来，更没有高手的风范。

尔朱荣不愧是一代宗师，头脑虽然有些模糊，但仍能提醒属下道：“气沉涌泉，走到岸边！”说完，他自己已经先行沉入水底。

黄锐和彭连虎诸人却轻松仰躺，若一截浮木般，漂浮于水面，几人身心完全放松，手臂极为悠闲地轻划着。

他们实在没有丝毫力气了，几乎所有的力气全都用完，而且身体在冰冷的水中浸泡了这么长一段时间，肌肉几近麻木，不过，水中的温度比起岸上来还要暖和一些，时间长了，也便不觉太冷。

但无论如何，彭连虎还是上岸了，爬上岸后几乎已近虚脱，他将黄锐与追风、逐月等五人先后拉上岸，便直挺挺地躺在地上，连小指头都不想动一下。

黄海和尔朱荣亦先后上岸，都已经累得无法动弹，身上的衣衫更是破破烂烂，伤痕累累，大口大口地喘着粗气。

尔朱荣的几个属下也相继上岸，却像是一个个没了骨头似的，伏在地上狂吐腹中之水，虽然他们闭住呼吸，但到后来还是被迫喝进了不少水，因为他们的功力消耗殆尽，根本无法控制水灌入口中。

吐出水之后，又咳了起来，却是咳出血来。

那条地下河道的确太过曲折，里面石头又多，一气乱撞，他们所受的内伤不轻。

众人双目无神地望着天空，望着那飘落的雪花，感受着身下雪花的冰凉，那冷冷的风，每刮过一阵，众人便颤抖一下，湿漉漉的衣服贴在身上，使众人多了一种无奈的感觉。

他们知道，用不了片刻，自己身上的衣服就会结成冰贴肉而粘，甚至会拉上皮肉，但他们确实已经没有力气再去拾柴点火，即使动动手指头都不愿意，又如何去拾柴点火呢？何况，火折之类的引火之物早已丢失，有心也无力。

也不知饿了几天，每个人都感觉到饥饿难当，但也没有办法可想，唯盼早点恢复功力，离开这个鬼地方，然后找点吃的东西填饱肚子，其他的一切都不重要。

地道之中的十余人，唯有费明不曾出来，黄海和尔朱荣恨他助纣为虐，根本就不想替他解穴，因此真正被埋的人，也只有费明一个，这自是石中天始料不及的，即使黄海和尔朱荣也想不到会是这种结局，看来“人算不如天算”这句古语的确没错。

一种死里逃生的感觉的确很醉人，但他们不得不对石中天的可怕重作估计，一个如此工于心计，又拥有如此可怕武功之人，的确可以让任何人心寒。

# 第一百二十四章　死里逃生

黄海和尔朱荣不得不承认，在心计方面比之石中天，自己等人皆要稍逊一筹。

若非石中天想要得到绝情——即如今恢复神智的蔡风，又极力对付萧衍，只怕他的身份永远无法揭破。

尔朱荣早就隐隐感觉到南朝的魔门不简单，只凭祝仙梅和韦睿诸人，根本就不可能与他分庭抗礼，若是没有强硬的后台，一定不敢与他如此公然对立。

金蛊神魔也是个聪明人，更是个心计深沉之人，只凭祝仙梅，只怕也不会让他倒戈相向，反助阴癸宗与花间宗，若说南朝的魔门还有一宗支持天邪宗，那才能够说得过去，也只有石中天方可慑服金蛊神魔，让南朝魔门归心。

石中天一天未死，尔朱荣的剑宗就一天不可能控制南朝的魔门，甚至会反被石中天所控制也有可能，因为石中天这个人的确太可怕了。

林间的埋伏极多，似乎潜藏着千军万马，这里的雪厚，林密，倒也是一个极好的伏击之所。

慈魔也不清楚对方的身份，但他并不急于知道，他只需知道那是敌人即可。

无论对方是谁，只要是自己的敌人，就只有一个结局——死亡！绝对没有任何人情可讲，也不必讲什么人请，这是慈魔的生存原则！他知道众苦行者来自吐蕃，但面前扑来之人绝非来自西域，而是中原之人。

慈魔并不知道中原有什么敌人，或许这些人是枪王抑或碎天一伙的，他有些恼怒对方一而再、再而三地找他麻烦，摆明要跟他过不去。

费天已经好久未曾出过手，初出江湖就被人困着饿了两天，对方又是些修行的和尚，真可谓被激得鬼火直冒，心中暗想：“他奶奶的，老子这一辈子见不得和尚，见和尚就倒霉！”

费天虽然对这些苦行者没有办法，但面对这群相继扑来的人，却根本就不放在眼中，但见他身若游龙，两手幻化成无数道魔影，见人就抓，见物就击，他本身几乎刀枪不入，根本就不怕那些废铁般的兵器，而这些人之中哪有慈魔那般可怕的钝木刀？

一时之间，对方竟被杀得毫无还手之力。慈魔本无心恋战，但见费天如此勇悍，其战意也跟着狂升，黑木钝刀每一击都带着雷霆爆响，若闷雷滚过，杀机无限。

被刀扫中之人，无不骨折兵断，即使不死，也会被震得飞跌而出，无人可以挡得住其雷霆一击。

树林之中，一时血雪溅飞，红白相间，变得一片凌乱。

这些人哪里想到慈魔会如此神勇，本想这六天来，慈魔即使不死，也会饿得奄奄一息，有阵前的那几道连环机关便足以应付，又哪会想到，慈魔不仅没有饿得奄奄一息，甚至比六天前更为可怕，这的确足够震慑所有的围攻者。

“嘛——呢——叭——咪！”一阵闷雷般的声音滚过虚空，有若巨杵般击在众人的心头。

慈魔和费天的动作同时缓了一缓，随即有两道强横无比的气劲向他们击来。

慈魔想也不想，黑木钝刀一横。

“轰！”“轰！”两声沉重的闷响，惊得林间野鸟四散而飞。

慈魔的身形禁不住倒滑而出，在洁白的雪地上拖出两道深深的履痕，犹如马车辗过一般，费天也飞退至他的身边。

慈魔与费天同时对视了一眼，都发现了对方眼中的骇然之色。

能够以这种功力念出神咒，并击出两道强劲绝伦的气劲之人，至少是尊者级别的人物，这一点慈魔心中十分清楚。

出手的，的确是两名喇嘛！

“赤尊者！黄尊者！”慈魔的眼中微微有些震骇，来人正是蓝日法王座下的黄赤两大尊者。

“慈魔，放下你的屠刀，我佛仁慈，会度你入轮回的。”赤尊者声若洪钟地道。

慈魔曾经与赤尊者交过手，是以，他很清楚对方的实力，虽然他比之紫尊者略胜一筹，可在五大尊者之中，以紫尊者武功最弱，其他的四大尊者，一个比一个厉害，黄尊者排在五大尊者的第二位，向来极少出手，但想不到今日竟然亲自来对付他。也不知道眼前两人是什么时候赶到中原，倒让慈魔极为意外。

其实，慈魔应该为自己感到骄傲才是，自己如此年轻，竟然能劳动两位尊者及十二位苦行者一起赶来，他的确应该感到骄傲，显然可见华轮和蓝日是多么重视他，无奈慈魔毫不屈服，更且处处与之作对，因此华轮和蓝日不惜一切代价让他消失。而慈魔也在同时知道此次的中原之行的确没错，否则华轮也不会如此惊慌地接连派人追杀他，更如此紧张地欲置他于死地。

“佛是什么？”慈魔冷冷地问道，不卑不亢，并未被黄赤两大尊者吓着。

“佛是狗屁，天下的秃驴全都是他妈的狗屎，狗屁放了，自然就拉出了狗屎！”费天这一辈子最恨和尚，他本是天邪宗的人，隶属魔门，魔门却在百余年前被慧远的禅宗给击得四分五裂，慧远更组织了白莲社，使得魔门之人抬不起头来。四十多年前，魔门又因为白莲社及慧远的徒孙烦难而败退，再次退居幕后，这一切无不是佛门禅宗惹的祸端，因此费天对和尚和道士可谓恨之入骨，这群喇嘛也同样信奉佛教，自然勾起了他的恨意，见慈魔也根本不将佛看在眼里，禁不住大有遭遇知音之感，忍不住怒骂了起来。

慈魔竟然笑了，难得有这么一丝笑容，那是因为费天骂得很有意思。

黄尊者和赤尊者禁不住神色变了变，十二名苦行者听不懂汉语，所以显得有些茫然，倒是那些中土汉子，听了却是强忍着笑。

"施主口出恶语，小心佛祖和菩萨让你下地狱!"赤尊者冷冷地道。

"放屁，老子正是从地狱中跑出来，专门找你们这些秃驴算账的!"费天毫不客气地骂道。

"华轮什么时候也来到了中原?"慈魔冷冷地问道。

"大喇嘛的名字也是你叫的吗?"赤尊者怒道。

"哼，很了不起吗?我慈魔当着他的面也敢骂，他有什么了不起，若真有本事，就接受我的挑战!"慈魔自信而不屑地道。

"原来你真叫慈魔，世间怎么有如此古怪的名字，慈与魔能互相并立吗?"费天有些意外地道。

"人的名字只不过是个代号，管它并立不并立，只要能代表某个人就行了，何必在意它叫什么呢?"慈魔淡淡地道。

"这倒也是!"费天自语道。

"慈魔，你不要执迷不悟，本尊者并不想杀生，如果你愿意放下屠刀，我可以代你向大喇嘛和法王求情，或许可以免你一死!"黄尊者淡然道。

"我呸!我有今天，全是用自己的实力一步步走出来的，我的一生没有半丝侥幸，也不用任何人可怜，如果你们有本事，就自己来擒下我好了，慈魔只做自己认为该做的事，杀自己看不顺眼的人，谁要杀我，都得付出沉重的代价!蓝日与华轮也不例外!"慈魔豪气干云地横刀而立道。

"好，说得好，我费天也算一份，老子这辈子最讨厌的就是秃驴，其次便是假仁假义之辈，你们这些人不仅是秃驴，还是假仁假义的鼠辈，老子早就看你们不顺眼!"费天向慈魔身边靠了靠，吹胡子瞪眼道。

"慈魔，你真的不愿放下屠刀?"黄尊者并没有理会费天的话语，似乎是给慈魔最后一次机会。

慈魔冷冷一笑，不屑地将刀锋一摆，狂吼道："来吧，让我再次见识一下密宗的高深武学!"

蔡风并不想耽搁时间，最理想的结局当然是速战速决。

元定芳被关在财神庄之中，但蔡风并不急于知道元定芳关在何处，而是打算从头到尾，将所有财神庄的人尽歼。只要是出现的人，此刻就会立即死在乱箭之下，绝不留有余地，更不会拖泥带水！

是以蔡风等人所过之处，竟是鸡犬不留，没有一个活口，就连想逃入后院之中的庄丁也难脱死劫。

或许有些残酷吧，但对待敌人，绝不能心慈手软。

蔡风的做法，的确出乎王仆的意料之外，蔡风行动之迅速和摧毁力之强，更出乎他的想象之外。

这一群人完全是经过特殊训练的杀手，行动之利落和那毫不拖泥带水的作风让王仆等人触目惊心，禁不住心中忖道：“难怪葛荣能在这么短短的二十年之中拥有如此可怕的实力，实非侥幸所致！”

庄内众人似乎知道强敌来攻，竟然没有再出现庄丁，内院之中，连半个人影都没有，一层厚厚的积雪铺成一种静谧的世界。

死寂一片，连个足印也没有。

这是不可能的，刚才这些人明明都是自后院中冲出来的，但怎会没有足印呢？

就连小孩都知道这是不可能的，但后院之中的确没有足印，半个都没有，就像是所有足印都被这场大雪给覆盖了。

这当然是不可能的，只有一个可能，那就是后院之中另藏有机关。

更让人觉得奇怪的，却是后院之中并没有几栋房子，这的确很古怪，偌大的一个财神庄，若只有这几栋房子，真让人难以相信，可事实上也的确透着一种莫名的神秘。

天空仍在下着雪，但并不是太大，众人散集于后院的门口，目光游弋于雪上，只想寻得一点点蛛丝马迹。

“你们在这里等着，一切都要小心，让我过去看看！”蔡风说着伸手摘下头上的竹笠，甩了出去，身形也在同时若惊鸟一般，追逐而去。

竹笠落地的前一刻，蔡风准确无比地踏在竹笠之上。

竹笠竟若一片破浪而行的踏板，在雪面之上拖过一道浅得几乎让人无法辨认的痕迹，向那边的几栋房子靠去。

众人不由得暗暗心惊，蔡风这等轻功的确惊世骇俗。

三子的脸上却绽出了一丝笑意，一丝莫测高深的笑意。

蔡风冲天而起，脚下的竹笠有若一朵云彩，托起他的整个身躯，斜斜落入一栋楼阁之中。

蔡风的行动并未曾触动机关，即使这后院的地面之上布满了机关，也不可能对他构成威胁，蔡风就像是一片雪花，根本不会让地面承受什么压力，只是在雪面上滑行，便是有机关也没有关系。

“仆爷曾探过此地，不知初来之时，可是这个样子？”三子极为客气地问道。

“我当时潜入庄中，还未能进入这后院。”王仆道。

“哦，原来是这样，那仆爷对这后院又有什么感觉或看法呢？”三子又问道。

“依我看来，这后院之中一定布满了机关，听说曾有数股盗寇进来，而全军覆没，可能就是因为这些机关的原因。”

三子忖道：“说到机关土木之术，天下又有谁能比得上马叔呢？”不由得游目四顾，向身后的一名葛家庄弟子伸手道：“拿弓来。”

“你发现了什么吗？”王仆有些疑惑地问道。

三子点了点头，向身后众人道：“退后五步。”这才张弓搭箭，向一处看起来极为平静的雪堆之中射去。

“轰！”一声爆响，雪底之下似乎起了一阵翻天覆地的变化，积雪四散而飞，犹如有一条狂龙翻涌于其中。

地面之下，箭雨蜂拥而出，向四面纷射，众人早有准备，何况又是在院墙之外，根本不能造成伤亡。

三子大弓一挥，那飞射而至的劲箭竟然尽数被绞碎，但他却并未停手。

雪层被翻开，埋于雪下的景况一目了然。

三子不再迟疑，身形再次退出后院的门外，劲箭连发，却是射在门口不远处。

“哧哧……”一阵轻响，一柄柄尖长的利刺自雪底冒出，若探出头的春笋。

众人禁不住骇然，刚才若是不明就理地踩进去，不被捅死才怪。

“哼，这点小机关想难住我，真是小巫见大巫！”三子不屑地道，同时箭矢自他手上连发，或远或近，但每一箭皆能使地面发生一些变化，有网，有钉板，有毒箭，也有陷阱，整个后院竟有三十七处机关之多，但却尽数为三子所识破。

王仆禁不住心下骇然，想不到蔡风的属下还有这等机关高手。

他哪里知道，自小三子便与蔡风、长生一起学习马叔的机关巧器之学，就连阳邑的每一个猎人都是设置机关的好手，在马叔的众多弟子中，唯蔡风天分最高，其次便是三子，再次是长生。但长生的武功却比三子高，这全因两人的性格所定，是以，三子这一刻能轻松破除机关。

蔡风收起竹笠，目光极为敏锐地扫了一下楼阁之中的景物，后院这时传来爆响，他便知道此乃三子在破除机关，他相信三子有这个能力。

楼阁之中竟然极为幽静，甚至有一丝阴森的感觉。

偌大的一座楼阁，竟然没有一个人，似乎这些人知道强敌来犯，全都躲了起来。

蔡风之所以不待机关全破再入阁楼之中，就是不想浪费时间。

时间是宝贵的，绝对是！可是楼阁中的一切让他感到意外，因为太幽静了，静得有些不合常理。

蔡风并不在意这些，他更不会害怕，天下间已经没有什么可以让他害怕，这是他的自信！

有几幅画吸引了蔡风，那是名家的手笔，但蔡风并不在意这些玩意儿，此时任何事情都不能耽误正事，几幅画儿当然无法与元定芳相比。

王仆诸人很快就跟了上来，他们也同样感到惊愕，偌大一个财神庄竟然是空荡荡的几座楼阁，这完全出乎他们的意料之外。

财神庄传说单单奴仆就有百余人，再加上庄丁、内眷及招募来的人，少说也有两三百之众，即使那些招募来的人有一部分已送走，但应该仍有近两百人，现在这些人哪里去了呢？既然有这么多奴仆，就不可能不养马，不可能连膳房也没有，可这些地方又在哪里？众人的心头禁不住一阵疑惑。

“哧……”一溜旗花冲天而起。

蔡风眼中闪过一丝喜色，沉声道："向西院去!"

王仆诸人一惊，蔡风今次出动的并不止这一批人，还有另外一批人马，看来他的确得重新对蔡风进行估计了。

西院，守在一条地道口的却是无名五，无名五的神色极为坚定，眸子之中始终透出一种淡漠的神色，朴素而又简单的打扮，看上去是那么普通。但蔡风却知道，无名三十六将当中，没有一个是可以让敌人轻视的人物，虽然他们不如十杰那般突出，但却不会比十杰逊色多少。

葛家庄十杰是葛荣对付外敌的利刃，是以，每个人无论是智计抑或武功都极为超卓，更具大将风范，皆是能独当一面的杰出人物，而无名三十六将却是葛荣的秘密武器，不为外人所知，更是他的杀手班底，这些人都是经历了无数次磨炼之后才能排入无名三十六将之列，这是代表着一种领导的主导地位，绝对没有人敢小觑!

葛荣也极欣赏无名三十六将，更是极为满意，然而天下能让葛荣满意的人却不多。

无名五望着赶到的蔡风，面上露出了一丝笑意。

"众兄弟都进去了吗?"三子问道。

"嗯!"无名五点了点头道。

"很好!"蔡风极为满意。

"若非元姑娘聪明，只怕我们也找不到这里。"无名五道。

蔡风触动了一下鼻子，竟嗅到了一缕熟悉无比的淡香，禁不住亦露出了微笑。

王仆也吸了吸鼻子，却什么也没有嗅到，但看到蔡风脸上那莫测高深的笑容，他心头升起了一股莫名的寒意。

蔡风的行事的确出乎他的意料，更是心思细密，智计百出，从头到尾的计划都显得是那么周全。

"我们也该进去了。"蔡风吸了口气道，旋又向无名五道，"可投下了摄魂香?"

"一切都按公子的吩咐做好了，兄弟们全服下了解药。"无名五道。

蔡风叫了声好，再自怀中掏出一个瓷瓶，先倒出一颗药丸服入自己腹中，再给每位葛家庄兄弟一颗。

“服下这解药才可以下地道。”三子道，说着也服下一颗药丸。

众兄弟哪还迟疑，尽数服下解药，蔡风这才将瓷瓶交给王仆，道：“你们跟不跟我们一起下去？”

王仆笑道：“自然要！”于是也倒出一颗药服了下去，众王家的弟子亦一人一颗，心中却暗赞蔡风办事周到，若投下“慑魂香”，那地道口的设防自然全部瓦解，不需再提防有人攻击。

蔡风诸人迅速跃入地道之中，无名五却领着数十名兄弟在外接应。

地道之中光线并不是很暗，更不觉得气闷，每隔几步便有一个通风口，是以，众人在地道中竟感到极为舒适。

地道极宽，竟像迷宫一般，四处都是岔道，洞顶极高，竟像是用来住人一般，但蔡风却并不犹豫，无视岔道，一直凭着感觉走，他嗅到了元定芳散发于空中的特殊香料，这是凌能丽亲自配制，正常情况可在虚空中下五天不散，这地道中虽然通风，但也有限，那香味依然隐隐可以嗅到。

蔡风和三子皆有一个好鼻子，像猎犬一般的鼻子，蔡风更是一个极好的厨子，厨子对于任何香味都极为敏感，这种香料，别人或许闻不出来，但却绝对无法逃过蔡风的鼻子。

出奇的是，地道之中竟毫无阻碍，偶尔有数道机关，却被蔡风轻易破解。

众人仍是握紧手中的弩机，绝对不敢有半点松懈，在这种环境之中，随时都有可能出现致命的危机，是以，大家皆提高警惕，步步为营。

蔡风并没有吩咐太多的人跟来，跟来的只有十余人，而其他人全都分布在地道口附近，每隔十步便留下三名兄弟接应，绝对不会给敌人有可乘之机。

地道中有很多出口，而这些人所分布的位置更与地道出口相近，以确保绝对安全。

蔡风、三子与十名葛家庄兄弟，及王仆、王仆身边的人也全分留在地道之中，一共十三人，但这些人却无一不是精英。

再入五丈，蔡风已经感觉到了危机的存在，但最先说出“小心”二字的却是三子，似乎三子比蔡风更早一步感觉到危机的存在。

三子和蔡风各附一壁，众人全分散在两人之后，只要蔡风和三子走过的地方，机关立刻便会废去，他们对机关巧器的布置太熟悉了，是以，想用这些东西困住他们，岂毫无可能！

林间杀意越来越浓，人声俱寂，唯有轻微的呼吸声和偶尔自树上下落的雪团那轻微的闷响。

风意甚寒，刀意更寒，慈魔的黑木刀上，竟然结了一层薄冰，在晶莹透明的薄冰之中，那乌沉沉的暗黑色，显得极为夺目，更有一种难以解说的邪异。

赤黄两位尊者在喇嘛教中的地位极高，更得到了蓝日法王的指点，其武功之强横，域外无人不知，喇嘛教许多大事都是由五大尊者出面，蓝日和华轮根本就不必费心。

费天并不知道这两人到底是什么来头，他们就像慈魔一样神秘，但不管怎样，他看得出来对方是两位绝世高手，单凭刚才硬拼的一招便可证实这一点，那被称为黄尊者的武功甚至还在他之上，至少此刻在他饿了两天之后，眼前情况的确如此，不过费天并不怕，他初出江湖，斗志之盛绝不逊于慈魔。

赤黄两位尊者也绝不敢小看这两个对手，特别是慈魔，似乎潜力无限，自己的人也不知道多少次迫他陷入绝境，但他仍顽强的活了下来，像是一个不死的战神，而且每次之后，慈魔的武功都会有一定的提高，是以，连华轮大喇嘛都要至中土一行，为的就是这可怕的慈魔。

慈魔的刀似乎越来越寒，那寒意似乎要自刀上崩碎为无数利剑，割肉削骨，隐隐乌芒自晶莹的薄冰之中渗出，给刀身镀上了一层玄奇的色泽。

谁都知道，慈魔的这一击将惊天动地，所有的人都将目光凝于慈魔的刀上。

但在这一刻，慈魔动了，并非出刀，而是踢脚。

虚空之中霎时一片混乱，满是飘飞的雪雾，朦朦胧胧，根本就无法看清各人的处身所在！

黄尊者突然感觉到一股极寒之气自腋底袭来。

腋下乃人身最为脆弱之处，若是此处被重击，只怕不死也得重伤。

黄尊者想都未想便挥掌击出。

“呀！”一声绝望而凄长的惨叫划破了林间的死寂。

赤尊者感到一阵风掠过，挥掌疾攻，竟然重重击在一人的身上，可他的直觉告诉他，这人绝对不是敌人中的一个，既然不是敌人，那就是自己人。

“轰！”慈魔的身形陡震，疾退，黄尊者也绝不好受，他出手仓促，根本就未能用上全力，而慈魔的刀却透着一股可怕的寒意，只让他的手掌一阵麻木，寒意更自经脉回流内腑，若千万只小虫钻动，让他心头骇然。

“哈哈……痛快！痛快！”费天的声音却从众苦行者群中传来。

赤尊者在依稀的雪雾之中，竟骇然发现费天满口鲜血，而他所击的只是一具尸体，喉间一个巨大的血洞仍在缓缓流出血水。

“嘛呢叭咪！”赤尊者双掌合十，竟诵起神咒，他怎么也想不到费天竟吸干了这名苦行者的血液，这是多么可怕的一件事，难道，这人真是自地狱中逃出来的魔王？是以，他想以神咒震服这魔鬼。

“现在让你看看老子的厉害！”费天喝饱了鲜血，精神大震，周身更隐泛红芒，异邪莫名。

慈魔飘身疾退，避开黄尊者，撞入众苦行者之中，乌木钝刀在漫天雪雾之中若云龙乍现，雪花竟似被一股无与伦比的引力拉扯得凝成巨大一个雪球。

那些苦行者也不是弱者，但事出突然，又对黄赤两尊者寄望过高，在雪雾纷飞之中，先是被费天乘机而入，生吸人血，那种残忍的杀人手法，只让他们心头狂震，而慈魔的动作更快，他们只能勉强出刀相抗，同时全都骇然暴退。

慈魔一声冷笑，脚下加快，刀势更烈，撕天裂地的杀气带着充满摧毁力量的寒意向众苦行者狂撞过去。

“砰砰……”一阵爆响，那团雪球疯狂炸开，里面犹如注满了汹涌的气流，向四周扩散冲击。

“呀……”惨哼之声和惊呼之声响成一片，虽然慈魔这一刀并未能让众苦行者身死，但雪球的碎片犹如一颗颗弹丸，夹着刺骨的寒意，也极具杀伤力。

黄尊者大怒，双掌若充血一般膨胀起来，头也涨大一倍，掌心更透出一股淡淡的金色彩芒。

雪雾竟在刹那之间静止了下来，天地间的一切都似乎骤然静止。

费天吃了一惊，心中暗骇：“这是什么武功?!”

“小心，密宗大手印!”慈魔提醒道，同时身形疾旋，并不与黄尊者硬接。

慈魔并不想用眼睛，是以，黄尊者那铺天盖地的掌印，他根本就未曾看到，但在他的心中，却清晰无比地感觉到那两只手印的存在，他甚至可以将树林中的一切都了然于胸，他的心，静若止水，但绝对没有半点变化可以逃过他的感应。

“轰!”一声巨响，慈魔知道，黄尊者的掌印与自己擦肩而过，只是毫厘之差，险而又险。

慈魔的刀，出现之处却是黄尊者胸前一尺半之处，自被黄尊者击碎的大树之侧斜绕而上，角度之刁钻，就像那弧度的玄奇一般，没有半丝挑剔。

“轰!”黄尊者竟以膝盖狂击慈魔的刀身，身形倒仰之时，再弹膝，动作连环若行云流水。

慈魔本想再斜划一刀，那绝对可以重创黄尊者，但他不能轻视黄尊者弹出的一脚，在他刀锋犹未曾划在对方身上时，他将被那一脚踢中，甚至再也无法击出这一刀的后着，因此，他唯有退。

撤刀，身形却向赤尊者撞去。

赤尊者与费天硬击五掌，但并没有胜负之分，两人身体都坚韧而抗击，倒真是棋逢对手。

让赤尊者感到心惊的，却是费天居然不惧他的大手印，在他与费天两掌相击之时，费天都会化掌为爪，准确无比地抓在他的掌心，总有一股邪异劲气使他大手印的力量不能尽情发挥。

费天的武功的确极为邪异，吸食了人血之后，似乎越战越勇，永不知疲劳一般，更不惧刀枪，攻击他的苦行者们，刀枪砍刺在他身上反而被他击死，而无法伤得他分毫，只是衣衫被割破许多裂口。

赤尊者正战得怒火大起，突觉背后劲风大作，寒意逼人，便知道是慈魔攻来，心头禁不住大骇，对付费天必须全力而为，这时又来个比费天更为可怕的慈魔，他哪敢再硬接？双掌一压，意图压下费天的双掌，再借力飞升。

费天嘿嘿一声冷笑，对身后砍来的两柄戒刀不闻不问，双手一抡，正是刚才他毁箭的那一招。

赤尊者陡觉费天两爪之间生出无尽吸力，使他欲罢不能，更无法借力飞退。

“嘿嘿，想逃，没门！让你尝尝老子的‘幽冥灭’的厉害！”费天得意地道。

“呀！”平时那些苦行者将黄赤两尊者当成佛一般，必要之时，竟不惜为他们去死。

就在慈魔将要劈中赤尊者背门之时，一名苦行者挺身插入中间。

“噗！”那苦行者的脑壳便像是易碎的蛋壳，在慈魔的刀下爆裂开来。

脑浆飞溅，带起猩红的血丝，在虚空中竟然凝成冰块，合着尸体向赤尊者背门撞去。

慈魔只要再推刀一尺，绝对可以重创赤尊者，但他不能，因为他并不想死，要他入地狱的人正是黄尊者。

黄尊者虽然没有慈魔的身法快，但那雄浑的力道却比他更甚，被那苦行者阻了一阻后，竟被黄尊者欺到慈魔身前。

“噗！”一声沉闷的爆响过处，慈魔倒跌而出。

黄尊者怒出金刚杵，他几乎从未曾动用过这件兵刃，但他知道，大手印并不能对付眼前这两个可怕的敌人，这不是感觉，而是事实。

慈魔以前与紫尊者交过手，并破了紫尊者的大手印，是以，大手印对他来说并不陌生，也并不是太可怕的武功，只不过黄尊者的功力比之紫尊者更深厚一些而已，但大手印同出一源，根本不可能对慈魔产生多大影响。

费天更是一个似乎刀枪不入的怪人，那怪异的爪法和莫测的功力，根本不怕大手印，他可能知道大手印的厉害之处，每当赤尊者使出大手印之时，两爪必抓对方要脉，让大手印无法显示其厉害之处。

密宗大手印更是一种极耗功力的武功，它是将全身的功力聚于一掌而发，使潜能加速摧发，是以，大手印一出，几乎可以发挥出平日两倍的功力，这也就是大手印的可怕之处，但费天那邪异的气劲似乎有瓦解大手印摧发潜力的功能，让它无法发挥威力。

赤尊者虽然去了慈魔那一刀的威胁，但那具尸体若千斤巨石般重重撞在他背上，正值费天那“幽冥灭”最强盛之时。本来，赤尊者仍可抗衡那强大的拉扯力，但这一记猛撞，顿使他失去了平衡，身子不由自主地向费天倾去。

费天一声怪笑，双臂向外一分，挑开赤尊者的双臂，身子若野兔归巢般撞入对方怀中。

赤尊者暗叫不好，但已经来不及了，只得运劲于胸，抬膝上顶。

“噗！”赤尊者哇地喷出一口鲜血，飞跌而出。

费天也捂着小腹倒退，“扑扑……”一连七八刀都斩在他的身上，却是众苦行者乘机出手。

费天被斩得“哇哇”乱叫，若非身具“不灭金身”绝世护体神功，只怕此刻他已成了一堆碎肉，但这几刀竟然损失了费天的皮肉，让他感到惊骇不已。

“啊！”费天一声狂吼，双臂暴涨，手臂之上的衣衫若碎布一般尽数裂开，如钢铁般的臂膀膨胀而起，两股无与伦比的气劲随着他手臂的挥动而疯狂。

“呀……”数声惨叫，夹着几具飞跌的躯体，如残虹般的血水与洁白雪花衬托出一种鲜明的对比。

费天踉跄而退，腹内一阵绞痛，赤尊者那一膝几乎让他五内俱裂，虽然他并不畏刀枪，但身受这种强横气劲的冲击却也受伤，何况在撞击赤尊者时，背上中了两刀，虽然无法伤他皮肉，但却使他真气一滞，无法发挥最强的抗体功能。

慈魔飞跌而出，竟然钻入雪底，像是融化了一般，踪影难觅，地上的积雪也并无异常的现象。

黄尊者并不感到意外，他早就听说过，不要与慈魔在雪原上交手，慈魔就像是雪原之上的精灵，更可借雪遁形，没有人知道慈魔是怎样悟出这种绝技的。

慈魔这些年来，大部分时间是在沼泽和雪山之中长大，对这些借自然外界事物作掩护的保护法，懂得如野兽一般多，动物可借保护色之类避免被敌所害，慈魔在时刻有可能裹尸兽腹的情况之下，也学会了如何最好地保护自己。

赤尊者在呕着血，费天的那一击力道之猛，几乎让他昏死过去，但他所修炼的瑜伽心法却保住了心头的清灵，没有失去感觉，但已失去了再战能力。

黄尊者正在侧耳细听之时，费天身下的雪花突然爆裂四射，那些攻向费天的众苦行者在瞬间只觉眼前一片模糊，冰寒的杀意汹涌而至，他们全都骇然惊退。

黄尊者身形飞扑而上。

费天却冲天而起，他身下正是慈魔。

“想走!”黄尊者怎会放过这样一个诛杀慈魔的大好机会？错过了今次，只怕日后他再想找到慈魔的行踪都是一件极为困难的事，毕竟中原并不是他的势力范围，众多的江湖门派，更让域外的宗教难以施展手脚，好不容易将慈魔堵死在这片林中，他又怎会放过？

“呼……”一片黑云向黄尊者当头罩下。

黄尊者一惊，右手一挥，“裂”地一声竟将那片黑云撕成两半，却是一张狼皮。

当然，这片黑云不仅只有狼皮而已，更有一双脚，一双以狼皮为掩护的脚。

“轰!”黄尊者不得不抬掌仓促迎敌。

慈魔早就将一切算得极准，这是从千百次拼杀中得到的最佳经验，此乃黄尊者所无法相比的。

黄尊者无可奈何地降落于地，而慈魔却再一次带着费天飞射而起，却是借了黄尊者之力，这一招的确有些出乎黄尊者的意料之外，想不到慈魔竟如此狡猾，刚才逃走只是一种假象，实际是要借机给黄尊者一记猛击，然后才会借力逸走。

慈魔绝对不是傻子，在没有优势的情况下绝不会苦战。任何事情总得量力而行，死战，那是蠢人所干之事，黄尊者的武功的确比他胜过一筹，在劲道之上，他更要比黄尊者逊色，而兵刃之上，黄尊者的金刚杵乃是吐蕃国四大宝物之一，也许他的冰魄寒光刀会胜过金刚杵，但限于功力的差距，顶多只能战成平手之局，而对方更有这些苦行者和不明身份的敌人，费天也受了重伤，此时不走，只怕唯有死路一条，是以他毫不犹豫地便选择离开。

慈魔的身子落在树上，认准方向在树枝之间纵跃如飞，虽然带着一个人，但仍然犹如猿猴一般敏捷而利落。

“追!”黄尊者有些气极败坏地吼道。

“嗖嗖嗖……”那群慈魔不明来历的人搭箭便射，但却尽数落空。

此时正值严冬，树叶虽然落得干干净净，但树枝仍密，且树枝之上又压满雪团，慈魔所过之处，大团大团的雪花飞落，弄得林间一片模糊，箭矢更失去了准头。

众苦行者在树下飞快地追赶着，黄尊者将赤尊者交给几名苦行者，自己也如飞追赶。

“嗖……”一批不知从何处射来的劲箭，没头没脑直射向众苦行者，事出突然，几个苦行者竟然闪避不及，被射伤倒地。黄尊者有神功护体，这种普通箭矢全都沾衣即落，但也让他大大吃了一惊，甚至有些骇然。

正当黄尊者猜想究竟是什么人所干之时，又飞来了一大簇一大簇的劲箭。

这次众人有备，劲箭尽数落空，但就是这样阻了一阻，慈魔和费天已经踪影全无。

黄尊者大怒，杀机陡盛，恨不得将这群阻止他们行事的人撕成碎片。

“呀呀……”绝望的惨叫自后方传来，接着遥遥传来了赤尊者的一声惨哼。

黄尊者大惊，不用想他也明白是怎么一回事，当即顾不了杀敌便调头回跑。

当他赶回之时，地上静静躺着几具仍然温热的尸体，正是护守赤尊者的几名苦行者，每人都是死于剑下，而赤尊者已经踪影全无，地下唯有一片凌乱的脚印，黄尊者不由得呆住了。

地上两道长长的痕印向远方延伸，完全看不到尽头。

并非马车的轨痕，而是两道平滑的拖板，显然是一个大雪橇，另外还有一片凌乱的梅花印，却是狗所留下的。

这群人显然蓄谋已久，并非仓促行事，甚至一直潜伏在附近，而这群神秘人物又是谁呢？黄赤两大尊者初入中原，又怎会有这样一群敌人？

黄尊者一阵迷惑，但也显得有些无奈，唯有顺着轨痕拔腿狂追。

## 第一百二十五章　地底危机

蔡风的步子更缓，每一步都似乎停顿了良久。

“哗！哗！”地道中的两壁裂开，不是刀，不是箭，而是人。

地道中的墙壁竟是可以开启的，蔡风和三子同时向后退了一步，三子伸爪在虚空中轻抓，竟然抓住了穿射而出的链子枪，双臂之利落，没有半丝拖泥带水。

三子和蔡风对视了一眼，又同时点了点头，表示此刻须得小心谨慎。

就连王仆也觉得这些机关实在是小儿科了。

众人仍然依墙而行，步步为营。

“呼……”一团巨大的火球几乎充塞了整个地道，以极快的速度向蔡风诸人滚来。

蔡风一声冷哼，刀化电影，若惊鸿一闪般直劈火球之上！

“轰……”火球被刀气劈中，竟一分为二。

三子也在同时出手了，却并未动用兵刃，只是推出两道炙热的掌风。

“轰轰！”两掌重重击在火球之上。

火星四射而散，王仆正准备出剑时，又一道耀眼而璀璨的刀芒划破虚空，在那火焰的映衬下，闪动着瑰丽的色彩。

刀，是蔡风的，不是劈向火球，而是劈向火球之中蹿出的人，四个满身火焰的人。

三子的剑也在这一刻划破虚空。

最先能动弹的是尔朱荣和黄海，因为他们并没有躺下，只是静坐着运气疗伤，也便恢复得最快。

彭连虎也能够坐起来，只是肚子饿得不堪承受，像有只青蛙在里面乱叫一般。

拂落堆积在身上的雪花，露出显得有些苍白的脸，几乎所有人的脸色都是一样，苍白无比，嘴唇都冻得发紫，身上的衣服全都贴肉结冰，那种彻骨的冰寒几乎连黄海和尔朱荣也挡不住，皆因他们的功力消耗太甚，因此连抗寒的能力也没有了，这勉强拂落身上的积雪，已经牵动了被冰冻的肌肉，忍不住一阵难受。

黄锐诸人因首先中了迷香，解开穴道之后，功力也不能完全发挥，虽然在地道中逐渐调节过来，但仍损耗极多，在地下河中更是消耗不少，出来后几乎已经筋疲力尽，若非彭连虎相助，只怕连爬上岸来也不是一件容易的事，更没力抵抗严寒，此刻几乎冻僵，连面色都变得铁青，甚是吓人。

“我们得去找些柴火来，否则只怕会冻死、饿死在这里。”彭连虎有气无力地道。

“下这么大的雪，哪里有干柴？又没有火种，怎么弄？”尔朱荣心头有些烦躁地道。

“不行，我们得走动一下，否则只怕真的会冻死。”黄海挣扎着站了起来，扶住一棵树道，衣服上的冰块有一部分却已碎裂。

“可我们哪有力气走路呀？”彭连虎无奈地苦笑道。

“我好饿，他奶奶的石中天，真的好狠！”尔朱情龇嘴骂道。

“现在我们连走动的力气都没有，哪还能去找东西吃呀，难道只有你饿，我们就不饿吗？”追风虚弱地道。

“你小子还活着，我还以为你冻死了呢。”尔朱情讥嘲道。

“放屁，你才会冻死呢！”追风骂道。

“不要争了，大家不能再躺着，若谁想死得早点，就躺着别动！”黄海恼道。

彭连虎诸人也知道，在脱力之后，人不能躺，只有以坚强的意志使自己站立起来，才会更快地恢复体力。

“我们这样下去也不是办法，即使坐着也会冻死呀！”彭连虎无可奈何地道。

黄海想了想，望着眼前碧波荡漾的潭水，道：“有了，我们先坐到水中去，水里暖和一些，至少我们不会冻死，等我们力气恢复了一些再另作打算吧。”

“对了，这是什么地方呀？”尔朱仇突然开口问道。

众人相视望了一眼，禁不住同时摇了摇头，谁也不知道这是何处，像这样一个偏僻的小山谷，的确没有多少人知道它叫什么，但一定是人迹稀少，无人问津之处，只看那灌木就可清楚地知道这一点。

“我们可不会游水。”尔朱情有些急道。

“我又没叫你们一定要下去，我只是说我们下去而已，没人强拉着你下水的。”黄海毫不在意地道。

“你！”

“不要说了，我们可在浅水之处坐下，相信同样能够化掉身上的冰。”尔朱荣打断尔朱情的话道。

众人都知道，在这荒无人烟之处，唯有入水才是防止自己不被冻死的唯一办法，否则，寒风一阵一阵地刮过，只会让人冻得僵硬，血脉受损，甚至在体内形成血液淤塞，造成终身不便，这绝对不是危言耸听，所有人都明白其中的道理。

黄海将黄锐诸人缓缓拖至浅水之中。

水并未结冰，因为瀑布的冲击使得这块水域每一刻都保持着活力，也便成了不冻之水。

水里面的温度比之岸上的确要高些，还能稍稍感觉到一丝暖意，至少，在这个温度之下，不会冻死人。

几人手拉着手，将自己脖子以下的部位全部浸入水中，留个头在水面上呼吸。由于水的浮力作用，本来无法坐直的几人也都坐直了，并很快进入禅定状态，谁都知道，若不尽快恢复功力，他们不会冻死也会饿死，更不用说养好伤势日后再寻找石中天报仇了。

尔朱荣那一帮人都是怕水的旱鸭子，但为了保命，也只得下水。不过黄海诸人已有先例，他们只是照着样子做而已，但下得水中，他们都像糊涂了一般，更不知该如何去做。幸好尔朱荣功力深厚，仍能呼喝属下镇定下来，但几人依然久久无法让心情平静下来。

火星四溅，星星点点，在狭窄的地道之中，形成一种诡异的色彩。

淡淡的焦味，钻入众人的鼻孔，竟让人有想呕吐的冲动。

“当当……”一连数击，火焰顿敛，几个身着火红衣衫的怪人如球般飞退。

蔡风踏步而上，刀化长虹，杀意汹涌之下，竟将零散的火星再次逼得凝聚成火球，向那几名身穿火红衣袍的怪人撞去。

“轰!”地道两壁再开，四人若鬼魅一般缩入地道的壁内，极为轻松地避开了蔡风这可怕的刀招。

蔡风的刀狂击在暗壁上，却只击下一片泥土，无法伤得了已消失的四人。

这条地道四通八达，洞中有洞，的确不能强追。

“轰轰!”再次传来两声爆响。

那四名红衣怪人竟自后面攻出，转眼之间，竟然十分快捷利落，的确出乎众人的意料之外，但幸亏众人早就已经绷紧心神，严阵以待，而且他们无一不是出类拔萃的高手，临危不乱，众剑齐出，若演练过千万遍般，竟然相互协调得无隙可寻。

“叮叮……”红袍一鼓，若一片火云般，竟然挡住了众人的攻袭，同时还以颜色。

“哧!”“嗯!”一道白光闪过，立即响起一声闷哼，自红云中传出。那四名红袍怪人再次若鬼魅般飞退。

地上唯留下一摊血迹，点点滴滴，延伸入另一道深邃的地道之中。

众人心下微微骇然，这四名怪人的武功十分怪异，且借地道形式的繁杂，出没无常，防不胜防，令人不可不虑。刚才若非三子的一柄飞刀刺破对方火袍，只怕葛家庄的众弟子也奈何不了他们。

王仆吁了口气，道：“地道中的机关虽极为怪异，但我们仍有破它之法，可让人头痛的还是这四通八达的地道，因为它的结构很容易让人迷失方向。”

正当王仆的话音刚落之时，突然听到一阵极为怪异的声音。

三子和蔡风脸色同时一变，这声音对于他们来说并不是十分陌生。他们生于山野之中，一听这种声音就知道有大量蛇虫在爬行。

“毒蛇！”三子沉声道。

“怎么可能？现在是冬天，怎么还会有这么多的蛇呢？”王仆有些惊疑地问道。

“不好，刚才那几个怪人引火而来，使得洞内之温度升高不少，这群毒蛇就是为此而来。”蔡风惊道。

“啊！”众人这才感觉到，地道之中其实很热，正是刚才那团巨大火球的原因，而这群蛇显然是以特殊方法所养，甚至能够抗寒，这的确是一件极为让人心惊之事。

“怎么办？”王仆惊问道。

蔡风向三子望了一眼，两人左手紧紧握于一起，顿时生出一股汹涌澎湃的杀意，有若寒风骤起，紧揪众人心弦。

杀意犹如无形的流水，在虚空之中流淌扩张，似乎要充斥整个地道。

众人不明所以，蔡风和三子大步向前跨去，众人只得紧随其后。

三子和蔡风果然没有猜错，地道之中的确爬满了大大小小的蛇群，但是此刻众蛇似乎全都不再前行。

看着那滑溜而吐着红信的毒蛇，腥臭之味，几乎让人呕吐。

蔡风和三子缓缓向群蛇逼去，那种浓烈的杀气，使得地道之中空气变得无比沉重，更让人无法喘过气来。

群蛇开始骚动，为那种浓烈如酒的杀气而躁动不安，甚至有的开始后退，调头后退！

蔡风和三子联手所形成的气势几乎如潮水般淹没了整个地道，无可抗拒的气势，不仅仅众人体验到了，即使蛇群，也同样体验到了。只要是生命体，就不会体验不到这之中的压迫和毁灭性的气息。

群蛇越来越躁动不安了，就因为蔡风与三子的逼近。

十步……九步……有蛇向回游动。

八步……七步……群蛇的阵形混乱，已经向后退了两尺。

蔡风与三子再进，杀意更浓，六步……群蛇再也不受控制地退去，向可以钻进的洞隙之中钻去，它们深深感觉到了存在的危机，那是蔡风和三子的杀气。

很快，地面之上唯留下一层腻腻的污垢，蛇群已经不再剩下半条，全都退去。

众人不由得大为惊服，谁也想不到，以气势竟可以逼退毒蛇，这的确使人大开眼界。王仆的眼角闪过一丝骇异，蔡风和三子联手的气势之强可谓让人心惊胆战。

即使凭借三子的武功，也不能让任何绝世高手有丝毫轻视之感，王仆是这么想的。

众人运功全神戒备，防范这些蛇群会去而复返，若被群蛇咬伤，可就不是怎么好玩的一件事了。何况地道之中危机四伏，也不知道是自哪里弄出如此多的毒蛇。天气如此寒冷，这些蛇群居然未被冻僵，还想出来伤人，看来财神庄的确很有一手。至少，绝对不能轻视他们。

蔡风和三子也知道，这些并未告一段落，可能会有更大的危险等在前面，但一切都全不放在蔡风的心上，因为没有什么危险是人解决不了的。

地道似乎极为漫长，如此深邃的地道，仿佛构成一个地下王国。此刻，再也不会有人不明白，为什么地面上全是空楼空阁，甚至连鸡犬都不见一只，因为财神庄真正的实力全都转移到了地下，因此才会让外界无法了解其虚实，在这种情况下，外来之敌自然难以讨到任何便宜，甚至全军覆没也是正常之事，若非蔡风和三子自小便学习和研究机关之学，只怕此刻也同样会步入那些贼寇的后尘。

蔡风知道，他根本没有任何必要去寻找敌人的存在，因为他很清楚敌人绝对不会让他轻而易举地救走元定芳，定会全力以赴调集人马前来对付他们。是以，与其四处出击，倒不如以逸代劳，等候敌人来攻，如此至少可以先稳住阵脚。

“嗖……”正想着，箭雨如蝗般飞射而至，在如此狭小的空间中，几乎避无可避。

其实，蔡风并没有想到避，任何困难都必须直视，任何险阻都不是问题，只要他出刀。

出手一刀，苍茫一片。

是刀芒，是杀意，更是无所不在，无处不达的刀锋，如此狭小的空间，完全不够容纳这柄朝着四野狂绽的刀，又如何能够再容得下那一簇簇劲箭呢？

能够穿过刀网的，只有被绞碎了的空气。

蔡风的出现，已是在地道的另一头，拖起一路的刀芒，犹如流星曳尾。

惨叫声倏起，弓弦崩断声、刀风之声不绝于耳，在狭窄的地道中，显得有些惊心动魄。

所有的行动速度加快，敌人的出现，便表示蔡风的估计并没有错。

“轰！”一块巨大的闸板重坠而下，截断了三子与蔡风之间的空间，唯王仆与两名葛家庄弟子冲了出去。

三子一惊，望了望身后的八名葛家庄弟子，举掌向大铁闸之上拍了过去。

铁闸并没有发出任何声响，只是开始颤动起来，但并未能开启。

三子收掌而立，知道如果硬来，绝对无法打开这道铁闸，唯有找出这之中的机关按钮，否则只有另寻去路，绕过这段地道。

铁闸另一头的声音已经无法听到，自然无法知道蔡风现在的情况如何，但三子已经感觉到了一阵杀意自背后涌来。

八名葛家庄弟子同样感觉到了，是以，他们同时转身。

三子的眸子之中射出一股强烈的战意和杀意，同时另一道眼神已经在虚空之中与他交缠。

是一个矮胖的秃头，头顶犹如抹了一层菜油，在阴暗的地道之中，闪着一缕缕幽光。

三子想笑，世间居然有人的头光亮成这副模样，他心中暗想：“这个光头可不可以当镜子使用呢？”这的确是一个有趣的问题，是以他笑了。

那人愕了一愕，冷冷地问道：“很好笑吗?”

三子耸耸肩，打了个哈欠，伸手拍拍嘴巴，笑道：“你认为不好笑吗?洞顶那趴着的乌龟正拿你的光头当镜子使呢，看，你头上不是戴了顶龟帽吗?”

八名葛家庄弟子全都哄然大笑，他们没想到平时毫无幽默的三子会说出这样一句话。

那光头并没有生气，反而似有一丝骄傲的神色，伸手在头顶抹了一把，跟着葛家庄的众人一起大笑起来。

三子因此更感好笑，这人不以为耻地讪笑倒似乎有些憨厚，那红扑扑的胖脸上，绽出一丝异样的光彩，显得十分有趣。

“你就是财神?”三子忽然冷冷地问道。

“你猜得没错，想来你就是蔡风身边最得力的兄弟三子了!”财神再摸了一下光光的头皮道。

“元姑娘是被你所掳?”三子又问道。

“没错，她的确是在我们立身的这条地道之中，但你们永远都不可能有机会见到她。”财神恢复了那种冷漠，淡淡地道。

三子眼中杀机暴闪，问道：“她死了?”

“不，如此美人，我舍不得杀，也没有人舍得杀，但是你们注定会死!在你们死了之后，她也许就会成为财神庄的庄主夫人。当然，你是不可能见到这一天了。”财神得意地道。

三子笑了，笑得很灿烂，望着财神那闪着幽光的光头，像看怪物一般。

财神被三子那种异样的眼神看得心头直发毛，对方古怪的笑容更让他生出一种莫测高深之感。

“你笑什么?”财神有些恼怒，问道。

“我笑你天真，要是我们全都死了，元姑娘还会独活吗?就凭你这秃头，难道还能获取她的芳心?”三子不屑地道。

财神也笑了，笑得微有些得意，自信地道：“本庄主自有手段，你可以死，蔡风我却不想他死，只要蔡风不死，那美人就不得不委屈求全，这一切本庄主早就计划好了！”

“哦，你想用蔡风来威胁元姑娘？但只要蔡风还活着，你们就永无宁日！”三子对蔡风似乎充满了信心道。

“哼，他此刻已成了笼子中的小鸟，只要饿个十天八天的，还不是任人宰割？更何况本庄主另有安排，这不是你们需要着急的事。”财神不屑地道。

“哼，如果你死了呢？那你的计划是不是就这样付之东流？”三子语气一改，冷冷地道。

“你有这个能耐吗？”财神似乎对三子极为不屑。

三子并不生气，只是莫测高深地笑了笑，道：“那还得试试才知道。”

财神冷冷地笑了笑，他身后突然站出一个红袍怪人，一身红袍如血，脸上似乎被火焚烧过，新旧皮肉分明，给人的感觉犹如地狱之中负责守护火海的厉鬼。

“让我来看看你有什么能耐，敢吹这种大气！”那人用极为低沉而沙哑的声音道。

“你是什么人，也配挑战？”自三子身后也站出一名汉子，与红袍怪人相对而立，冷冷地道。

“你又是什么人？”那红袍怪人依然以低沉而沙哑的声音问道。

“无名十八！”那自三子身后站出来的人冷冷地应道。

“无名十八？”红袍怪人一愣，他实在想不到世上还有这样古怪的名字。

“该你了！”无名十八的语调依然是那样缓和而淡漠地道。

“血焰七！”那人也缓缓道出一个让众人为之惊愕的名字。

“血焰七？”无名十八想不到世上还有与他一样奇怪的名字。

“不错！”那人认真地道。

“看来我们真的不是冤家不聚头了。”无名十八感到有些好笑地道。

“无名对血焰，好，就让我来印证一下到底是你无名厉害，还是我血焰厉害！”血焰七自傲地道。

无名十八踏前一步，地道之中霎时似乎变得阴风惨惨，杀意充斥了所有的空间。

三子双手抱胸而立，根本就不为无名十八担心，因为他绝对相信无名三十六将的武功。虽然这血焰七也一定是死士之流，但任何事情都不能凭靠侥幸，那得看各自的实力！

葛家庄的弟子神情都极为悠闲，对无名十八的出手，皆采取观望之态。

血焰七红袍鼓涨，犹如一个充气的火球，一股热气自他身上涌出。

蔡风吃了一惊，王仆和两名葛家庄兄弟也吃了一惊。

王仆挥掌击在铁闸之上，只传来一阵震荡，在铁闸的另一边也传来一阵强大的气劲，但铁闸依然无法打开。

蔡风收刀而立，那几名箭手早已横尸当场。在他的刀下，能够活着的人并不是很多。

“不用为它费心了，这道铁闸的机关并不在这条地道之中，我们向前走吧。”蔡风沉声吩咐道。

“可是他们还在外面呀?”王仆有些着急地道。

“至少，他们还可以退出地道之外，不必为他们担心!”蔡风似乎早已预料到有这么一种结果般，淡淡地道。

王仆不再说什么，他知道蔡风前进之意极坚，让他调头，那是绝对不可能之事。

“看来尔朱兆为了对付我，的确愿意付出代价，居然以这么多无辜性命来换取我的中伏，真是用心良苦!”蔡风感慨地道。

四人一步步前行，不久到了一个极为宽阔的地下大厅，厅顶挂着一盏由几个莲花形组合成的油灯，厅壁之上更有十余处存放巨烛之地，即使白天，这里也同样点起巨烛，本来昏暗的地下通道，在这里却显得极为宽敞明亮。

蔡风刹住脚步，目光之中闪过一丝星火，或许是因为怒，抑或是因为恨，更有可能是因为关心。

在大厅的一方，尔朱兆坐于一张太师椅上，跷着二郎腿，以无比悠闲的姿态面对蔡风，身后更有两名美婢为其捶肩搓背。

蔡风想杀人，想杀的就是尔朱兆，但他不能出手，也不敢出手，因为在尔朱兆的太师椅上系着一根绳子，毫无疑问，那是根要命的绳子！

绳子不要命，刀却要命，一柄巨大的铡刀，有数百斤重，而这大铡刀刀锋正悬于虚空，一头却系于绳子上，只要绳子一断，大铡刀一定可以将人的脑袋切去。而将要受到这种待遇的是在一个大铁笼子之中，静静卧躺着的人。

若是与蔡风无关的人，他当然不会去管，而此刻卧躺于铁笼中的人正是失踪的元定芳。

这的确是件麻烦之事，抑或更糟，是件要命的事，要命的是那大铁笼的一扇门是敞开着的，一副请君入瓮之局，让蔡风心头发毛。

“你终于还是来了！”尔朱兆显得意态潇洒地道。

“你早就算准我会来？”蔡风反问道。

“没有什么事可以瞒得了我。”尔朱兆自信地道。

“你不觉得太自负了吗？”蔡风不屑地冷笑道，语态之中微微显出一丝蔑视。

“这并不重要，如果你认为我太过自负亦无不可。”尔朱兆毫不在意地道。

“你不觉得这样做很卑鄙吗？你不为尔朱家族感到脸红吗？这样行事算什么人物，有本事就与我公平交手！”蔡风怒道。

“哼，傻子才会受你所激，乱世无情，成王败寇，怎能以武力论英雄？为达目的，不择手段，又有何错？乱世中的生存法则便是如此，我以前还以为你蔡风有什么了不起，原来只是一个傻瓜！”尔朱兆不屑地道。

蔡风并未生气，他必须镇定，必须以最平和的心态去面对眼前的一切，否则，元定芳唯有死路一条。只要尔朱兆身后的刀斧手一挥大斧，那么元定芳就得承受腰斩之祸，这绝不是蔡风所想见到的，但尔朱兆所设的更绝，他将铁笼这般敞开，不愁蔡风不入瓮，只要蔡风想救出元定芳，就必须进入铁笼中。但结果肯定是蔡风和元定芳一同被困锁于笼中，那将是一个更惨的结局。

可蔡风能不进入铁笼就可以救出元定芳吗？他可以不让那名刀斧手不去斩断那根绳子吗？但他能快得过尔朱兆吗？

那是不可能的，对方只需手起刀落，就能令元定芳香消玉殒，而蔡风与尔朱兆的距离少说也有四丈，或许，四丈距离对于他来说，只是小事一件，但手起刀落的时间对那刀斧手而言更不是距离，这是一种无奈，他几乎无法可以改变现实。

"你好狠！"蔡风恨恨地道。

尔朱兆笑了，笑得十分灿烂，很惹人厌，更有着幸灾乐祸的得意之情。

"如果我是你，就让她死去，女人多的是，若说八条腿的蛤蟆难找，两只脚的女人满天下都是。"尔朱兆诙谐道。

"那你是叫我杀了你为她报仇吗？"蔡风眼中杀机暴绽，冷冷地道。

"你可以吗？能够杀我吗？"尔朱兆不以为然地道。

蔡风深深吸了口气，他知道，在爱情与生死之间，必须有一个选择！他已经没有第三条路可走。

"你想好了没有？如果放下手中的刀，愿意自己走进去，我可以免你一死！"尔朱兆冷冷地道。

蔡风笑了，面上虽然有些难看，更有些苦涩，但还是笑了。笑意之中，他的杀意也在狂涨，而便在此时，他突然感觉到腰际一阵刺痛。

无名十八衣服被烧焦，甚至头发也烧得一片凌乱，更在剧烈地喘息着，似乎想将腹中浑浊火热的气息全都吐出来。

他的形象有些惨然，但最终还是胜了血焰七。虽然胜得有些艰难，甚至也受了伤，但他毕竟胜了！

血焰七静静地躺在地上，就像是一摊浓血，败者的唯一结局，就是死亡！

想到刚才一战的惊心动魄，无名十八仍心有余悸，血焰七的确是个极好的杀手，那种野兽般的凶悍连无名十八这般死士都为之心惊，可想而之，对方是怎样的一种可怕。

财神的眼睛没有眨一下，对于血焰七的死亡，他似乎根本就未曾放在心上，只是有些赞许地望了望无名十八，道："你的兰花流星手的确已经练到了炉火纯青之境，不简单！"

无名十八冷冷地回望了财神一眼，不屑地道："那是因为他的修罗烈焰掌还未能达到入门之境！"

"哦，有个性，想不到兰花流星手竟然真的可以破除修罗烈焰掌。"财神似乎是自言自语地道。

"他们是烈焰魔门的人？"三子冷问道。

"哼，烈焰魔门岂能培养出这种人才？他们只懂龟缩漠外，哪能与我们相提并论！"财神身后又出现了一名红袍怪人，声音同样显得十分低沉而沙哑。

"那你们的修罗烈焰掌是偷学而来的？"三子反问道。

"呸！孤陋寡闻，烈焰魔门只不过是本宗的一个细小支系而已，岂能与本宗博大精深的武学相比！"那人不屑地道。

"你是魔门烈焰宗的人？"三子惊问道。

"算你还有些见识，知道烈焰宗的威名！"那人微有些自傲地道。

"哈哈，你以为这样龟缩于地底会比烈焰魔门潜隐漠外光荣吗？至少他们还能在漠外有些名气，而你们却像老鼠一般潜于暗道之中，不敢见人，还在自吹自擂，真是不知羞耻！"三子不由得反唇相讥道。

那人勃然大怒，杀意狂升。

三子一声长啸，他并不想这样玩，如果这样一个个跟对方打来打去，只怕累也会累死，因此，他的首要任务便是冲出这条堵死的地道。否则，滞留的时间越长，他们所受到的威胁也便越大。

"嗖嗖……"长啸声中，劲箭如雨，向洞口纷射。

财神没想到三子说打就打，根本不跟他胡扯，浪费时间。

狭窄的地道，又是如此近的距离，面对这十余支劲箭倒也不好对付。

剑芒一闪，三子自身也若化成了一柄巨剑，以无坚不摧之势向地道外撞去。

财神和那红袍怪人一阵骇然，三子的剑道竟达到了如斯境界，的确太不可思议了，甚至有些不可能，但这却是事实，千真万确的事实。

沙石在剑身的周围几乎凝成一条充满野性而带着毁灭性的杀机注满地道所有空间，并若潮水般吞噬了财神及身后所有显得手忙脚乱之人。

财神只能在心中暗叹一声：“不可能!”可是却被眼前的剑芒所吞噬，他不得不出手，而且是有些慌乱地出手。

财神本是一个极为厉害的高手，在江湖之中的地位，可与暗月寨的二寨主肖忠相媲美，但今日他实在是太低估三子了，而且不止低估一点。

三子今日之表现几乎比他所估计的更强更狠数倍，加上在几支箭矢的影响之下，财神等人竟然显得仓促失神。

“当当……”一股股强大无伦的震力几乎使财神的手臂不听使唤，更身不由己地向后狂退，他身边的红袍怪人也同样如此。在这刹那之间，三子竟击出了三百多剑，那种速度简直胜过厉鬼妖魅，是以，三子的剑几乎无处不存，无处不在，每一剑所迸发出的强大劲气远远超出了财神的想象之外。

暴风骤雨的剑势突然一竭，一抹凄艳亮芒再次升起，若一轮东升的旭日，吸纳了地道中所有的光亮，织成这凄幻而神秘莫测的一抹亮芒。

所有人的眼中，也只有这一抹亮芒的存在，再无其他，没有人可以形容这是怎样一种凄美。

虚空之中，似乎并不只光线被吸纳，甚至连空气也完全被吸收，沉闷、压抑，犹如处身于高温的烘炉之中，每个人的心头都升起了一团燥热。

是刀，三子的刀!

三子的刀居然会是如此可怕，如此惨烈，这让所有人都感到不可思议。

连三子的刀都有如此可怕，那么蔡风的刀又如何呢?那蔡伤又如何呢?

财神不敢想象这是什么刀法，他只想到了传说中的一个名字——“怒沧海”!

刀锋迸射出疯狂的杀意，带着无限摧毁的力道，浓缩成郁闷的死亡气息，几乎让财神和那红袍怪人感到一种绝望。他们刚才已被三子那神鬼莫测的剑法给攻得手忙脚乱，手臂震得酸麻，一时间甚至连还击的能力都没有，此时哪里还能够抗拒三子这无比霸烈的一刀？

退，一退再退，财神和红袍怪人唯有这样，已经没有任何选择，哪怕将身后的人踩死、撞死，他们也要退，否则死的就是他们自己！他们绝对不是不怕死的人，是以，他们宁愿用千万人的性命换取自己的生存。

没有惨叫声，或许是所有的惨叫之声全被刀锋割碎，已经不再成调子，就连惊呼声也显得十分细小而微弱。

“砰砰……”数声沉闷的爆响过后，一切渐渐归于平静，抑或是死寂，深沉的死寂。

没有人能够形容那数声短短的爆响过后的死寂达到了怎样一种程度，抑或在这片刻之中，所有人几乎都失去了应有的记忆和思维。

半晌，人的呼吸之声方才传来，地道之中已是洒满了鲜血，更有碎烂的残肢断腿横七竖八地躺在地上，没有半点生机，没有丝毫的生趣，更不会有半个活口。

三子的刀，代表着的，唯有死亡！就像是死神的魔爪，在片刻之间，夺去所有生命。

地道的墙壁上，更溅满了各种图案的血水，像是死神留给人间唯一的证物。

三子的身上同样溅满了鲜血，没有人可以想象刚才是怎样的一刀，至少在这里的所有人都无法描述刚才那一刀的神韵和精义。

财神没有死，那红袍怪人也没有死，在他们的身后仍有几个劫后余生者，但他们已像是失去了灵魂一般，弄不清自己置身何方，更不知道叫嚷和逃走，他们已经被吓傻了。

财神和红袍怪人一动不动地像个木偶，不是他们不想动，而是他们根本不敢动，在他们的脖子上，分别架着一刀一剑。

是三子的！这两件兵刃都是三子的。

“不留活口！”三子声音极冷，若阴风拂过，让所有人激灵灵打了个寒战，在打寒战的同时，无名十八诸人已经搭箭疾射。

惨叫之声响起，那几名幸存者再次倒下，他们甚至还没有回过神来反抗，就已经失去了生命。

这本身就是一种悲哀，一种深沉的悲哀，生命的毁灭总会是另一生命一手造成的。这个世道本就是弱肉强食，对待敌人绝不能仁慈，那只是对自己的一种不公，绝对不公！是以这群幸存者还是死了，或许死亡对他们来说也是一种解脱，一种幸运。

“是怒沧海?”财神脸色苍白，像是大病了一场，有些软弱地道。

三子没有否认，冷笑着点点头，道：“不要以为自己真的很聪明，这个世上笨蛋并没有几个，真正的笨人只是那些自以为聪明的人!”

财神自三子的眼中看到了一丝狡黠和自信的神光。

“你不是三子?”财神突然问出这样一个好笑的问题，他竟怀疑三子不是三子。

无名十八和葛家庄的兄弟都禁不住笑了，财神已被刚才那一刀给吓傻了，抑或是疯了，竟会说出这样一句让人笑掉大牙的话来。

# 第一百二十六章　毒仆伤主

蔡风肌肉一缩，闷哼一声，颓然倒下。

出手的人竟是王仆，一根圆柱形的尖刃，还沾着鲜红的血水。

那两名葛家庄的弟子一声怒吼，两柄刀快若怒电。

王仆一惊，但却早有防范，他既然敢对蔡风下手，又怎会不防这两人呢？是以他在抽出那圆柱形的尖刃之时，反手挥出，竟然爆裂成数十片细小的碎片。

“叮……”两柄刀的快和狠绝对超出了王仆的想象。

那数十片细小的碎片根本没有一片能够钻入刀网之中。

刀气已经裂衣而入，王仆狂吼一声，身形一缩，若一团肉球般翻滚而出，背上的剑飞速出鞘。

“当当……啊……”一串爆响，王仆却已连中三刀。

“当当！”两声爆响，那两名葛家庄弟子倒翻而回，横刀静立于蔡风身边。

出手的人是尔朱兆，王仆狼狈不堪地爬起身来，身上的衣衫已经被鲜血染得通红。三道长长的刀痕，几乎让他再也无法看到明天的太阳。

葛家庄的两名弟子，的确可怕至极，王仆手中的剑只剩下半截，被两柄刀给生生劈断。

尔朱兆也感到有些骇然，这两名葛家庄弟子的武功的确大大出乎他的意料之外，连王仆这般身手也会如此狼狈，还差点遇难。

“你为什么要这样做？”其中一名葛家庄弟子悲愤地喝问道，望着王仆的目光几乎快喷出火来，而另一人却伸手探向蔡风的脉搏和气息。

“啊，这畜生用的是毒刃!”那探查蔡风气息的汉子惊怒道，蔡风腰际所流出的竟是紫黑色血水。

“你干得很好，本公子明日就提升你为财神庄大总管!”尔朱兆赞许地向王仆微笑道。

“谢谢公子提拔，吴松定会竭尽全力为公子效力!”王仆单膝向地上一跪道。

“起来吧。”尔朱兆淡淡地道。

“你不是王仆?”那名葛家庄弟子惊怒地问道。

“哼，老子恨不得将王仆拆皮煎骨，又怎会是王仆?老子坐不改姓，行不更名，姓吴名松，乃是十九年前吴含的同胞弟弟，哼!今日总算为我大哥，及我的家人出了口怨气，我还会要蔡伤不得好死，所有与蔡伤有关系的人，老子都要杀!”吴松恨声道。

“吴松，老子就先废了你!”那两名葛家庄弟子毫不畏怯地向尔朱兆攻去。

“萤虫之光也敢与皓月争辉?真是不自量力!”尔朱兆冷哼道，虽然口中如此说，但手上却丝毫不敢轻敌，这两名葛家庄弟子的确不可小觑。

“公子，让奴婢来会会这两人吧。”那两名为尔朱兆捶背揉肩的俏婢竟自动请战道。

尔朱兆听得这话，竟然身退，那两名俏婢若轻风一般落至葛家庄两位兄弟的刀锋前，双袖轻舞，犹如魔女自天而降。

葛家庄两位兄弟收刀而立，冷冷地道：“女流之辈何堪论武?尔朱家族也太让人失望了吧?”

“哼，尔朱家族的仆妇奴婢也会比你们强!”“像你们这种角色怎配与我们公子交手?!”那两个俏婢一唱一合，语带蔑视。

“哼，别以为娘儿们我就不敢杀，老子从来都不会手软!”“有朝一日，将你们这两个婊子送到军中去当营妓，看你们还能不能这般风骚地招惹男人!”葛家庄的两名兄弟也一唱一合，只气得两俏婢粉腮发白。

葛家庄的两人所言也的确恶毒，想到那营妓是怎样一种感受，只让二婢心里发寒。

“你们叫什么名字?”那两个俏婢冷问道。

“怎么，想到军中去找我们吗?我叫葛大，他叫葛二，如果有兴趣的话，老子愿意在军中奉陪，也不怕你被千人骑过，万人抱过。”那微显剽悍一些的汉子调笑道。

“我知道，这两个骚货在尔朱家族那个大妓院中被人玩弄得快患上花柳病了，或许现在想改行从一而终。你没见咱们俩身上的男人味吗?肯定是看上咱们了。”葛二更为恶毒地骂道，竟将尔朱家族比成窑子青楼，便连尔朱兆也听得脸色发白，气不打一处出。

“不行，这种烂货咱们不要，万一使咱们得了花柳病那可不好玩。”葛大简直是将尔朱家族恨之入骨，所以骂起来无比难听。

“想来尔朱家族肯定有很多人从这两个烂货身上惹了花柳病，你瞧那水蛇腰，怎么看怎么不对劲，还有那屁股……”

“去死吧!”两婢再也忍耐不住，本想激怒对方，谁知葛大和葛二身经百战，怎会上当?反而激得她们怒火狂升。

葛大、葛二心中暗笑，这两个俏婢虽然武功不错，但作战经验哪能与他们相比?果然一激便中，只是他们并不急着与之交手，反而边躲边调谐道:“哎，别这么凶……凶好不好……我们虽然不要你，但……你……也……也不能杀人呀，大不了……我去……去找个……乞丐，将你们……当烂货送给……给他们好了……保证……证他们也会……让你们都……舒舒服服。”

葛大一边闪一边说，竟被对方逼得说话断断续续，口齿不清，但意思却表达得十分清楚，两俏婢差点给气疯了，她们哪里受过这种污辱?更何况是在尔朱兆的面前!

“你们退下!”尔朱兆气得脸色铁青，叱道，他也的确杀机大起，尔朱家族毕竟还是极有头脸的世家，而葛大和葛二口中不干不净，将尔朱家族骂得那么一文不值，怎叫他不怒?

“公子不用急，让两位姑娘对付他们，好让她们出口气，两位姑娘一定会赢的!”吴松道。

尔朱兆冷冷望了吴松一眼，没有作声。

吴松却向蔡风的尸体走去，尔朱兆立刻明白是怎么回事。

葛大和葛二也立刻明白对方的意图，不由得急怒道："无耻奸徒，你想干什么?"

"哼，想干什么？大爷想试试大铡刀是否锋利，将这小子的尸体腰斩，让他永世不得超生!"吴松恨恨地道。

"你……敢!"两人一急之间，又因说话松神，半边脸竟被两截衣袖拂中，立即自脸上传来一阵火辣辣的痛，使得那二字只得分开来说。

"老子铡给你看!"吴松拖起蔡风的躯体，像拖着一只死狗般，向铁笼子中走去。

葛大和葛二更急，蔡风受到暗算，他们已经够惊怒的，但他尚有一丝气息，既然有一丝气息，就还有活命的希望，尽管毒刃刺在蔡风命门附近，但如果被铡刀铡成两截则是半点活命的机会也没有了，怎叫他们不急？不怒？不气?

越是急怒，就越是失利，两俏婢的武功也的确了得，虽然不够深厚，但招式之精奇，却要胜过葛大葛二半筹。

"奶奶的，老子肏你十八代祖宗!""吴松，老子定要将你碎尸万段!"葛大和葛二形若疯虎，刀刀夺命，但却因对方的兵器极软，很难受力，竟然像是无法将力道落到实处一般。

"别激动，本姑娘还没玩够呢?"那两俏婢现在反拿葛大两人刚才的调侃来戏耍他们，只让他们气恨不已，但却偏偏又无可奈何，只得作困兽之斗，唯盼三子早一些打开那道铁闸闯进来相救，否则，今日只怕会一败涂地。

吴松的确恨及蔡伤，当年，蔡伤为报抄家之仇，不仅杀了吴含，更投毒于井中，让吴家一百余人也全都死尽，连仆妇也不例外。当时吴松刚好不在家，而是押送蔡家尸首去洛阳未归。当回到家中后，惨祸已经发生，吴含的脑袋更碎得不成样子。他心中的仇恨之火几乎烧得他缓不过气来，而蔡伤此后便归隐山林，无处可寻，从此吴松只得含恨在江湖中寻探，终于知道王家也有参与当初惨祸的迹象，但王家势力强大，无论是朝中朝外，他都不是对手，而王家更是高手如云，他即使想溜进去都不可能，若要暗杀，那更不可能！几次险死还生后让他明白，单靠他自己的力量是绝对不行的，于是吴松投入到了尔朱家族，由于吴含当初也是尔朱家族的拥护者，所以尔朱家族对吴松也未当外人看，便收留了他，一直让他在财神庄中打理一切。蔡伤再现江湖后，又勾起了吴松的仇恨之火，但他知道，自己的武功与蔡伤相差太远，连当年他大哥吴含也不是蔡伤的对手，他自然更是不行！因此，他一直在寻找机会，这次蔡风中计，就是出自他的脑中。

吴松对蔡伤与王家的关系了解极多，因此，想出这一计自是十分轻松，此刻蔡风的生死完全掌握在他手中，一种复仇的快感，让他兴奋若狂，很快他便将蔡风拉入了铁笼之中。

尔朱兆终于露出了一丝微笑，令他感到微微有些意外的是，没想到对付蔡风竟如此轻松。虽然损失了数十名兄弟，但也值得，蔡风不仅是尔朱家族的大敌，更是他的情敌，拔去这颗眼中钉，他几乎是放下了心头的一块大石，轻松至极。

“呀！”吴松发出一声凄长的惨叫，尔朱兆回头一望，却见蔡风已若一道轻烟般抱着元定芳掠出铁笼。

“哗！”那巨大的铡刀和铁笼之门在同一时间滑落，但仍迟了一步，反而将吴松的脑袋铡下半边。

尔朱兆本能地退后两大步，蔡风的武功他在几天前便已经见识过，那种惊天动地的可怕深深震撼着他的心弦，连巴颜古的武功都不是蔡风的对手，他虽然是尔朱家族年轻一辈中第一高手，但与巴颜古相比，始终还要差上一筹，就更不用说是蔡风的对手了。连他叔父尔朱荣都将蔡风列入与之平级的高手之中，他打心底便对蔡风存在着一种怯惧之感。刚才是因为有元定芳那一着棋，他才会毫无忌惮，可此时，已经失去了元定芳的依附，他自然心里开始发慌了。

葛大和葛二见蔡风居然没死，不由精神大振，又再一次恢复了刚才的凶猛，与两俏婢战成平手。

那手握巨斧之人飞身掠至尔朱兆身前，护着尔朱兆，有些紧张地望着死而复生的蔡风。

尔朱兆深深吸了口气，蔡风并没有攻击的意思，他前后一思量，如果蔡风主动攻击他，那么元定芳定会被他的人再次擒为人质。那时候的优劣定会立分，他估计自己接蔡风五招绝对没有问题，这五招时间足够他的属下干很多事情，同时却感到深深不解，明明那毒刃已经刺入了蔡风的腰间，这见血封喉的毒性，尔朱兆绝对很有信心，而蔡风的腰间也明明流出血来，而且变成了紫黑色，这正是中毒的特征，可此刻的蔡风又怎会如此活生生像个没事人呢？

“你怎会没死？”尔朱兆再次深深吸了口气，问道。

“我为什么要死？”蔡风似乎有些得意地反问道。

“那见血封喉的毒刃明明刺入了你的腰内！”尔朱兆惊疑地道。

“是你们对自己的智慧估计太高，甚至有些盲目，刺入了腰间就一定得死吗？哼，亏你还自诩聪明！”蔡风讥嘲道。

尔朱兆一呆，他有些迷茫，蔡风的话的确有些莫测高深，心中忖道：“是了，蔡风乃是毒人之身，身为万毒之王，又怎会怕这点毒？原来自己忽略了这一点！不对，他被刺的是命门要穴，即使不惧毒，也不会像半点伤也没受一般呀？”

“想知道答案吗？看你们那副傻乎乎的可怜样，我不妨告诉你，对今日的行动，本公子早有计划，甚至准备得充足无比，你以为我会相信一个陌生人的一面之词吗？未免也太天真了吧，吴松的确是块演戏的料，也难为他居然可以弄到王府的身份令牌，但他出现得太巧合了，而且所说的话中也有漏洞，只是我并没有想到他竟会是你的人，但只要有半丝疑惑，我都会作万全准备。今日的蔡风并非昔日之蔡风，一路上，我一改往日之作风，对财神庄的弟子不留一个活口，其实是做给他看的，如果他是你的人，定会有很多奇妙的表情，结果果然不出我所料。他的表情的确很有趣，虽然在极力掩饰，但却无法逃过我的眼睛。”蔡风语调极为揶揄地道。

“可这与你不死又有何关系？”尔朱兆淡淡地问道，他只想知道蔡风为什么可以不死。

蔡风莫测高深地笑了笑，有些让人难以置信地道：“他刺中的根本就不是我，而是它！”

蔡风的手中多了一件东西，用油布包裹着，仍在湍湍地渗着紫黑色的血水。

尔朱兆的脸色说有多难看就有多难看，蔡风手上所拿着的，竟是一块肥肉和一个瘪气了的血囊。

蔡风所说没错，刚才那毒刃的确没有刺中他，而是刺在一块肥肉上，由于王仆要急于解开葛大和葛二的杀招，没等毒刃完全刺入，便已抽出格挡葛大两人的攻势，而蔡风在那一刻肌肉内缩，毒刃根本连他的表皮都不曾沾到，自然无法取到什么效果了。

尔朱兆无活可说，蔡风比他估计之中要可怕得多，竟然在身上预藏机关，似乎早就知道可能有此一招般，的确让人心惊。

“你早就知道会是这个结果?”尔朱兆心头有些发寒地问道。

“也不是早就知道，这叫作有备无患。一个人若是上过了几次当之后，就有经验了，再叫他上同样一次当的确很难。而我，便已经上过两次这样的当，所以第三次让我上当的人只好自己上当了，你就自认倒霉吧!”蔡风得意地道。

尔朱兆的确只能自叹倒霉，如今的蔡风已经精明如狐狸。

“其实，他们根本就无法逃过我的掌握，根本就不可能!在你派去的这一群人之中，每个人都服下了一颗慢性的绝毒，只要他们一有异动，就立刻会死得很惨，亏得吴松还自以为聪明，其实蠢得像头驴，笨驴!跟我斗，他们还差得太远，包括你尔朱兆!”蔡风傲然道。

“你在进入地道之前，给他们服的是毒药?”尔朱兆惊问道。

“哦，你也看见了，这地道之中有观景之处，倒也不简单，不过那颗药丸倒不是什么毒药，但与另外一种药性相合，也便成了一种慢性之毒，那就是他们所喝的茶水!”蔡风笑得十分灿烂，可却让尔朱兆的心头寒气直冒。

“打一开始你就知道他们的真实身份?”尔朱兆再次问起这似重复而又多余的问题。

蔡风感到有些好笑，斜眼向葛大那边望去，见他们已经逐渐占了上风，也便好整以暇地道：“那倒也不是，只是对任何值得怀疑的人，都要采取一些防范措施，不能一点戒备之心也没有，那样吃亏上当的只会是自己，这种事情我蔡风绝对不会干。我向他们下毒，只是防患于未然，如果是多余的，我会在不知不觉中为他们解毒；若不是多余的，他们就只好认命了！”蔡风优雅地笑了笑道。

“哧！”大厅的一角裂开一道门，十余名汉子立刻冲了进来，团团护住尔朱兆。

蔡风的威名，的确足够震慑人心，至少在这些人的耳中不止一次听说过蔡风武功的可怕，可以与尔朱荣相抗衡的高手，世上并不多。而在年轻一辈之中，蔡风是唯一一个。是以，这些人最先想到的不是进攻，而是护住尔朱兆的安全，然后再想办法阻止或困住蔡风。

“葛大、葛二，给我住手，不必与一介女流厮杀！”蔡风向葛大和葛二喝道。

葛大、葛二再次疯狂地攻出数刀，便立刻收刀而静立于蔡风身边，那两俏婢本想趁机相逼，可是蔡风却立在他们之间，她们根本就不可能闯过蔡风那一关，也不敢闯。

蔡风并没有出手，只是冷冷地扫了众人一眼，神情极为淡漠。

尔朱兆身边的众人似乎有些紧张，他们当中其实见过蔡风真正出手的人只有尔朱兆，不过蔡风刚才在地道中以杀气逼退群蛇之举倒是有许多人自观察孔中看到了，是以，众人都有些紧张。

蔡风望了望怀中的元定芳，她一直昏迷未醒，但气色仍是十分正常，却不知是被什么所制，他顺手便将元定芳交到葛大的手中，神情冷漠地向尔朱兆逼去。

众人心神绷得极紧，极为小心地戒备着，谁都明白蔡风不击则已，一击必是雷霆万钧之势。传说蔡伤的“怒沧海”已经尽传于蔡风，而“怒沧海”之下从无活口，是以每个人都禁不住心情极为紧张。

尔朱兆在退，他并非对自己和这群属下没有信心，而是唯有退才是明哲保身之道，他的身份何等尊贵，即使有一点点危险，也得先让别人去顶。何况，蔡风的武功的确太过可怕，以莫折大提那种功夫和那些护卫，仍然死在蔡风的刀下，而他眼下的实力与莫折大提相比，应该相差太多。是以，尔朱兆在退，只有后退才是他唯一的抉择。

蔡风依然缓缓逼近，并不加速，他似乎有一种好整以暇的轻闲之感。

“哗……”又一道门大开，几名财神庄的弟子跌跌撞撞跑了进来。

“发生了什么事？”尔朱兆惊骇地问道，他很少见到财神庄的弟子会慌张成这副模样，因为这里的每个人都是经过精心挑选、训练有素的，若非真的发生了大事，绝不会慌乱成如此模样。

“公子，大事不……好，庄主和教头被抓了！”其中一名弟子有些喘不过气来地道。

“是什么人？”尔朱兆一手重重搭在那名弟子的肩头。

那人稍稍镇定了一下，道：“三子，不，是‘怒沧海’！”

“啊……”所有人全都一惊，竟然又出现了一个“怒沧海”，难道是蔡伤亲来？如果真是这样，只怕今日唯有败亡一途了。对付蔡风已经够他们头大的，若再来一个比蔡风更为可怕的蔡伤，那将会是怎样一种结局呢？

尔朱兆脸色变得铁青，冷问道：“可是蔡伤？”

“不是，是蔡风！”那人终于理顺了一口气道。

“蔡风？”“啪！”尔朱兆伸手给了那人一个耳光。

蔡风一直在他的眼皮底下，怎么可能又分身去将财神和教头擒住呢？这不是睁着眼睛说瞎话吗？

“你看看这是谁？”尔朱兆揪住那人的头发，将他的脑袋抬起，冷冷地问道。

“啊，蔡风，不，我没有说谎，庄主说那个三子是假的，那才是真正的蔡风！他们正朝这里赶来。”那汉子惊恐万状地道。

尔朱兆的眸子之中露出无限杀机，紧紧盯在蔡风的脸上，冷冷地问道：“你到底是谁？”

“你以为我是谁呢？”蔡风冷傲而不屑地反问道。

尔朱兆有些心虚，他也被弄糊涂了，他曾亲眼见过蔡风，是以对眼前这人并无疑问，那种神态、语气和音调都丝毫不假，但是怎会又出现另外一个蔡风呢？

“你是真蔡风还是假蔡风？”尔朱兆知道，这些财神庄的属下绝不敢在他面前说谎，是以心中有了疑虑。

“是真是假靠嘴巴说是无效的，那要见识一下手底功夫是怎样一个定论!”蔡风莫测高深地道。

尔朱兆心头竟有些矛盾，他也想不出来该如何去面对这种问题，让他去试，绝对不行。

蔡风缓缓拔刀，一寸一寸，犹如在计算着每一寸空间，浓烈的杀意自刀锋中渗出，越来越惨烈，越来越阴寒，那股无形的气势也在拔刀的同时疯长。

尔朱兆本有下令先出手的打算，但既然蔡风先一步想出手，那便只好以静制动了。

“哗……”那道铁闸被打开之声传入大厅。

尔朱兆的脸色再变。

地道中各处的人自后门纷涌大厅，他们知道此刻是最关键的时刻，必须全力出击。

尔朱兆微微吁了口气，他身后已经聚齐了百余人，这对他来说至少是一个较大的安慰和鼓舞，蔡风虽然可怕，但也不可能杀得了这一百余名好手，再说他也并非没有一战之力，因此禁不住又意气风发了起来。

潭水之中的确比岸上要暖和很多，那蒸腾的水气一个劲地上涌，使得谷中景物有些迷茫。

在潭水中行功，功力恢复得倒也迅速，众人身上所结的冰早已化开。

黄海只不过是因为功力消耗过多，并非身受重伤，所以恢复功力的速度更快，只用了两个时辰便已经调理好气息，行功三十六周天，整个人都注满了活力。

彭连虎诸人手牵着手，七人之间通过手心相串，作大周天运转。黄海功力的恢复，使他们的伤势恢复极快，彭连虎也差不多快恢复如初了，此时上岸，他自信可凭功力烘干衣服。

他们也的确饿得够戗，几天未进粒米，又是功力大损之时，肚子中的饥饿几乎无法抗拒，因此功力稍复后便想到去找吃的。

黄海最先上岸，尔朱荣也相继上岸，两人的身子都似乎笼罩在一层轻烟之中，若隐若现，显然是在运功烘干身上的水。在这种严寒的日子中，别说浑身被冷水浸透，即使少穿一件衣服都会冻得直打哆嗦。

彭连虎缓缓舒了口气，苦难终于过去了，但想到那狡猾的石中天被逃脱，自己没能完成萧衍所交付的任务，心中不免一阵难过，但那也是无可奈何之事。

石中天的智慧的确太过可怕，在如此重伤的情况下，仍然能够将这一干绝世高手耍得团团转，甚至九死一生。这的确不能不让众人感到心惊，如此一个危险人物不除，那这个世界真不知会乱成什么样子，更不知有多少人会死于他的手中。彭连虎心中不禁暗忖道："若是那晚，蔡风与蔡伤在最后一击上也联手，那将会是怎样一个结果呢？想必肯定会让石中天死得很惨，而现在天下又有什么人可以制住石中天呢？这的确是让人大伤脑筋的一件事。"

黄海和尔朱荣想到的是同样一个问题，那就是去寻找食物，他们若非靠功力撑着，只怕此刻已经饿瘫在地了。人毕竟是人，而不是神！食物的重要性并不因你是高手便可以减少，那些避食之术只是修道之人的苦行而已，可以说是对自己的一种变相折磨。

黄海虽是道家传人，却非真的修真，对食物的需求与所有人都一样，是以他们最要紧的便是寻找食物充饥。

"这样寒冷的大雪天，又不知身处何地，想找东西吃，恐怕不太容易，不过想必水潭中应该有。"彭连虎开口提醒道。

黄海不由得望了望那些密密的灌木，顶着一层层白雪，四处白茫茫一片，连一只飞鸟也没有，哪里还可以猎兽呢？要是想猎兽只怕还得多饿上老半天。

尔朱荣却无可奈何，别说下水找猎物，只看一看那些波光幽蓝的潭水心里便有些发毛，他自然想到潭中也许有鱼，如此大的一片水域，没有鱼才怪。但他根本不会游水，只得望水兴叹，因此分开灌木去找自己的猎物了。

黄海已很多年没有下水抓鱼，但水性却并未减，全因其功力日深，水性自然跟着渐渐厉害起来，只是刚下水之时，动作有些生硬，但很快就已经适应下来。以他的功力，根本不必近鱼之身，便可将之击昏。不多久，收获倒也颇丰。

蔡风突然收刀疾退，包括葛大和葛二，三人似乎极有默契地疾退。

身后一簇劲箭狂射而过，自蔡风和葛大、葛二的身边带着一溜尖啸，奔向尔朱兆的队伍。

尔朱兆大骇，并不是因为这一簇弩箭，而是因为他看到了蔡风，自那铁闸的开口之处闯入的蔡风！

蔡风的闯入并不值得奇怪，奇怪的只是大厅之中在这一刻之时，竟出现了两个一模一样的蔡风。

“呀……”惨叫之声响过一阵，尔朱兆身边的人太过密集，虽然挡住了一些箭矢，但却仍有人伤于箭矢之下。

财神和那红袍怪人神情委顿地被无名十八与另一名葛家庄兄弟夹在中间，两柄大刀就像是死神的铁链般系在两人的脖子上，只要稍微一动，他们便真的要去见鬼了。

两个蔡风并肩而立，身后却有着近四十名兄弟。

几乎所有的财神庄弟子都跟尔朱兆一样，愣愣地呆望着两个一模一样的蔡风，双方的弩机全都对峙着，却没有人再敢放箭，因为那样一来，势必将会酿成一场大混战。

“你们俩哪个是真正的蔡风?”尔朱兆知道那名弟子的报告并没有错，此刻就是他也无法分清楚，到底哪个蔡风是真的，无论是两人的神态和举止都十分神似，就像是一对同胞孪生兄弟。

刚才后退的蔡风缓缓将刀再一次还入鞘中，吐了吐舌头，向尔朱兆扮了个极为顽皮的鬼脸，笑道：“实在很抱歉，刚才是我耍了你，真正的蔡风便在我的身旁!”说着伸手拍了拍自铁闸口进来的蔡风。

尔朱兆的脸色变得铁青，冷冷问道：“那你又是谁?”

假蔡风缓缓在面上撕下一张薄若蝉翼的面具，露出一张年轻而刚毅的脸来。

“我就是三子!”假蔡风有些得意地道。

尔朱兆若被电击，几乎气得快要吐血，没想到蔡风竟然要出“偷梁换柱”之计，将他玩弄于股掌之间。若刚才知道他所面对的只是三子，哪里还用得着畏怯？哪里还会顾忌？对付三子，尔朱兆自信不会输，若再加上众属下，不劈了对方才怪。

这也正是蔡风的高明之处，他让三子引开所有人的注意力，利用敌人对他的估计失误而夺得绝对先机。

三子自小与蔡风一起长大，这两年随着年龄的增长，身材也与蔡风一般无二，若要模仿对方的确是轻而易举之事。由于尔朱兆本身对蔡风的一种惧意，让三子也发挥了蔡风的作用，把对方这个中心人物给震住了。更如蔡风所料，三子将计就计，竟然将元定芳给救了出来。

蔡风早就估算到，在这地道之中处处都有暗中监视的敌人，而这一路上，他让三子尽量发挥其功力，在众人之中变成最惹眼的人物，也便完全吸引了敌人的注意力。但若在地道中逼退群蛇，凭借三子的功力仍无法办到，因此两人牵手而行，才会生出那无穷无尽的杀气，震慑群蛇。

不明就理的人，自然无法分清这无匹的杀气是三子还是蔡风所发的，由于世人对蔡风早有评论，在分不清谁是三子、谁是蔡风之前，自然会当假蔡风货真价实了，而且经此一来，尔朱兆诸人更加确信假蔡风是真的，更在贼人的心中树立了一种形象。

蔡风笑了，笑得十分灿烂，十分自然，一张面庞像是挂在骄阳之下的葵花。

蔡风的笑，就像是一根根皮鞭抽击在尔朱兆的心头，他从来都自认其智慧在年轻一辈中是最为出类拔萃的，虽然蔡风红极一时，其名更是如日中天，但他总以为蔡风是靠着一点运气而已，虽然他的武功也许比不上蔡风，但蔡风是因为变成毒人后，功力暴增数倍，否则若说他武功不如对方，他绝对不会服气。但今日，他却不能不服，这并没有一丝侥幸的成分，全凭运筹帷幄及机智，这次尔朱兆败了，败得很惨，蔡风的确像传说中一样可怕。

“你与我斗，还要差上那么一点点。”蔡风有些挖苦地道。

尔朱兆没有说话，他只有保持沉默，在没有与蔡风交手之前，他总以为自己的计划是天衣无缝，绝对没有漏洞的，可是这一刻他才发现，自己的想法有些天真。

当然，这并非尔朱兆笨，尔朱兆绝不是一个笨人，只是他遇上了比他更精、更狡猾、更聪明的蔡风。

尔朱兆的计划并没有漏洞，将蔡风与三子隔开，然后各个击破，而让蔡风失去后援，再施以毒手，让吴松操刀。即使吴松不成功，再利用地形，众多之人对付蔡风一个，即使再厉害的高手也不能幸免。

但他遇到的对手是蔡风，一个比狐更狡猾、比鹰更机警、比狼更狠毒的蔡风，因此，打一开始，就注定了他的计划不能成功。

从失落中找回自我的蔡风，比过去任何时刻的蔡风更为可怕，无论是武功还是智慧，都向前大大迈进了一步，这点没有人可以否认！因为这两年多来，蔡风经历的事情太多，也见过太多，虽然未改往日的自信，但却比往日更为深沉，更为老练，更知道如何保护好自己。猎人的本色，在这一刻才真正充分发挥到了生活之中，没有人能够否定。

南朝。

萧衍回到朝中后，却并未上朝，他已经休朝了半个月，如此让群臣感到微微有些不安。

今年是一个特殊的春节，能够觐见皇上的唯有三公，就连九卿也无法得到萧衍的召见，但至少有一点让人稍安，那便是萧衍一切都平安，只要皇上平安，什么事情都好说。

萧衍正是南朝的支柱，有他支撑着，才会使国泰民安，朝中群臣无人不敬服萧衍之才智和技艺，能使南梁数十年来稳定如昔，这的确不是一件容易之事。无论是在经济抑或是军事上，南梁都在这数十年中有了长足的发展，虽然偶尔不免做出一些错误的抉择，但正确的决断始终要多一些。

靖康王奉萧衍密旨，监视平北侯府的动静，的确倾注了他极多的心力。无论是在公抑或在私，他都绝不可以松懈，这是一个排除眼中之钉的最好机会。

昌义之似乎有些老迈了，但却绝对不容任何对手忽视！

任何人都不会忽视这个看似老迈的人物，萧正德心中十分清楚，昌义之比狐狸更狡猾，手段之高明，没有多少人可以胜过他。是以，萧正德花了极多精力去盯住这么一只狐狸。

昌义之消失的时间是在午夜，平北侯府中所有稍稍重要一点的人物却不知道他是在什么时候消失的。

总之，萧正德派出去的三十八名探子，已经有三十七具尸体被发现，还有一个下落不明，而在同一天晚上，城中负责监听地下动静的几个守卫全都失去了脑袋，这是第二天才发现的事情。

凶手是谁？没有人知道，这座城池中的一切部署，都与昌义之分不开，平北侯府可以说是这座城池的权力中心。

这是在钟离所发生的事情，因为平北侯的家眷及大部分实力都在钟离，昌义之却是在建康城中的平北侯府失踪的。

建康城的平北侯府并不是最气派的，但作为一个王爷，在京城总会有自己的府邸。打一开始，萧衍便召昌义之入京，也只有在京城这弹丸之地中，他才能够更好地控制昌义之。

只可惜，昌义之仍是失踪了，跟着一起失踪的还有昌义之十二名贴身侍卫和二十八名亲兵。

这一事件的发生几乎让萧正德虚火上升，怒气冲天，昌义之居然在他的眼皮底下溜走了，这件事情要是传扬出去，他还有何脸面见人？更是有负萧衍所托。是以，他大为恼火，但这也无可奈何，在大骂一顿之后，立刻下令封城，更派出近千人马在城内四处搜寻。

没有人敢说半句话，因为萧正德是持有萧衍密令的人之一，有着调动近万人马的权力。城守更是显得惶恐，因为萧正德早就对他们说过，让他们守卫通道，若发现可疑之人出城，必须随时向他报告，但如此仍让昌义之给跑了，至于是否溜出了城外，暂时无人知道。

萧正德一怒之下，将北平侯府的仆妇杂役尽数斩首，但他知道，这只不过是借以出出气而已，于事无补，但他却无法忍受昌义之的如此戏弄自己。

建康城中春节的气氛被破坏无遗，侦骑四出，若野狗一般穿街过巷，却找不到昌义之的影子。

## 第一百二十七章　大智若愚

“你以为可以胜过我吗?”尔朱兆冷冷地望着蔡风，淡漠地问道。

“事情已经发展到了非要分出胜负的时候，用不了多久，我们之间就会有个结果，难道你不这么认为吗?”蔡风依然显得十分悠闲，同时望了望葛大手中的元定芳，眸子中充满了一丝柔情。

尔朱兆心头禁不住暗恨，忖道：“刚才我为什么要惧怕三子那小子呢?若是出手，此刻岂不是已经胜券在握?又怎会让蔡风这王八蛋占尽先机!”其实，他早就知道元定芳对于蔡风非常重要，只要将元定芳紧紧握在手中，也就不怕蔡风不束手就缚，而现在自己已经失去了这颗棋子，形势处于不利之境。

蔡风的唯一缺点就是在感情之上，人无完人，只要有缺点，便可以酿就致命伤痕，这是一条不可更改的真理。

蔡风两次都是因为感情之事，险死还生。他能够活下来，凭借的是一些运气而已，当然，运气也需要人去创造，蔡风有运气，是因为他特殊的身份才能够创造出这种运气。因此，说是运气还不如说是靠本事，因为蔡风有本事，才会创造运气。这些运气绝不是侥幸所得，而是靠几代人，或一群人去酿就而成。为蔡风酿就运气的，除蔡伤外，还有葛荣与黄海，其他的任何人都不可能拥有这种运气。

尔朱兆在行事之前，对蔡风这个人仔细分析过，这是他的习惯，对付任何敌人他都会经过仔细分析，包括对方的优点和缺点，尔朱家族完全有这个力量去获得这些资料。是以，他只要说一声，就会有人送上一大堆资料。

尔朱兆知道蔡风的优点，也知道蔡风的弱点，因此，这次他专为蔡风的弱点布了一个局，可是他仍是太低估蔡风的智慧了。当假蔡风出奇不意地救出元定芳后，他对蔡风优点的分析却成了他的一个心理包袱和负担，使他对那个不是蔡风的蔡风产生了一种畏惧的感觉，人一旦产生了这种感觉，战意就会消失干净。且尽量去避免与这样的对手作战，尔朱兆就是这样，以致使三子的以假冒真进展得极为顺利。

三子当然不是笨人，他演戏的技巧也极为高明，何况他对蔡风又是那般熟悉，要扮演蔡风这个角色实在轻而易举，无论举止、神态、语气，还是气势都模仿的惟妙惟肖，更处处透着一种莫测高深的样子。

人性总是很滑稽的，当你对某个人有先入为主的偏见时，他就是做得再好，你也会觉得不满意，但如果这个人是你所崇拜的人，即使他放个屁，或许你也会认为与众不同，你甚至会把他最难看的笑容当成倾城一笑，这就是人性的滑稽。如果你知道某人的确是一个很可怕的人物，那他举手投足间，只要稍稍有一点气势，你也会当成是莫测高深之举，甚至会认为一个很普通的架势含有极深的意义。尔朱兆虽然聪明，在年轻一辈中可算得上杰出人物，但仍旧是一个凡人，也离不开人性的这种庸俗滑稽。

三子打一开始，就有惊人之举，死而复生，更说出那段似乎料事如神的话，仿佛早就已经洞悉尔朱兆的阴谋，使尔朱兆的心神大乱，失去了平日的机智与冷静，这正是三子有机可乘的原因之一。而在有人来报地道之外出现了另一个蔡风之时，尔朱兆开始有些怀疑，正准备让人攻击时，可三子似乎早就已经知道了他的心意，先一步出刀，做出欲击之势，这就缓慢了尔朱兆的命令的发出，当三子将时间拖延到真的蔡风赶到时，也便立即收刀。尔朱兆想攻击也是不可能了，这的确是一件很遗憾的事情，到手的肥肉却让人给抢走了，更是损失不小，怎叫他不怒气冲天？

“轰……轰……”一阵闷响及一串细碎的响声传来。

财神的脸色变得十分苍白，忍不住吼道：“快走，这里快要爆炸了！”

蔡风和尔朱兆不由得全都一呆。

“你想吓唬人？这是我命人去关掉你的机关总钮！”蔡风不屑地道。

“你知道个屁，糊里糊涂去关机关总钮，分明是不想活了！机关总钮之下还连着一根细线，这细线上悬着火石，在机关总钮关落之前，先要拉开另外一条线绳，否则只会让火石重落，撞在另一颗火石之上，点燃煤纸与引线……”

蔡风和三子霎时全都脸色大变，尔朱兆更飞速地向后退去，一点迟疑都没有。虽然这地下世界中的机关并非他所设计，但却相信财神的话，其实在所有属于尔朱家族的产业之中，都有这种自毁装置，而他是最珍惜生命之人，自然会毫不犹豫地逃走。

所有人几乎战意尽失，谁也没有想到蔡风的一个命令，却酿就这般结局。

“谁关的机关总钮?”三子急问道。

“无名十六！撤!”蔡风只是匆匆回答了这么一声，就向地道外疾退而去。

这一群进入地道中的葛家庄兄弟都是极为厉害的硬手，是以退出的速度绝对不慢，蔡风夹着元定芳，一路上让分留各地道口的兄弟迅速撤走。

“无名十六在哪里?”三子急切地问道。

蔡风尚未回答，却将元定芳向三子手中一塞，道：“带她去安全之地!”

三子一呆之时，蔡风已经向地道深处奔去。

“阿风！……阿风!”三子喊了两声，蔡风却并不回头。

“公子！那里危险……”几十名葛家庄兄弟顿时大急。

三子感到鼻头有些辛酸，一种莫名的无奈自心头升起，“撤!”说着便向地道的出口闯去。

无名五正在惊愕之时，三子已若冲天的云雀，自昏暗的地道中飞射而出。

一个接着一个，数十人犹如蚂蚁出巢般钻出地面。

“撤出庄外!”三子沉声道。

“公子呢?”无名五有些吃惊地望了三子手中的元定芳一眼，问道。

“这是公子的命令，出去再说!”三子只抛下这样一句话。

无名五望了望众葛家庄弟子面如愁云，竟感到了脚底之下一阵震动，更有隐隐雷鸣声传来，不由得大为惊骇，但见众人无话，也便只得跟在众人身后向庄外奔去。

不远处黑影掠过，也是一群人！

“尔朱兆，杀！”三子似乎将积压了千百年的怒火，在刹那之间迸发而出。

这一切的一切皆因尔朱兆而起，若非尔朱兆这家伙的介入，就不会有今日之事发生，因此，所有的罪过全都应由尔朱兆一人承受。三子很少会有这种冲动，但这一刻却迫切地想与尔朱兆拼个你死我活。

无名五听说前面之人是尔朱兆，顿时精神大振，无名四和几名庄中弟子被害，全是因为尔朱兆而起，他早就想和尔朱兆斗上一场。

众葛家庄兄弟出了地道，斗志尽复，汹涌如潮的杀意，却是被蔡风的义行所激，弩箭上弦，疯狂地向惊魂未定的尔朱兆那一行人扑去。

葛家庄众兄弟这次竟出动了八十多人，在地道中损失了十数名，除掉无名十六等八人，仍有六十多人。

六十多支劲箭一齐射出，那些惊魂未定的财神庄弟子，根本就不堪一击，瞬息之间便倒下一片。

尔朱兆大惊，他没想到蔡风和三子一出地道，不想着先离开危险之地，反而来攻击他们，当他察觉时已经迟了，虽然他身边的人有不少好手，但这一轮劲箭，死伤也达三四十人之多，全因他身边的人慌于逃命，斗志尽失，而葛家庄众兄弟则因蔡风的义行激起了滔天斗志，且无名五诸人不知情况，相形之下，财神庄众弟子自然要逊色很多了。

“还击，给我杀！”尔朱兆以为蔡风来追杀他，心头大寒，就只好让他身后的众财神庄弟子为他挡住蔡风了。

那些财神庄弟子也是经过长期训练出来的，虽然事态仓促，斗志大消，更对蔡风打心底生出一种畏怯之意，但尔朱兆的命令不可违逆，他们仍是迅速振作精神，张弓搭箭，但葛家庄众兄弟会不会给他们时间？

的确，他们之间的距离本不远，仓促张弓搭箭并不是真的有效，但葛家庄众兄弟的攻击却是绝对有效！

飞刀！

白茫茫的一片，在滔天雪花之中，翔动若一只只带光的燕子，以一种眩目的弧度，蜂拥般插入财神庄众弟子的胸膛。

惨叫之声、弓弦的崩断之声、惊呼之声，再加上地底的轰鸣之声，平静的雪原，变得热闹起来。

葛家庄众兄弟没有停步，他们完全没有必要停步，他们所接受的训练比财神庄众弟子所受的训练残酷得多，时间也长得多。是以，他们绝对是第一流的战士，最勇敢的杀手。

蔡风让他们行动之前做好了充足的准备，一切可能用到的物件尽数备齐，所以他们的装备不仅有效，而且方便快捷，这绝对是财神庄弟子无法相匹敌的。

葛家庄众兄弟最擅连环出击，绝不给对方有喘一口气的机会，比之虎狼更凶更狠。

财神庄的弟子虽然人数众多，几乎是葛家庄兄弟的两倍有余，但刚一接手，就让他们死伤一大片，这对本就没有斗志的军心造成了更大的打击。

在两批人马相距十步之时，葛家庄众兄弟终于发起了第三波攻击。

袖箭，短短的袖箭，在近距离之中，所起到的作用绝对不容轻视，而且这些短小的袖箭都是经过毒药淬炼的，并不需要伤在敌人的致命方位，便足以造成伤亡。

而财神庄弟子大弓劲箭也都脱弦而出，虽然葛家庄众兄弟身手极好，又分散开来，但仍有十余名兄弟未能幸免而中箭，这还是因为葛家庄众人那疯狂的三轮攻击，致使财神庄弟子阵脚大乱，人心涣散，否则所遇到的攻击绝不只于此。而且近距离作战，弓箭的力道绝对强过袖箭和飞刀，这是毋庸置疑的。

财神庄众弟子根本就来不及再搭箭，葛家庄众兄弟便已经涌了过来。

刀光闪烁之中，他们只好抛弃长弓，作近身肉搏。在这三轮连环攻击之中，财神庄损失近达六七十人，使得双方实力并不会相差多少。

葛家庄的兄弟斗志激昂，杀意无穷，而财神庄众弟子却知道危险将近，在死亡的阴影之中，根本就不可能发挥出好的水平，被这一阵狂攻，击得溃不成军。

三子杀机直冲牛斗，将元定芳交给葛大和葛二，身形疯狂地逼向尔朱兆，就像是面对平生的大敌一般。

尔朱兆回身一看，见不是蔡风，心头微宽，但此处仍是危险之地，他无心恋战。

“尔朱兆，有种你就接受我一战！”三子充满杀意地道。

“哼，本少爷是何等身份，你一个下人想向我挑战，还不够资格！”尔朱兆头也不回，不屑地道。

三子更怒，脚下运劲，紧追不舍。

“哼，要战我家公子，先过我这一关，让我来掂量掂量，你够不够格！”一声闷雷般的呼喝滚过，与地底的轰鸣相应和，倒是极具气势。

三子并不减速，他要与尔朱兆比试，就先要除去这雷神般的猛汉，双脚足尖自那巨斧之上踏过。

“嘿……”那握斧猛汉双臂运斧，生出一种一往无回的气概，惨烈至让人觉得像是千军万马在厮杀。

那柄巨斧，像是一片黑云，幻出一幕苍茫的虚影。

这人来自军中，本是尔朱家族用以征战沙场的猛将。

三子也是在陡然间想到这么一个人的，游四曾经向他介绍了尔朱家族军中的几个猛人，虽然游四并没有与尔朱家族的士卒交过战，但他对尔朱荣如何指挥战将击溃破六韩拔陵的那一场大战了若指掌。知己知彼方是兵家取胜之道，游四绝不会觉得多掌握一些敌人的资料是一件坏事，更妙的是，游四会画一手好画，几乎可将尔朱荣军中的大将一个个都画出来，还会清楚地标出各人的长处，做事之细心可谓世属罕见。是以，葛荣才会对游四信任无比，在十杰之中似乎也是以游四最为突出。

三子与游四的关系极好，是以游四经常向他讲一些军中的厉害人物，三子依稀记得其中便有这么一个猛将：手持巨斧，就连赵天武都在他的手中没有讨到好处。

这人就是让赵天武吃亏的猛将耿怀恨，三子有些疑惑，这人怎会出现在此地，而不是军中？

"当!"一声脆响，三子的刀以快得无以复加之速，撞在巨斧之上，却是刀背。

耿怀恨一阵心惊，他竟感觉不到三子刀劲的存在，巨斧就像是击在一团棉花上，毫无着力之处，这的确让他有些不解。

三子"嗖"的一声自耿怀恨头顶蹿过，却是借力而升，向尔朱兆追去。

"你别走!"耿怀恨怒吼一声，向三子背后猛追。

"别急，还有我!"无名五的剑自一名敌人的腰间划过，血若残虹破天。

那人只是发出一声极为轻微的惨哼，就已成了两截。耿怀恨发现这柄剑之时，剑已只距他只有三尺之遥。

"叮!"一声脆响，无名五的剑在耿怀恨巨斧之上曲成了一张弓。

无名五暴弹而回，耿怀恨狂吼一声，巨斧猛砸而至，的确有万夫莫敌之气势，不愧为军中猛将。

无名五心头微惊，这猛汉看上去似乎笨拙不灵活，可手中巨斧却是灵巧无比，也快捷无比，而且刚才那一剑，他已经试出，耿怀恨的力道比他更沉，或许是天生神力之故。

无名五长剑轻抖，错步而上，"哧!"的一声，长剑竟自斧底滑过。

"哼!"耿怀恨一声冷哼，巨斧一翻，斧柄猛绞，竟以一种奇异的手法将无名五的长剑锁住。

无名五一愣之际，耿怀恨如娃娃脑袋般的拳头朝他面门击到。

无名五无奈，右手屈指一弹，弹在剑柄之上，而上身后倾，脚尖处竟现出一柄短刃，飞腿向耿怀恨的小腹刺到。

耿怀恨大惊，无名五的这一手的确够狠，使他上下两个方位同时受击。

那被无名五弹出的剑，若灵蛇般自斧隙之间蹿出，不仅解开了耿怀恨的紧锁之势，更射向耿怀恨的咽喉，与身下那一脚相配合，却成了必杀的格局。

耿怀恨唯有退，不退不行，而且要退得快。

巨斧一绞的同时，耿怀恨飞退。

“哧!”无名五脚上的短刃伸尽之时，也只能够划开耿怀恨腹间的皮衣，却被里面的一层软甲所挡。

耿怀恨退得的确够快，但他的手始终要慢上一步，无名五的短刃未能让耿怀恨开膛破肚，却顺势而上，在耿怀恨不及收回的手臂上划开了一条长长的创口。

耿怀恨一声闷哼，一退即止，心中恨极了无名五。

无名五一声怪笑，身子若灵猴般一阵倒翻，再看之时，他的手中却多了一杆枪。

地上的尸体极多，那些散在地上的兵刃也同样多，这杆枪连无名五也不知道是谁的，但已经顾不了这么多，他必须挡住耿怀恨的攻势。

财神庄未死的人，也有很多是硬手，其中便有身穿血红长袍的一群怪人，使得葛家庄众兄弟烧得焦头烂额，想必他们所练的皆是修罗烈焰掌。但幸亏无名十八早有与这群人作战的经验，参与这次行动的无名三十六将中便出动了六人。除无名十八外，仍有五人，这五人对血煞杀手倒也起到了极大的威胁，至少使他们不能够肆无忌惮，而且修罗烈焰掌更是耗费真力之功，也并不是每次都可以发出的。在武技之上，无名十八诸人的兰花流星手正是他们的克星，追着他们穷追猛打，使之没有机会对别人痛下杀手。

葛家庄的众兄弟中并非只有无名三十六将是高手，还有来自各寨头及江湖上的一些好手，这群人组合起来，在实力之上只会比财神庄更为雄厚，绝不会比财神庄逊色。但双方的伤亡也极为惨重，这种混战不像是高手对决，有时候甚至连自己是怎样死的都不清楚，因为众人根本就弄不清致命的利器来自哪里。

雪在飞，血在飞，满地的白雪被踏得一片凌乱，更被渗得发红，残肢断腿，绝望的惨叫与兵刃的呼啸，及如闷雷般滚近的声音，造成了大地颤抖的祸因。

葛大和葛二的功夫也是葛荣一手调教出来的，两人虽受资质所限，但却也极为了得，至少在这群人中，没有几个财神庄的人可以近身，何况他们的周围环伺着五名好手，想抢夺元定芳为人质的敌人却只有含恨而终。

尔朱兆身后仍有十余名好手相护，包括那两名俏婢。而三子却孤身一人相追，让尔朱兆感到十分好笑，这般不自量力之人，他倒很少见，而且迟迟未见蔡风追来，他的心头也安心了很多。说白了，在这里的所有人当中，尔朱兆唯一惧怕的人就是蔡风，其他众人并不在话下，当然包括三子。虽然他听哈鲁日赞描述过三子的可怕，但他始终看不起三子，总是只当对方是一个下人而已，再怎么厉害也是有限度的。他本就是一个极为自傲之人，被视为对手的年轻高手，唯有在江湖和朝野之中传诵极广的蔡风而已，也只有蔡风拥有这个资格，身为北魏第一刀的儿子，才够格与他这北魏第一剑的侄子相提并论。

三子只身追来，尔朱兆几乎不必出手，单凭他身后的高手，就足以取对方性命，事实上，也的确如此。

三子的武功虽然不错，但与尔朱兆身边这十余名好手相比，力量自然显得有些单薄了，只凭两名俏婢联手就绝对不可以轻视。

这是三子的忽视，还是他的糊涂？抑或是他已经被怒火冲昏了头脑，才会犯下这种致命的错误？

至少，尔朱兆是这么认为的，认为这是三子的不智，绝对的不智之举，包括尔朱兆身边的所有人都是如此看待三子的。

是三子的不智吗？三子再怎么傻也绝对不会傻到自寻死路的地步，他绝对是一个珍惜生命的人，尽管他并不畏死！

对于尔朱兆，他从来都不敢小觑，能够成为尔朱家族第一年轻高手的人，绝对不容许任何人忽视，只要想到在他的身后还有那个被武林当做神话之一的尔朱荣，就不可能想不到尔朱兆的可怕。

那三子为什么仍要犯下这样的错误呢？此刻并没有人知道，但当三子驻足的那一刻，便有人明白了。

三子绝对没有犯错误，他不是一个喜欢犯错误的人，更不会明知故犯，将自己推上绝路。

既然三子没有犯错误，那就是尔朱兆估计失误，他不仅小看了三子，还低估了蔡风，那个不知踪影的蔡风！

蔡风绝对不是个马虎的人，他要做一件事情，绝对会做得尽善尽美，甚至连最小的漏洞也不可能出现，每一个细节都想得十分周到。是以，蔡风的所有敌人，皆明白蔡风是怎样可怕的一个对手。

破六韩拔陵没有小看蔡风，亦没有低估蔡风，但他仍是败在了蔡风的手中，蔡风甚至并没有亲自动手，只是以锦囊之计便击溃了对方，使破六韩拔陵损失了宇文一道，损失了破六韩灭魏，更损失了卫可孤和破六韩修远。若非卫可孤之死，只怕阿那壤的大军也无法攻入他的领地，卫可孤不可否认地是个不世将才，但只因为招惹了一个不该招惹的人。

其实，尔朱兆已经将蔡风看得很高了，只是他也是年轻人，年轻人总免不了心高气傲，高估一个与自己同样年轻的人，也是有限度的，但此刻，他才发现蔡风是多么可怕。

一簇箭羽，似乎来自冥界的箭羽，划破虚空，向尔朱兆无情地罩射而至。

雪地之中，竟埋伏有人，不仅如此，在财神庄的外墙之外也隐匿有伏兵。

“哧……砰……”一簇旗花冲天而起。

是尔朱兆放的，他很少会遇到这种情况，甚至从来都未曾想到自己会在无可奈何之中进入别人的圈套。

毫无疑问，这些伏兵绝对是蔡风的同伙，此战结局似乎早在他的预料之中，每一个细节都似乎无法逃脱蔡风的掌握，更显出蔡风对此战志在必得的决心。此刻，尔朱兆竟然有些后悔不该去招惹蔡风，那是一个极不明智的决断，但这能够避免吗？宿命已经决定了这一切，他与蔡风之间，绝对不可能成为朋友。乱世之中，非友即敌，他们自出生的那一天起，就注定是无法并立于世！

三子步履轻松而优雅，一切都并不着急，他知道该怎么做，因为一切皆在蔡风的意料之中，一切也都未曾脱离蔡风的计算。在这一刻，他也深深明白，为什么世人会这么看重蔡风。自小到大，他都是那么信服蔡风，玩伴之中，也只有蔡风和长生是他敬佩的人。如今长生死了，唯剩蔡风，但蔡风绝对没令他失望。其实，在年幼之时，蔡风就已显示出他那不同寻常的机智和智慧，更顽皮得不拘一格，捣乱的心计百出，整个阳邑都拿他没办法。但他的顽皮却让人喜欢，因为似乎没有什么问题可以难倒他，什么东西到了他手上一学就会。后来，蔡风更显得知书达理，几乎阳邑的所有人都十分爱护和佩服他，众人更认为理应如此，这是蔡伤遗传下来的天赋，是任何人都不能够代替的。

此刻蔡风虽然身在地道之中，但依然准确无误地算计出这一切的后招。

尔朱兆本想来个引鳖入瓮之计，但却没想到，引鳖不成，反而成了引狼入室，他心中有些无可奈何，知道现在怪谁都没有用，蔡风将计就计，使他如意算盘打不响，而且还赔上了财神庄。但尔朱兆并不急，因为他也留有后招，所以射出了旗火。

雪在翻动，在尔朱兆的背后，亦即是门外步入一戴深纱斗篷的人，那浅蓝色的披风拂雪而过，在凄寒的北风之中，悠然组成一道风景，优雅得若踏歌而行。

尔朱兆的眸子之中闪过一抹淡淡的惊讶，虽然他看不到对方的面目，但仍一眼便认出这将面目深藏于斗篷之中的人，正是蔡风身边的另一个女子！

不错，自庄外踏入之人便是凌能丽。考虑到庄内的危险，蔡风并不希望凌能丽与他一起冒险，是以，他将凌能丽安排在庄外负责接应与拦截尔朱兆，而此刻的确起到了应有的作用，

乱箭之下，尔朱兆身边的十余名好手，也不可避免地伤了数人，事出突然是一个因素，而距离近又是一个因素。

“尔朱兆，你没想到吧？”三子冷冷地问道。

“哼，你以为能对我怎样？”尔朱兆轻移了一个位置，冷冷地道。周围气氛已经被推上极端，浓浓的杀气笼罩于苍茫的天地之间。

“如果你死了，不知道尔朱荣会有何想法？”三子淡然道。

“哈哈，你以为自己有那个本事吗？”尔朱兆不屑地反问道。

“何必说这些废话，对于这种恶狼般的贼子实在用不着多费口舌，那对自己也是一种污辱！”凌能丽冷冷地道。

“你是什么人？”那两个俏婢一听凌能丽也是个女子，竟显得极为不

服气。

凌能丽冷冷望了她们一眼，不屑地道："是你们的敌人！"

尔朱兆对凌能丽回答之干脆，也感一丝意外，禁不住重新打量了凌能丽一眼，但却并不能看到她的绝世芳容，尔朱兆早就见过凌能丽的容颜，还暗自惊叹了许久，但想不到他说起话来却如此果断而直接。想到这里，他心头禁不住有些酸酸的感觉，忍不住对蔡风更是嫉妒。

三子笑了笑，凌能丽所言的确够干脆，够爽快，相比之下，似乎更有一种悍野的气魄，不让须眉的果决。

凌能丽的身后却并非全是葛家庄的人，更有她自己的势力。这一年多来的时间，她绝对没有白费。在乱世之中，别的好处没有，但若想纠集一群人却是一件极为容易之事。只要你有足够的能力和慑服力，便可以在很短的时间内聚集你想要聚集的一群人。

凌能丽本身就有一种慑服力量，加之太行三十六寨十八洞之首的飞龙寨为她出面，更有蔡伤义女这一双重身份，自然能够在很短的时间内开展自己的眼线，建立自己的实力。有了实力，自然财力便会源源而进，乱世敛财各有各的方法，各有各的门道，不可否认，最快的敛财方法，是走黑道。

凌能丽并不介意黑道，是以很快便财源广进，势力发展也自是更快。今日事情连出，凌能丽为了协助蔡风，也调来了附近的好手相助。

"轰……"地底之下的闷响传来，地面上的雪花竟然浮动起来。

凌能丽微微感到惊异，蔡风为什么仍没有出现？而地底之下又发生了什么事？

三子的脸色变得稍稍有些阴沉，心头颤了一下，忖道："若是蔡风无法逃出地道，那该如何是好呢？他将如何向凌能丽和元定芳她们解释呢？还有刘瑞平与元叶媚。"

神情恍惚间，尔朱兆出剑了，没有一点声息，更没有一点预兆，似乎他出的并不是剑，而是空气。

快绝，但这并不是尔朱兆的专利，凌能丽的剑与尔朱兆同样快！

其实，说到快，三子的反应也绝对不慢，虽然他的心神不可否认地颤动了一下，与高手对立，分神往往会是导致败亡的根本原因，但三子却未必，因为空中出现了另外一柄与尔朱兆同样快的剑。

“当！”三子的刀锋将尔朱兆的长剑挑起，两人的功力处于伯仲之间，并没有太大的差距。

尔朱兆心中暗惊，令他想不到的是，三子只不过是一个下人，竟会有这等功力。尔朱兆习惯将三子这类人归类于下人之中，虽然三子与蔡风的关系不仅是朋友，更是好兄弟。但在尔朱兆的世界中，并没有朋友这一概念，他心中有的只是一种冷漠而拘谨的家族模式：条条家规，种种戒条。这使他们的灵魂中只存在权力与冷漠，他们根本就无法理解，友情究竟是怎样一种东西。因此，他们只会将别人视为工具，视为奴隶。是以，尔朱兆自始至终都有些看不起三子，哪怕是哈鲁日赞说过三子的可怕。

直到这一刻，他才知道，三子绝对不是个容易对付的角色。两年前的三子便可与刀疤三这等高手对阵，两年后的今天，其武功更是不可同日而语。这段时间来，三子再得蔡伤指点，其武功增境之神速的确是常人难以想象的，更且所练无相神功日久见功。这两年之中有一段时间三子失去记忆，脑子之中恢复了儿童时的纯净，更不会有半丝杂念，在这种毫无杂念干扰的情况下，那种练功速度比之平日更为有效。

尔朱兆根本没有机会再度逼进，因为凌能丽的剑气已经让他感到肩头一阵冰凉。

“喝！”尔朱兆身边的两个俏婢拂袖而上，以二敌一，想要截住凌能丽。

凌能丽一声冷哼，剑似无骨之蛇，柔软如对方的云袖，并自袖底滑过。

那两名俏婢一惊，她们实在想不到对方竟能将剑发挥出如此灵动的效果，她们的流云袖对付硬兵刃，还极具威胁力，但此时凌能丽的剑，似是根本不受力的水蛇，她们也无从捉摸。当发现云袖并未裹住对方的长剑之时，凌能丽的长剑已经若毒蛇一般指向她们的咽喉。

凌能丽所带之人亦毫不犹豫地扑入战团，以压倒势的兵力击杀尔朱兆身边的人。

与尔朱兆随行的十余人，虽然个个都是硬手，但双拳难敌四手，何况打一开始，他们十几人之中便有数人被乱箭所伤，失去了大部分战斗能力，这些未伤之人不仅要战，还要保护同伴，这使他们处在一种绝对挨打的局面，幸亏凌能丽所带的人还有一部分调至无名十八那边，助葛大诸人对敌，否则只怕这次真的唯有死路一条了。

无名五乍逢劲敌，的确战意大盛，产生了一种前所未有的兴奋感觉，虽然失掉佩剑，但手中的长枪却更有一股强悍无伦的杀气在激涌着。

耿怀恨的斧，似乎力可开山、裂石，更迸发着风雷的怒吼，气势之惊人犹如千军万马征战于沙场。

这是一种别具一格的气势，并不像绝代高手如渊亭般深不可测，也不会霸气逼人。但在每一式之中都透着一股淡淡的血腥之气，这是自无数征战中磨炼出来的战意和杀气。

任何高手相斗的惨烈，都不可能有千军万马混战的战场惨烈，这是不可否认的，而自战场上爬起来的人，更是经历过血的洗礼，经历过生死的考验，因此他们才会变得比任何人更为勇猛而狠辣。

耿怀恨就是这样一个人，这种人也是最可怕的，因为这种人对生与死看得极为淡漠，只有毫不在意生死的人，才能够将自身的功力发挥至极限。

无名五同样也是看透生死之人，无名三十六将都可算是一群死士，一群可以不将生死放在心上的死士，是以，葛荣对这群人常常引以为傲。

枪尖爆起一朵狂花，雪亮得像生于水晶之中的莲子。

“叮!”枪尖在斧身之上擦出一溜火花，那坚韧的白蜡枪杆，若毒蛇般滑过斧身，向耿怀恨的咽喉挑去。

无名五的枪法比剑法更好，这一点，倒让耿怀恨有些意外。意外归意外，可他绝对不是弱者，要知道长枪之弊在于近战，是以他也以极快的步伐赶上，巨斧向上一抬，枪尖自他头顶掠过。正当耿怀恨心头暗喜之时，一股强劲的厉风自身后绕过。

枪身竟像是没有骨头一般，划过一个奇妙的弧度，配合着无名五的插步、扭腰，回撞耿怀恨。

耿怀恨微惊，无名五的变招竟如此之快，更将那刀剑难伤的白蜡枪杆绕成这种弧度也的确不可思议。

“喳!”无名五大惊，不知什么时候耿怀恨的袖口之中竟滑出一把细小而锋利无比的斧头，居然一下子斩断了枪杆。

无名五并没有停击动作，向后一抡，以枪当棍，在耿怀恨正自得意之时，重重敲在他的腕骨之上。

耿怀恨一声惨哼，却发现眼前棍影如山，根本无法分清棍的真身，但他并不想仔细去分辩，对方棍影似真似幻，那完全没有必要，若等他分清，只怕时间也已经不允许了。

斧身虽然极为沉重，但在耿怀恨的手中却似乎轻若鸿毛，竟也在身前舞成一团黑云。

“当当……”无名五的枪杆也不知道在巨斧之上撞击了多少下，但他却知道自己并不能攻入耿怀恨的守势之中，看来耿怀恨的确是个极为可怕的对手。

无名五的攻势一竭，耿怀恨的巨斧也便跟了上来，若附骨之蛆，根本不给无名五任何喘息的机会。

无名五的白蜡枪杆可不像那柄巨斧，怎么可能挡得住巨斧无情的力道呢?

白蜡枪杆立断，断成八截，当然无名五却并未被断成八截，不过形象有些狼狈。

耿怀恨当然不敢过分紧逼，无名五脚上的那柄短刃似乎极为神出鬼没，也对耿怀恨构成了极大的威胁，而在这一犹豫的刹那，无名五的手中又多了一柄刀。

这仍不是他自己的刀，地上零散的兵刃极多，想要拾起一柄刀并不是件难事，而且刀更自下而上欲剖开耿怀恨的小腹。

不可否认，无名五与耿怀恨相比，仍差了一筹，但无名五却占着每件兵刃都会用的便宜，经常改换兵刃，使得耿怀恨根本捉摸不透无名五的武功路子，也根本无法使无名五就范，这的确是一件不怎么舒服的事。

三子的刀疾速划出，犹如一道残虹，清晰而明了的弧度给人一种深沉而异样的震撼。

尔朱兆的剑，便似在虚空之中扭成了一团麻花，十分古怪，但却有着难以描述的气势。丝丝缕缕的剑气，竟凝成了有形的寒雾，破开雪花，破开空气，罩向三子，当“寒雾”抵达三子面前时，却又成了一张剑网，密密斜织着的剑网！

三子根本不在意这些，简简单单的一刀，直截了当，毫无花巧，也不要什么花巧。

“当！”只一刀，便将尔朱兆那密密斜织的剑网斩成两半，而化为无形，且刀锋已临尔朱兆的面门。

尔朱兆大惊，三子的可怕仿佛有些出乎他的意料之外。

“叮！”尔朱兆回剑上抬，在刀临面门一尺之时挡住了刀锋，两股气劲相击发出一声闷响，两人双双震开。

“尔朱兆，使出你尔朱家族的看家本领吧，让我来领教领教是否有传说中的那么可怕。”三子无情地讥讽道。

尔朱兆心头微怒，三子的武功的确不能轻视，同时他竟产生一种屈辱的感觉，一个被自己看成下人的人居然需要他全力以赴去对付，对他的剑法，几乎是一种污辱，但他知道，如果不使出绝学，只怕他会败在三子的刀下，那将会是更为屈辱的一件事。

“好，那就让你见识一下本少爷的剑招吧！”尔朱兆似乎被激出了真火，愤恨地道。

“早就应该这样了，否则我还会当尔朱家族的人只是靠吹靠捧才有今日的江湖地位，来吧，我接着就是！”三子傲然卓立道。

尔朱兆排除对还未显身的蔡风之恐惧，也不再将周围的厮杀记挂于心，顿时心灵静若止水。

那地底的轰鸣，惨烈的呼叫，全都像是成了另外一个世界的梦境。

三子清晰地感觉到尔朱兆的气势在疯涨，与刚才的形象完全判若两人。

“嗯，这才像有些门道。”三子再也不敢小看尔朱兆，收起轻视之心，横刀而立，双眸眯成一道细线，定定地望着尔朱兆手中之剑，并没有出手。虽然他知道，若等对方将气势凝至巅峰之时，他将可能面临更大的危险，但他却真的很想见识一下尔朱家族的剑法，这也是一个武者的心态。作为一个猎人，他绝对不可以给对方制造机会，但若以一个对刀道追求者的身份来说，向更为高强的对手挑战却是一种荣幸。

雪花，在两人的头顶化为虚无，地面上的雪花更绕着两人旋转起来。

静，死一般的寂静，只存在于两人对立的空间，也存在于两人的心间。

剑静，刀寂，漠漠苍苍，在无形之中酝酿着无尽的杀机。

凌能丽的身法配合着那无迹可寻的剑法，使两名俏婢根本就无从捉摸，步步后退，她们那流云袖也被割下几块。

凌能丽经过这两年多的江湖生涯，也明白很多道理，对待敌人绝对不能手软，无论对手是什么身份！

凌能丽并没有手软，便是对这两名俏婢也是一样。不过这两婢的武功也的确了得，凌能丽一时亦无法解决她们。不过，占绝对的上风那是一定的，至少在功力之上，她便比两名俏婢要深厚很多。

凌能丽所领的伏兵，此刻已经让尔朱兆身边的其他好手几乎没有还手之力，对方人人伤痕累累，仍在作困兽之斗，战局很快便可以定下来，但凌能丽心头没有半点快意，因为她耳中捕捉到一串急促的马蹄声，她并没有忘记尔朱兆刚才所放出的旗花火箭。

“轰轰……”爆炸之声自远而近，泥土、雪花、断木、残肢全都被送上了天空，整个财神庄开始沸腾起来。

惊呼、惨叫、马嘶、气劲交击的爆响形成了这无限疯狂的主旋律。

蔡风仍没有出来，至少到目前为止还没有出来，三子心中的那分忧郁却不敢表露于脸上，但尔朱兆又岂会觉察不到？他的契机早已与三子的契机相联，只是他一直都找不到对方的破绽，才会没有出剑。这一刻，虽然三子并未将心情在脸上表现出来，但他心中有事，在契机之中便清晰地出现了一丝波动。

就只这么一丝波动，尔朱兆便出手了，剑未动，那潜蕴于剑上的劲气犹如潮水般奔涌狂泻而出。

流动的风，旋动的雪，在刹那之间犹如被铁犁耕过一般，化作一条狂龙向三子撞去。

三子在心神微松之时，便知不好，因为他清楚地感觉到尔朱兆契机的逼进，知道对方已经出手了。

三子明白在尔朱兆剑锋未至之时，知道先机已因自己的分神而失，现在若能保证不败就已经不错了。是以，他疾速横刀斜斩，全身的气劲凝于刀锋之上，流转成一股股无形的气旋。

“轰!”那股疯狂的气劲在虚空之中急瀑，飞涌的雪花狂洒四散，化成一股浓浓的雪雾，罩成茫茫一片。

三子一声闷哼，尔朱兆的剑气似乎无孔不入，无所不在，就连散开的雪花，也成了剑气的一部分，割体生痛，几乎将他的刀震得脱手欲飞。

这一变化让三子大骇，尔朱兆的武功竟然在刹那间似乎提升了一倍有余，在功力上也胜过刚才。

当三子惊愕之时，苍茫的雪雾中，一点寒芒向他的小腹射到。

是尔朱兆的剑，尔朱兆的视线虽被雪雾所阻，但气机却与三子相通，无论三子身在何处，他都可以清楚捕捉到对方的位置和状态，是以，他的剑准确无比地直射目标。

三子踉跄后退，并不对尔朱兆的剑做出任何抵抗，反而提刀向对方飞斩而下。

唯有两败俱伤与同归于尽方是挽回颓局的最佳办法，三子没有别的选择，否则他唯有一直处于挨打的局面，直到尔朱兆将他杀死为止，没有任何抢回先机的余地，因此他必须做出这个决断!

三子不能等，绝对不能等!再这样挨打下去，只怕到时就是他想与对方同归于尽，也无能为力了。他绝对是个聪明之人，因此懂得当机立断。

三子的打法的确让尔朱兆吃了一惊，谁也想不到三子一开始就采取同归于尽的打法。

尔朱兆这一剑绝对可以洞穿三子的小腹，但他也不能再以更快的速度后退，那便只能承受三子临死前的疯狂一斩。到时即使要不了他的命，也会重伤而残，甚至有可能毁去他那张脸，这是尔朱兆绝对不愿意去做的事。

虽然尔朱兆此刻心静如水，但当面临生死抉择之时，他绝对不可能仍如此洒脱，如此坦然。更何况，他岂愿以自己的命去换取三子的命？尔朱兆一向自诩清高，绝不会做这种傻事。

犹豫之中，他撤剑回击。

三子心头微松，他知道自己赌准了，尔朱兆绝对不会与他同归于尽。这一点其实他早就知道，只要尔朱兆不愿与他同归于尽，他就已经立于不败之地了。他们的武功相差本就不多，但三子的战意却比尔朱兆高涨，斗志也更盛，这就是他可以不败的本钱，也是他不败的筹码。

尔朱兆一犹豫，气机之中立刻出现了破绽，气势也同时减弱，与三子的那种一往无回之气势相比，绝对要弱上三分。

哪怕只有半点破绽，三子就不会放过，这是他唯一扳回平局的机会。

此弱彼涨，三子的刀毫无顾忌地全力击出。

“轰！”迷茫之中，尔朱兆发出一声闷哼。

三子聚集全力一击，而尔朱兆是回剑自救，相较之下，自然是三子占着优势。

三子心头一阵轻松，知道自己已经从劣势之中走了出来，扳回了先机。尔朱兆在剑道方面的确要胜过他半筹，但却并不能起到决定胜负的作用。

三子再也不去想蔡风的事，甚至连那赶至的一队劲骑也根本不在意，只将自己的心神完全融入刀气之中，除刀之外，再无其他，甚至连自己的生与死也毫不在意，一切都似乎变得虚幻起来。

凌能丽却没有这般洒脱，那些赶来的人，对三子或许没有什么影响，但她的心神却大为震动。

那群人并没有下马，但手中的长刀却如疯子般向葛家庄众兄弟狂斩，片刻间便有数名葛家庄兄弟闪避不及而血溅当场。

凌能丽人剑同时一旋，化成一条灵巧无伦的蓝影，如飞蛇般自虚空掠过，竟自两名俏婢的两柄短刃之间穿了过去。

这两名俏婢的流云袖早被凌能丽的剑削得不成模样，只好使出最后一招的护身短刃，有短刃相护，凌能丽一时倒拿他们没有办法，但此刻凌能丽知道绝对不能再等，否则后果实难预料，此刻唯有痛下杀手，方能让对方减少一分攻击力量。

凌能丽自俏婢之间蹿过，却并未走开，而是又绕回原地，两名俏婢一惊，却发现凌能丽化作数十道身影将她们团团围住，而每一个身影都看似不虚，剑剑夺命。

“幽灵蝙蝠！”有人传来这么一声惊呼。

“叮叮。”两声脆响夹着两声淡淡的惨叫，那两名俏婢颓然而倒。

天空之中缓缓飘落两片黑巾，却是凌能丽被削开的斗篷，那绝世容颜几乎让所有人为之震撼了一下。

凌能丽的目光如电般盯着那呼出“幽灵蝙蝠”的老者，剑尖悄悄滑落两颗鲜红的血珠。

两名俏婢死了，眉心一点殷红，两柄短刃也飞得不见踪影。

前来之人是尔朱兆的救兵，可能是见到尔朱兆射向天空之中的烟花后，才会迅速赶来。

葛家庄众兄弟和凌能丽的人几乎尽数解决了尔朱兆身边的十余人，但突如其来的救兵却将他们杀了个措手不及，趁此刻对方一愣之际，他们全都没命地扑上去，有的将对方揪下马背，也有的将马儿击毙，但尔朱兆的救兵极多，葛家庄众人本来在人数上大占优势，而此刻却尽失其利。

“你是幽灵蝙蝠的什么人？”那老者冷冷地问道。

“我就是我，没有必要答你这么多，无论我是他什么人，但与你却是敌人！”凌能丽冷然道。

“一个女娃也如此桀骜不训，对你是没有任何好处的。”老者冷冷地道，但身下的战马却似乎有些躁动不安。

“轰轰……”爆炸之声一阵响过一阵，所有战马全都受到惊吓而躁动不安，甚至不听使唤，这样一来，前来救援尔朱兆的人便变得有点散漫，战马反倒成了累赘。

“哼，本姑娘的事情自己自然会去解决，不用你来操心，尔朱家族的人，没一个好东西，只知道在背后弄鬼取巧，全是一群蛇鼠之辈，有什么资格评判本姑娘！”凌能丽毫不客气地道。

那老者直气得脸色发白，杀意狂涨，怒道：“好个牙尖嘴利的娃娃，如此不识好歹，那就让老夫来教训教训你，看你学到了幽灵蝙蝠的几成本领。”

凌能丽望了望渐渐聚于一起的众葛家庄兄弟与自己的属下，此刻己方明显处于劣势，只能就地结成圆阵对敌，幸亏对方的大多数战马受惊，使得这些人不能挥洒于马背之上，否则定可将所结的圆阵冲得溃不成军。她知道再不能等了，蔡风此刻犹未见到踪影，凌能丽心中总像是蒙上了一层阴影，但无论是怎样一种局面，她都必须迎战，是以，她出剑了！

五台老人的灵蛇剑法，别具一格，以灵动快捷诡异而见称于江湖，曾以幽灵蝙蝠显身于江湖而并无败迹，虽然当时的江湖并不如今日之江湖这般高手辈出，但在邪宗和冥宗的冲击之下，也仍有不少高手幸存，更仍有许多两宗的余孽残留江湖，这些潜伏于江湖的高手，正成了幽灵蝙蝠的击杀对象。是以，幽灵蝙蝠的确在江湖中火了一把，成为当时极为神秘的高手，而幽灵蝙蝠正是五台老人的前身。

凌能丽本就身怀小无相神功，又陡增三十年功力，以女子之身习练五台老人的阴柔武技，融无相神功与灵蛇秘法于一体，其武功进境之神速，绝对是常人所难以想象的，又经蔡伤与蔡风的不断指点，武功更是一日千里，此刻也深具高手风范。

剑出，虚空之中似乎多了一群乱舞的银蛇，“咝咝……”的吐信之声，为这沸腾的天地再添一丝喧闹。

“当当当……”三子与尔朱兆硬碰了三记，两人的身形各自飞退。

三子握刀的手在淌血，顺着刀身缓缓下坠，但他目光依然坚定不移地望着尔朱兆。

尔朱兆的衣衫有些微微凌乱，更有几片衣角在风中飞旋，像一片片枯败的叶子，没有半丝生机。

三子的胸口与尔朱兆一样，剧烈地起伏着，显然刚才那轮强攻所损耗的功力甚巨。

刀动了一下，三子握刀的手上青筋勃起，像一条条蠕动的蚯蚓。

三子的斗志之高，远远超出了尔朱兆的想象，尔朱兆心中更明白，今次之所以战成这种局势，是因为他对自己生命的珍惜程度胜过了三子，但是若叫尔朱兆不顾生死，与三子拼个你死我活，恐怕他办不到。在他的心目中，自己的生命始终比三子要珍贵得多，怎么可能会与对方做同归于尽的打法呢？

“嚎……”三子一声狂吼，刀锋卷起无边的风雪，带着冰寒刺骨的杀意向尔朱兆罩去，他根本就不在意其他一切，刀和尔朱兆是他全部精神的目标。

尔朱兆却并非如此，他并不想恋战，更无意与三子一起玩命，何况此刻他的救兵已经赶到，又何必与三子这般玩命？尔朱兆从来都是这么想的：“玩命的人只是逞匹夫之勇，真正的大丈夫应该是统领三军，驰骋沙场，破虏驱贼！”尔朱兆退，虽然牵动了三子的气机，但迅速有人挡住了三子的刀。

能够挡住三子挥出之刀的人，绝对不容小觑，尽管三子这一刀的力量几乎将他震得飞跌而出。

三子自然微微有些惊讶，这人竟可以清晰地捕捉到自己刀道的轨迹，的确是一个不能小觑的家伙。

那人在未立稳身形之时，三子的刀气已逼至了他的咽喉，冰凉冰凉的。

“叮！”横里刺来两剑，竟然又有两人同时挡住了三子的刀锋。

三子的刀快，但对方的人多。三子旋身、回削，刀如电，身如风，他身后的那柄剑完全刺空。

三子的刀就像是他的心一般冷，似能够感知到身边一切生命的存在，是以那自身后偷袭而至的人并没有得到他预料的结果，反而将自己推向了三子的刀锋。

“呀……”一声爆响，几道身影若流星般向三子疾扑，似乎誓要将三子分成万段。

三子并没有为其所动，他的刀，绝不回收，一定要将偷袭的那名剑手斩成两截！

尔朱兆的眼角闪过一丝讶异，难道三子竟然杀糊涂了？如果三子执意要击杀那偷袭的剑手，他将如何抵挡自另外三个方向袭来的长剑呢？尔朱兆对尔朱家族的剑法极有信心，这七人联手，即使是他也不一定有必胜的把握，而三子却并不在意其中三人的攻击，那究竟是为什么呢？

结果很快就出来了，三子的刀并没有半丝停留，依然以那个刁钻的角度，以快得不可思议的速度，如疯似狂般切入偷袭的剑手腹间。

那人怎么也想不到，三子如此年轻，其功力和反应速度竟然达到了这等程度，估计失误就得付出代价，虽然他的剑回挑，但却无法抗拒三子的大力，腹间仍被对方划出了一道深深的创口。

于是，那名偷袭者在惨叫声中伴合着鲜血飞跌而出，却保住了一条小命。

为三子挡剑的，是一道匹练般耀眼的光芒，那是一柄剑，同样是三子的剑！

剑出自左手！尔朱兆只知道是出自左手，但究竟三子是如何拔剑的，连他也有些糊涂，似乎三子的左手本来就已经有了一柄剑般。

剑式之快、之猛，绝对不逊色于三子右手的刀，甚至更带上一种如梦幻般的色彩。

“叮……”一串金铁交鸣之声过后，三子并未退后一步，那柄玄幻的剑反而破开对方三人所织的剑网。

“黄门左手剑！”尔朱兆的眸子之中闪过一缕讶异的光彩。

三子不仅会左手剑，更能使刀剑相互配合，右手刀，左手剑，竟然达到了一种无比协调的意境，刀与剑用得比无灵动，更相辅相成而威力大增。

尔朱兆心头暗骇，想不到三子竟如此强横，忖道：“看来这小子刚才并没有施展全力，还藏有最后一记杀招，若此人不死，定会成为除蔡风之外对我威胁最大的年轻一辈高手，今日绝不能让他活着离开！”想着将目光四顾环望了一下，却并未发现蔡风的影子，心中正感纳闷的同时，却发现了凌能丽那矫若金凤银蛇的身影。

凌能丽那怪异莫名的身法与剑法倒真让尔朱兆吃了一惊。

凌能丽的武功竟然也如此之高，而对方不过是一介女流之辈，此刻，尔朱兆也不得不承认，江湖中的年轻高手的确很多，单凭眼前这女流之辈的功力似乎并不逊色于他，剑式更是他见所未见、闻所未闻的门路，他虽然出生于剑道世家，却也看不出这种以身法相配合的古怪剑法。

尔朱兆之所以不识凌能丽的剑法，是因为幽灵蝙蝠在江湖中一直神出鬼没，以拳掌及身法见称江湖，而很少有人真正见识过他的剑法，即使有人见过他的剑法，也几乎都离开了尘世。

与凌能丽交手的老者是自凌能丽的身法之中得知与幽灵蝙蝠有关，但是对凌能丽的剑法也是有些无可奈何。

凌能丽的身法不仅快，更诡秘莫测，剑的角度又极为刁钻，使得那老者有些手忙脚乱之感，早自马背之上给逼了下来。

老者似乎没想到凌能丽的功力竟然如此之高，完全超出了她的年龄局限，居然可与他的几十年功力相抗衡，也的确出人意料之外。这或许正是凌能丽之幸，那三十年功力，竟让她免去了几十年的苦修，而她通过一年多的苦练，早已将那股不怎么受控制的功力完全纳为己有，所需要的只是剑术修为与经验培养，这也是五台老人让她行走江湖的首要原因。

尔朱兆心头一动，转念一想："如此美人，定是蔡风的心头之肉，只要制住了这个女人，必可让蔡风无条件就犯，到时即使蔡风出现了，主动权也已经操在自己手中!"想到此处，尔朱兆禁不住一声邪笑，也不顾什么大家子弟的身份，向凌能丽扑攻而去，务必要以最快的速度制住对方这个人质。

"小心!"

"好不要脸的恶贼……"

有急切的惊呼，有愤怒的叱骂，更有人不顾一切向尔朱兆扑去。

"哼，不自量力!"尔朱兆不屑地冷笑道，剑如疾雨，自四方而动，犹如掀起一朵虚幻的云彩。

"叮叮……呀……"那名扑身而前的汉子竟挡住了尔朱兆的六击，才被洞穿咽喉。

"段六……尔朱兆你这狗东西，老子与你拼了!"一名高大如熊的大汉眼见尔朱兆一剑洞穿同伴的咽喉，忍不住如熊般怒吼一声。

"当!"高大如熊的汉子双轮一摆，硬生生砸在一柄刀上，狂怒之下，竟然将那柄刀砸成三截，但却因为段六的身死稍稍分神，肩头竟被一柄剑划开两道伤痕。

“噗!”那刀被砸断的财神庄弟子，脑袋爆成了一团碎骨。

高大如熊般的汉子似乎并不知道疼痛一般，张开双轮向尔朱兆猛扑过去，一副同归于尽的打法。

“呀……”蓦地，一声惨叫自高大如熊的汉子口中传出，却是背部被深深插入了一柄剑，更被刀割开肌肉。

大汉更怒，转身一轮回扫，竟砸断那柄刺入背中的剑，虽然痛得龇牙咧嘴，可大轮的轮锋一绞，竟将那失去长剑的尔朱家将击毙，而那柄刀也捅入了他的腹中。

“呀，去死吧!”大汉双轮一夹，在重伤之下，依然猛烈无比。

那刀手欲拔刀而退，可刀竟拔之不出，只得转头后退，可这样一来，如何来得及避开对方愤怒的一击？半声惨叫都没有发出，刀手脑袋就已尽碎。

“尔朱兆!”那汉子再次拖着重伤之躯毫不犹豫地向尔朱兆扑去。

此刻尔朱兆已经与那老者将凌能丽逼得四处飘游，见莽汉如此伤重仍狂如疯虎，禁不住杀机大盛，转剑向那大汉标射而至。

凌能丽心中感到一阵无奈，段六与高大汉子都是她最忠心的属下，而此刻竟然在尔朱兆的剑下一死一伤，可她却无力相救，这的确是一种极为无奈的悲哀。

高大如熊的汉子整整比尔朱兆高出一个头，但其行动之利落绝对不会像熊，虽然他身上仍插着一刀一剑，但重伤之余的一击，仍然唤动风雷，只可惜，尔朱兆的剑更快。

这一切早在高大如熊的汉子意料之中，的确，这高大如熊的汉子早就料到尔朱兆的剑会比他的身法更快，因此他的两个大轮只是死命地护住咽喉和心口，甚至将其他所有的要害都暴露在尔朱兆眼中。

这种送死的打法却是尔朱兆前所未见的，更想不到世上竟然有这般自动送死的人。是以，他心头怔了一怔，因为他有些弄不清楚对方的意图，在他的剑稍顿的当儿，只觉眼前一黑，却是那高大如熊的汉子已扑到了身前。

“呀……”那汉子一声狂号，尔朱兆的剑在本能反应下直挺挺刺入了对方的胸膛。

那汉子的眼角竟露出了一丝笑意，一丝疯狂而恐怖的笑意。

而在此刻，尔朱兆也感觉到了一个可怕的结果，那是一种让他心胆俱寒的结果。因此，他飞退，也唯有飞退！

尔朱兆的确犯了一个致命的错误，那就是让这个送死者靠得太近，一个不怕死的人比之一头人熊更可怕，任何人都不能不对这垂死挣扎的人熊另眼相待，任何人都不能不对这垂死挣扎的人熊进行防备。野兽的临死反扑，是最为可怕的。

“呀！”尔朱兆虽然发现得及时，但仍被那汉子抛出的两只大轮割破了双肩，带下两块皮肉，几乎痛彻心脾，在惊怒之余长剑一绞。

那汉子如野狼般狂号一声，双手死死抓在尔朱兆两肩的伤口上。

“砰！”尔朱兆避无可避地被那汉子巨大的脑袋撞中额头。

一阵昏眩之感过后，尔朱兆发觉自己的鼻孔之中滑出两行热乎乎的液体，眼角几乎被撞得裂了开来，整颗脑袋仍在“嗡嗡”作响，肩头的伤口依旧剧烈地疼痛，那两只深深嵌入肉中的手已经变得冰冷。

“大公子，你怎么了？”一柄刀以最快的速度斩下那大汉冰冷的双手，在那庞大的躯体轰然倒下之时，尔朱兆才被属下的声音惊醒，若非伤口仍在发痛，他还以为刚才是做了一个可怕的梦。

一个不要命的人的确十分可怕，因为没有什么东西可以让他害怕，你不能让他害怕，那么害怕的人自然就会是你自己。

说到武功，即使三个若那大汉般身手的人，也不一定能胜过尔朱兆，但尔朱兆仍然受伤了，虽然伤得并不是很重，可对他的心理却是一种极为沉重的打击。

“呀……”又有一名剑手死在三子的刀下，那七人已经只剩五个，而三子除衣衫有些不整之外，依然勇不可当。

庄内四处厮杀的战团逐渐聚中，不仅是因为形式的逆转，更是因为地底的爆炸，使得每个人都深深感到逼近的危险，是以，众人情不自禁地将战场向庄外偏移。

无名五与耿怀恨也战得极苦，无名五已经换了五件兵器，虽然让耿怀恨有些狼狈，但却并没有办法取胜，若非靠不断弃换兵器，只怕无名五此刻已经败下阵来。

耿怀恨也是有苦难言，右手仍在滴淌着鲜血，而他挥动巨斧所需的力气比之无名五当然大多了，功力损耗自然更甚，而且流血过多，使他的手臂越来越沉重，如此下去，只怕会因流血过多而败下阵来。即使不流血，也讨不到什么好处，更让他吃惊的却是，无名五竟似乎有层出不穷的绝招，每一种兵器到了他的手上，都似乎习练了十余年一般纯熟自如，也不知道这件兵刃之后，下一件对付自己的究竟是什么样的兵器，这正是耿怀恨心中蒙上阴影的根源。不过此刻，他仍能强撑着与无名五斗个旗鼓相当，但无名五却渐渐向三子与凌能丽两人靠近，唯有大家在一起，才有一拼之力，只是他弄不明白，蔡风怎么仍未出现，地道之中究竟发生了什么事情？

无名五隐隐猜到，地道之中的爆炸定是与蔡风和无名十六诸人有关，但此刻已言众人都无暇分身。

包向天和黄尊者的面色都极为沉重，一旁众人更是谁也不敢作声。

那些苦行者犹如一截截断木般，静静坐在蒲团之上，不声也不响，似乎世俗之间的任何事都无法勾起他们的兴致。

“在北魏究竟还有谁拥有这般实力？”黄尊者有些不满地问道，因为包向天派出去打听赤尊者行踪的探子，三十六人已有十二人无功而返，另外二十四人却变成了一具具尸体，这几乎让包家庄的探子心惊胆寒。

包向天的个头并不高大，但看上去却极有气派，敦厚而不失一种儒雅之气，那粗实的脖子似乎怎么掐都不会断气。脑袋和肩膀相距并不高，甚至比普通人更短，戴着一顶镶有一颗巨大明珠的貂皮帽，那翻起的貂裘衣领几乎让脖子失去了界限。不大的眼睛，却显出睿智而深邃无比的神光。

“北国，说到实力最强的自然是葛荣，同时又有四大世家，太行三十六寨十八洞，过黄河入皖境，还有一个暗月寨。暗月寨可以排除，他们不可能身入冀境掳走赤尊者，因为他们一向是中立于魏梁之间，不会轻易去得罪谁。”

顿了一顿，包向天接着道：“太行三十六寨十八洞与葛荣的关系极好，更有可能是葛荣的潜在实力。是以，这三十六寨十八洞可以纳入葛家庄的势力范围，而四大世家的势力，元家又可排除，元家已经统治了江山，很少活动于江湖之中，即使有绝世高手，也只能入主朝廷，而不会列入江湖的高手榜中。其实元家的确有几个可怕至极的人物，例如心计百出的元融，此人的武功也绝对可与蔡伤、尔朱荣相提并论，若是元融出手，自然没有干不成的事，但他此时却在部署如何对付起义军，根本无法分身。再说若是元家出的手，他们根本没有如此偷偷摸摸行事的必要，只需大军压境即可，是以，元家可排除。另外三大世家，都有可能，但却没有葛荣的可能性大，上次我们坏了他的好事，他一定在寻机报复，也只有他们知道赤尊者前来中原的事。以葛家庄的实力，要布眼线探清赤尊者有行踪，并不是一件什么难事。而三大世家，这段时间都在为刘家送亲之事各怀鬼胎，这使得他们出手的可能性又变小，甚至不可能。”

黄尊者的眼中杀机涌现，但这是在北朝的势力范围之内，以葛家庄的人力、物力，若是他们干的，几乎没有任何机会可从他们手中救人，唯有借助包向天的力量了。但他有些不甘心，又问道：“可有慈魔与那个打不死的家伙之下落？”

包向天再次摇了摇头，这已是他今天第五次摇头了，是以黄尊者有些气恼。

“那人又是什么身份呢？”黄尊者再次问道。

“我想过中原所有的高手，却并不知道那人究竟是何来历，他似乎从未涉足过江湖，抑或是很久以前在江湖中并不出名，是以，我根本无法找到他的资料。”包向天无可奈何地道。

黄尊者的脸色更为阴沉。

“请尊者放心，我一定会尽快查出那小子的下落，更保证赤尊者会安然返回，绝对不会让贼人逍遥无忌！”包向天毫不含糊地道，自然地流露出一种霸者之气。

黄尊者深深望了包向天一眼，微微平息了一下心头混乱的思绪，道：

“我相信庄主能够做到。”

包向天的目光却紧紧逼视着黄尊者，淡漠地道：“但我想知道慈魔究竟是什么身份？直得你们如此劳师动众地自西域追至中土。”

黄尊者一愣，眉头微微一皱，极为平静地道：“我也并不知道他的真正身份，知道他真正身份的人只有两个，一个是法王，另一人则是华轮大喇嘛，只怕连慈魔自己也并不完全明白自己的身份。”

“那总会有一些关于他的资料吧？”包向天为之愕了一愕，显然对黄尊者的回答极为意外，但仍不甘心地问道。

“我们只知道他来自一个非人可以生活的沼泽，似乎天生便对我们喇嘛教存有偏见，他自称为蔡宗，在牧民的心中，他是个好人，但对于我们喇嘛教，他却是死神！在草原上，四处都流传着他杀死喇嘛、毁掉宗庙之事，因此有人称他为魔，地狱之魔，但他对牧民和马贼的恩惠极大，那些人便将地狱之魔改为慈魔，意为仁慈的魔鬼，在吐蕃和吐谷浑都流传有慈魔的事迹。而他赶赴中土却是三个月之前的事，抵达河北却是半个月之前。”黄尊者道。

“地狱之魔？地狱又是个什么东西？”包向天奇问道。

“地狱乃是佛经中阿修罗主宰范围，对死去的恶魂、凶妖施以最残酷的刑罚之地，在那里的全都是恶魔厉鬼，地狱乃冥界最为黑暗之地。”黄尊者不厌其烦地解释道。

“在吐蕃和吐谷浑都是你喇嘛教的势力范围，竟还让慈魔活着来到中土，这的确是个奇迹，他有这么可怕吗？”包向天问道。

“事实上，谁也无法估计出他的力量究竟有多大，其武功似乎每时每刻都在精进，常常有着出人意料的变化。在西域，几乎找不到比他潜力更可怕的年轻人，是以，每次我们将他估计得极高，可最后仍然低估了他。他来到中土，是一路上杀过来，也是一路躲过来的。”黄尊者显得有些无可奈何地道。

包向天的神情显然是在凝思，如此一个敌人，的确不得不重新估计。他曾经到过西域的许多地方，明白喇嘛教的发展之快，几乎遍布域外各地，甚至有超过中土佛教之势。只是因为中土佛教的排斥，使得喇嘛教无法传至中土。他更明白喇嘛教中的高手多似牛毛，无论是中观宗还是瑜伽行宗每代都有高手辈出，而蓝日法王的密宗也同样绝对不能轻视。可是以喇嘛教及吐蕃国的人力，竟然无法让慈魔在世上消失，可见这个慈魔的确是可怕至极。

“这个慈魔究竟是哪里人？”说话者是包家庄的副总管包问，但他问的却是一个毫无意义的问题。

虽然如此，但包向天似乎若有所思起来。

黄尊者却并不知其意，冷眼望了包问一眼，道：“刚才不是说过，这世上大概只有大喇嘛和法王才知道他的来历吗？至于慈魔是哪里人，我也不大清楚，他最开始出现之时，就是在当曲沼泽附近，那是五年前。”

“为什么他会自称蔡宗呢？难道吐蕃会有姓蔡的人？”包向天似乎极为不解地问道。

黄尊者似乎也被提醒了似的，眼中闪过一丝难以觉察的神色。

“那就是说，吐蕃并无这种姓氏？姓蔡唯有中原才有，也就是说慈魔蔡宗前来中原并不是一种偶然。”包向天并没有漏掉黄尊者那个不易觉察的眼神，分析道。

黄尊者神色微微变了变，似乎在思索着什么。

“他自称蔡宗，是不是与他真正的身份有关呢？只要能知道他的身世，对付他似乎就简单多了，至少我们知道他此次中原之行的目的究竟是什么，这比我们对他毫无所知总要好吧。”包向天道。

黄尊者沉默了片刻，的确，若能知道慈魔前来中原的目的，就可以对症下药，自会起到事半功倍的作用，但慈魔究竟是什么身份？来到中原又有什么目的呢？他也有些迷茫了。

“这些唯有等大喇嘛赶至中原后，才能够知道。”黄尊者有些无可奈何地道。

“那大喇嘛什么时候可以赶到中原呢？”包向天问道。

“大喇嘛地位尊崇，虽然我们已飞鸽传书，大概也需要到清明之后吧。”黄尊者再次无可奈何地道。

包向天淡淡一笑，道：“这并不碍事，我们只要密切注意蔡宗的行踪，等到大喇嘛赶到中原便行了，这段日子最重要的是将赤尊者找回来。”

听到赤尊者的事，黄尊者的眸子之中又射出了冷厉而肃杀的神芒。

尔朱兆惊魂初定，三子与无名五诸人竟然全都聚到了一起，凌能丽也被圈入战团之中，结成一个个圆阵对敌。

无名三十六将不仅仅都是高手，更是统兵的将才，这圆阵正是当年用兵如神的孙武所创。

凌能丽所带之人与葛家庄众兄弟的损失也极其惨重，本来几乎有近百人，此刻却只剩下了五十余人能战。

因此，每五人一组，分为十组，按五行运行，外围八组，中间两组相继替补，众人运转而击，让尔朱兆众人根本没有机会攻入其中。

尔朱兆的人虽然众多，与援兵加在一起，几乎超过对方一倍，但是无论如何也不能攻破圆阵，甚至随着圆阵的变化而使强攻的尔朱家族众弟子损失惨重。

耿怀恨也被挤出阵外，凌能丽更埋身于阵中，那七名剑手被三子废掉四名，只是他也受了些微小伤，但依然战意激昂。

尔朱兆的脸色极为阴沉，没想到在对方的人中，不仅仅有武林高手，更有行军布阵的高手，他也自幼饱读兵法，知道圆阵的厉害，几乎没有可破之法。

“也给我结阵，围住他们！”尔朱兆极冷地道。

尔朱兆的话立刻生效，尔朱家族众弟子不再呈乱攻之势，而是与葛家庄众弟子一般，结成圆阵，但这圆阵却并非是孙武之圆阵，而是在无名五的圆阵之外围成一个大圈，与葛家庄众弟子的转动一起转，也找定同一个人攻击。

尔朱家族在场的弟子甚众，结成这样一个圆阵，足够将无名五诸人团团围住，但这种圆阵，实是无法与孙武之圆阵相比，虽然此刻稳住了混乱的阵脚，却无法攻破对方结成的圆阵，甚至对葛家庄众弟子也无法造成多大的损害，更因此将战面拉大，使得众葛家庄兄弟压力大减，厮杀起来也轻松多了。

不用片刻，尔朱兆立刻发现形势并不像他所想象的那般好，他们所围的圆阵根本无法困住三子诸人，反而受着葛家庄众人的牵制，他们的圆阵必须随葛家庄众弟子的圆阵而动，否则，只会被冲破，再成乱局。

“大公子，这样下去不行，我们只怕永远都无法攻破对方的圆阵，当年孙武以此圆阵四处征战，牢不可破，即使千军万马也无法损其阵形，我们以这种疏散的圆阵，只会浪费众兄弟的力气。”耿怀恨望了望无名五等人所结的圆阵，忧心忡忡地道。

“耿将军可有什么好的方法破开这个狗屁圆阵?”尔朱兆心头的烦躁与伤痛使他失去了平日的优雅，更失去了那份冷静如恒之意态，此刻连粗话也骂了出来，显然是因为被那用双轮的汉子所伤之故。

即使蔡风也不曾留得住尔朱兆，三子的勇猛与可怕亦不能让他受伤，可是那家伙在重伤之后仍然让他受伤，而且那人更是名不见经传，让这种人给伤了，简直是莫大的耻辱，是以，尔朱兆心头极为恼火。

耿怀恨似乎明白尔朱兆的心情，望了望那劳不可破的圆阵，想了想道：“属下倒有一个方法，却并不一定奏效。”

“什么方法？先说来听听。”尔朱兆眼中闪过一丝狠辣的厉芒道。

“我们以骑兵出击，聚集一点，极力冲撞圆阵，哪怕只要冲开一道裂口，我们就可乘机而入，让他们无法再次重组，然后分散而攻之!”耿怀恨沉声道。

尔朱兆望了望一旁的十余匹马，狠狠地道：“就如你说，以这十余匹战马冲他一冲，以锐攻钝，但愿能够破开这劳什子破阵!”

耿怀恨也几乎有些虚脱，刚才被无名五的那一阵狂攻，已经使他负伤累累，他吃亏在右手先被无名五脚上的短刃划伤，使得力道大打折扣，更失血过多，体力虚耗之下，竟败在无名五的刀下。

刀，是无名五的第七件兵刃，也是最可怕的一件兵刃，甚至可以说是无名五的最后杀招。

葛荣以刀著称江湖，无名三十六将乃他一手所训，自然在刀道上的造诣最深，而无名五更将最后杀招用在耿怀恨伤疲不堪之时，若非尔朱兆带伤出手，只怕耿怀恨已经死于无名五的刀下了。是以耿怀恨将无名五视为一大劲敌，更有着一种难以解释的恨意。

圆阵乃是无名五的杰作，是以耿怀恨势必要破阵，以挫无名五。

耿怀恨立刻选出十余名好手，各执一柄斩马长刀，跨上坐骑，选中一个方位，若疯子般直撞而入。

无名五和三子都为之心下大骇，圆阵之中的两组人马，迅速搭箭猛射，那十多匹战马，只不过有五匹撞近，但很快被长枪捅死，那斩马大刀在马背之上也许可以发挥出难以想象的作用，但是战马一失，竟全都失去了应有的轻便与灵巧。

“撤!”尔朱兆低喝一声。

众人一惊之时，尔朱兆立刻张弓发箭，正在激战之中的一名葛家庄弟子仆身倒地。

耿怀恨心中一喜，刚才竟被对方攻昏了头脑，若是以乱箭相射，这圆阵岂非不攻自破？真怪自己糊涂。

他们所想的确很对，但三子和无名五根本不给他们机会，你退，我进，让尔朱兆诸人永远都无法展开攻击，双方更始终保持着适当的距离。

三子和无名五又岂会不知道远攻的劲箭对圆阵的威胁？是以他们步步紧逼，不给对方任何机会。而再往外，就是财神庄的大门了，若有墙相护，即使对方劲箭乱射，其威胁也并不大，他们完全可以借墙自守。是以，无名五将结阵之点选在门口并不是没有道理的。也只有这样，才能够更好地逼住尔朱兆诸般人马，此刻对方若再退，则出了大门。

那些尔朱家族众弟子也想撤，但他们却无法撤出，在圆阵中间的两组人，更不时以劲弩外射，对尔朱兆来说，那的确是一种极大的威胁，也让他损失了不少士卒，所以他才会怒极，更以劲箭相射。

尔朱家族的人数众多，虽然被圆阵缠住了一部分，但仍有二三十人全身而退，这些人便在外执箭，专门拣阵中厉害角色狂射。

三子和无名五心头大急，但却无法扭转这个局面，更有不少兄弟死于乱箭之下，虽然阵中之人也以劲弩还击，但仍不能起到什么作用。

尔朱兆的眼角逸出一丝难得的笑意，他终于可以找到圆阵的破解之法了，但这次的确实属侥幸，不仅是人数上占了绝对优势，更在兵器之上占了优势，若是对方一手执盾，布起一个圆阵，那他的箭雨根本无法让圆阵破开一丝一毫，甚至会适得其反。此刻，他不得不承认这圆阵的厉害，想那孙武用兵如神，纵横沙场无敌于天下实非侥幸。

“现在我们可以聚集力量去攻击了！”耿怀恨看了看形式，狠辣地道。

尔朱兆想也不想，道：“好，我要让他们知道谁才是最后的胜利者！”

黄海很快便叉回了四条一尺来长的青鱼，而尔朱荣却仍未回来。

尔朱荣根本不会水性，自然不能如黄海那般下潭叉鱼，只能去猎些鸟兽之类的，但在这样寒冷的大雪天，又饿了数天，要想猎只鸟兽岂是易事？是以黄海上了岸他仍未能回来。

彭连虎见黄海叉了四条青鱼，禁不住心头大为欢喜，虽然没有篝火，可人饿极了，生食也无所谓，但对于这群高手来说，没火并不是一件大难事。

黄海双手抓住鱼身，运功于掌，瞬间鱼身便冒出淡淡青烟，似乎有股隐隐火苗升腾着，片刻之后，一股淡淡的甜香传入众人鼻中，饥肠辘辘的众人禁不住大咽口水，连黄海自己也不例外。

“彭兄弟，你还能不能够行动？”黄海淡淡地问道。

彭连虎也自水中站了起来，几个时辰的静休、回气，使他的功力也恢复了不少，这群人中，除了尔朱荣和黄海之外，就数彭连虎的功力最高，修为最深，是以在黄海与尔朱荣上岸不久后，他便可以行动了，此刻食欲大动，自然不再客气。

黄海淡然一笑，抛了一条大青鱼给彭连虎，道：“我就不为你烤了，先得自己添饱肚子再说。”

此刻黄海的面具已经摘了下来，脸上的笑容极为真诚，说话之神态也极其自然。

彭连虎一愣，却并不介意，虽然他此刻饥肠辘辘，但黄海那率直的个性却并不是不能接受，于是也默运神功于双掌之上。

“自己的事自己做，最好在任何时候都不要依靠别人，唯有自己动手才是真理，你们身为一名高手，就应该明白这个生存法则。”黄海一边吃着香喷喷的鱼，一边道，同时眼角扫了扫那些正在大吞口水的众人。

“黄兄所说极是，但在患难之时，大家应该患难与共，同舟共济，如此方能渡过难关！该帮之时，我们还是不能袖手旁观。”彭连虎道。

黄海淡漠地望了望天空，这时雪已经停了，但天空依然是昏黄一片，深深的压抑感使人有种喘不过气来的感觉。

“你们是萧衍的人，而我与萧衍是两个走不到一起的人，或者说我与萧衍之间只有夙怨，既然你可以出手，我自然不想多费手脚。”

彭连虎淡漠一笑，脸上微微显出一丝不自然，但很快恢复常态。黄海与萧衍之间的恩怨，他并不是不知道。是以，他并不怪黄海的出言不逊。江湖人应该有江湖人自己的规矩，彭连虎虽然身在朝野，但仍旧保存着江湖人的传统，萧衍也极为尊重他的抉择。

黄锐诸人的脸色却变得有些难看，若不是黄海刚才出手相助，他们此刻只怕会大怒而起，虽然他们知道黄海是江湖中数一数二的不世高手，但他们并不像彭连虎那般对萧衍之事知之甚详。

“黄兄像是个谜一般的人物，江湖中曾传说黄兄不能开口说话，而此刻黄兄与我想象中的相差很远。”彭连虎毫不伪装地道。

“你想象之中的我是什么样子呢？”黄海淡淡地问道。

其实，在彭连虎初出江湖时，黄海已经是蔡伤的一名家将，不再在江湖中露面。是以彭连虎根本就没有机会见识黄海，只能凭借江湖的传言去想象黄海的存在。但其师郑伯禽对黄海的评价却极高，不仅仅因为黄海是天痴尊者的弟子，更因黄海本身的武艺在当时的确罕有敌手。

彭连虎初出江湖也曾雄心勃勃四处找人挑战，就是想有朝一日大败黄海。他并不认为黄海真的如传说中那么可怕，总觉得是老一辈人太无能。直到他遇上蔡伤之后，又在山洞中见到落难的黄海，他才逐渐改变了这个看法。而此次，彭连虎更亲眼目睹黄海御剑之术，虽然黄海并没有真正出手，可他已经深深感到黄海的武功的确胜过他极多，这种感觉是无法否认的。

一个高手判别自己与别人之间的差距，往往凭的是直觉，高手的直觉并非天生的，而是在生与死之间慢慢顿悟，慢慢积累而形成的一种经验。

彭连虎望着黄海，笑了笑道：“我也说不出想象中的你是一个什么样子，十九年前虽然见过你一面，但那时却忽视了你，或许是因为当时的你的确伤得不轻，而无法给人任何联想，不过，你能开口说话，不仅是我，更是江湖上所有的人都会感到惊讶，虽然你在皇宫之中也说过话，可人们心底一致认为你始终是‘哑剑’。”

黄海笑了笑，道：“‘哑剑’的含义可以是多方面的，剑哑人不哑，友情就是无法令人理解的一种。世间之事本就是无法预料，有太多的意外，有太多的谜团无法解开。每个人都可以执着于自己的那一份谜底，到底谁正确却是没有必要争论。”

彭连虎望了望黄海，哑然失笑，此刻他手上的大青鱼已经香味四溢。

“兄弟们，快上来吃点东西，暖暖肚子。”彭连虎向水中的五人笑道。

黄锐诸人早已饿得不成样子，哪还客气？急跑上岸，几人你一口我一口，也不怕被鱼刺卡住了咽喉，更不嫌这鱼无油无盐，仿佛吃的是天下最可口之美味。顷刻间，黄锐五人已将那条两斤多重的大青鱼连刺都舔了一遍。

彭连虎虽然极饿，但只吃了一口，却比没吃好多了，整个人精神为之一振，再拿起第二条鱼烤了起来。

“哇，好苦！”追风捂着嘴巴道。

“啊，你连鱼胆也吃了。”黄锐不禁笑了起来。

众人望着追风嘴角边那点黄黄的汁水，正是自鱼胆中流出的，不禁全都大笑起来。

尔朱情和尔朱仇诸人全都干瞪着眼，岸上几人吃得这么香，让他们感到似乎身上爬满了虫子，肚子饿得更凶，“咕咕……”直作响，可他们却知道，黄海和彭连虎等人绝对不会给他们吃的，也便只好不停地伸舌舔自己干涩的嘴唇了。

尔朱荣回来了，手中却只提着一只斑鸠和一只还算肥的兔子，也不知他是怎么抓到的，显然全都是被打死的。

尔朱情诸人大喜，却发现尔朱荣嘴角边挂着两缕血迹，不由得大惊，问道：“族王你受伤了？”

尔朱荣一愣，摇头道："没有。"

"那你的嘴角?"尔朱情急切地道。

尔朱荣听尔朱情的话，不由得伸手去摸了一下，却是血迹，笑道："我喝了它们的血!"说着举起兔子和斑鸠，只见两只小动物咽喉各有一个小血洞，但此刻却结了冰。显然是刚才被尔朱荣抓到的时候，吸干了它们的血，难怪此刻尔朱荣的气色好多了。

黄海冷冷地望了尔朱荣一眼，啃下最后一口鱼肉，淡漠地道："尔朱荣，你吃饱些，我不想占你便宜，待会儿我们还有一战，以续我们未完之役!"

尔朱荣也将目光移向黄海的脸上，但很快两道目光在虚空中交缠，若四柄利剑在虚空中撞击。

两人的眼神都锋锐如剑，互不相让，便定在空中成了一种怪异的韵调。

尔朱荣冷冷地回应道："好，如果你要战，我奉陪!"